知堂闲趣

瓦屋纸窗
清泉绿茶

周作人 著

中国文史出版社

目　　录

1

苦　雨

伏园兄：

　　北京近日多雨，你在长安道上不知也遇到否，想必能增你旅行的许多佳趣。雨中旅行不一定是很愉快的，我以前在杭沪车上时常遇雨，每感困难，所以我于火车的雨不能感到什么兴味，但卧在乌篷船里，静听打篷的雨声，加上欸乃的橹声，以及"靠塘来，靠下去"的呼声，却是一种梦似的诗境。倘若更大胆一点，仰卧在脚划小船内，冒雨夜行，更显出水乡住民的风趣，虽然较为危险，一不小心，拙劣地转一个身，便要使船底朝天。二十多年前往东浦吊先父的保姆之丧，归途遇暴风雨，一叶扁舟在白鹅似的波浪中间滚过大树港，危险极也愉快极了。我大约还有好些"为鱼"时候——至少也是断发文身时候的脾气，对于水颇感到亲近，不过北京的泥塘似的许多"海"实在不很满意，这样的水没有也并不怎么可惜。你往"陕半天"去似乎要走好两天的准沙漠路，在那些时候倘若遇见风雨，大约是很舒服的，遥想你胡坐骡车中，在大漠之上，大雨之下，喝着四打之内的汽水，悠然进行，可以算是"不亦快哉"之一。但这只是我的空想，如诗人的理想一样地靠不住，或者你在骡车中遇雨，很感困难，正在叫苦连天也未可知，这须等你回京后问你再说了。

　　我住在北京，遇见这几天的雨，却叫我十分难过。北京向来少雨，所以不但雨具不很完全，便是家屋构造，于防雨亦欠周密。除了真正富翁以外，很少用实垛砖墙，大抵只用泥墙抹灰敷衍了事。近来天气转

1

变，南方酷寒而北方淫雨，因此两方面的建筑上都露出缺陷。一星期前的雨把后园的西墙淋坍，第二天就有"梁上君子"来摸索北房的铁丝窗，从次日起赶紧邀了七八位匠人，费两天工夫，从头改筑，已经成功十分八九，总算可以高枕而卧，前夜的雨却又将门口的南墙冲倒二三丈之谱。这回受惊的可不是我了，乃是川岛君"渠们"俩，因为"梁上君子"如再见光顾，一定是去躲在"渠们"的窗下窃听的了。为消除"渠们"的不安起见，一等天气晴正，急需大举地修筑，希望日子不至于很久，这几天只好暂时拜托川岛君的老弟费神代为警护罢了。

前天十足下了一夜的雨，使我夜里不知醒了几遍。北京除了偶然有人高兴放几个爆仗以外，夜里总还安静，那样哗啦哗啦的雨声在我的耳朵里已经不很听惯，所以时常被他惊醒，就是睡着也仿佛觉得耳边粘着面条似的东西，睡得很不痛快。还有一层，前天晚间据小孩们报告，前面院子里的积水已经离台阶不及一寸，夜里听着雨声，心里糊里糊涂地总是想水上了台阶，浸入西边的书旁里了。好容易到了早上五点钟，赤脚撑伞，跑到西屋一看，果然不出所料，水浸满了全屋，约有一寸深浅，这才叹了一口气，觉得放心了：倘若这样兴高采烈地跑去，一看却是没有水，恐怕那时反觉得失望，没有现在那样的满足也说不定。幸而书籍都没有湿，虽然是没有什么价值的东西，但是湿成一饼一饼的纸糕，也很是不愉快。现今水虽已退，还留下一种涨过大水后的普通的臭味，固然不能留客座谈，就是自己也不能在那里写字，所以这封信是在里边炕桌上写的。

这回大雨，只有两种人最喜欢。第一是小孩们。他们喜欢水，却极不容易得到，现在看见院子里成了河，便成群结队地去"蹚河"去。赤了足伸到水里去，实在很有点冷，但是他们不怕，下到水里还不肯上来。大人见小孩们玩得很有趣，也一个两个地加入，但是成绩却不甚佳，那一天里滑倒了三个人，其中两个都是大人——其一为我的兄弟，其一是川岛君。第二种喜欢下雨的则为蛤蟆。从前同小孩们往高亮桥去钓鱼钓不着，只捉了好些蛤蟆，有绿的，有花条的，拿回来都放在院子里，平常偶叫几声，在这几天里便整日叫唤，或者是荒年之兆罢，却极有田村的风味。有许多耳朵皮嫩的人，很恶喧嚣，如麻雀蛤蟆或蝉的叫声，凡足以妨碍他们的甜睡者，无一不深恶而痛绝之，大有灭此而午睡之意。我觉得大可以不必如此，随便听听都是很有趣味的，不但是这些久成诗料的东西，一切鸣声其实都可以听。蛤蟆在水田里群叫，深夜静听，往往变成一种金属音，很是特别，又有时仿佛是狗叫，古人常称蛙蛤为吠，大约是从实验而来。我们院子里的蛤蟆现在只见花条的一种，他的叫声更不漂亮，只是咯咯咯这个叫法，可以说是革音，平常自一声至三声，不会更多，唯在下雨早晨，听他一口气叫上十二三声，可见他是实在喜欢极了。

这一场大雨恐怕在乡下的穷朋友是很大的一个不幸，但是我不曾亲见，单靠想象是不中用的，所以我不去虚伪地代为悲叹了。倘若有人说这所记的只是个人的事情，于人生无益，我也承认，我本来只想说个人私事，此外别无意思。今天太阳已经出来，傍晚可以出外去游嬉，这封信也就不再写下去了。

我本等着看你的秦游记，现在却由我先写给你看，这也可以算是"意表之外"的事罢。

雨的感想

　　今年夏秋之间北京的雨下得不大多，虽然在田地里并不旱干，城市中也不怎么苦雨，这是很好的事。北京一年间的雨量本来颇少，可是下得很有点特别，他把全年份的三分之二强在六七八月中间落了，而七月的雨又几乎要占这三个月份总数的一半。照这个情形说来，夏秋的苦雨是很难免的。在民国十三年和二十六年，院子里的雨水上了阶沿，进到西书房里去，证实了我的苦雨斋的名称，这都是在七月中下旬，那种雨势与雨声想起来也还是很讨嫌，因此对于北京的雨我没有什么好感。像今年的雨量不多，虽是小事，但在我看来自然是很可感谢的了。

　　不过讲到雨，也不是可以一口抹杀，以为一定是可嫌恶的。这须得分别言之，与其说时令，还不如说要看地方而定。在有些地方，雨并不可嫌恶，即使不必说是可喜。囫囵地说一句南方，恐怕不能得要领，我想不如具体地说明，在到处有河流，铺街是石板路的地方，雨是不觉得讨厌的，那里即使会涨大水，成水灾，也总不至于使人有苦雨之感。我的故乡在浙东的绍兴，便是这样的一个好例。在城里，每条路差不多有一条小河平行着，其结果是街道上桥很多，交通利用大小船只，民间饮食洗濯依赖河水，大家才有自用井，蓄雨水为饮料。河岸大抵高四五尺，下雨虽多，尽可容纳。只有上游水发，而闸门淤塞，下流不通，成为水灾，但也是田野乡村多受其害，城里河水是不至于上岸的。因此住在城里的人遇见长雨，也总不必担心水会灌进屋子里来，因为雨水都流

4

入河里，河固然不会得满，而水能一直流去，不至停住在院子或街上者，则又全是石板路的关系。我们不曾听说有下水沟渠的名称，但是石板路的构造仿佛是包含有下水计划在内的，大概石板底下都用石条架着，无论多少雨水全由石缝流下，一总到河里去。人家里边的通路以及院子即所谓明堂也无不是石板，室内才用大方砖砌地，俗名曰地平。在老家里有一个长方的院子，承受南北两面楼房的雨水，即使下到四十八小时以上，也不见他停留一寸半寸的水，现在想起来觉得很是特别。秋季长雨的时候，睡在一间小楼上或是书房内，整夜地听雨声不绝，固然是一种喧嚣，却也可以说是一种萧寂，或者感觉好玩也无不可，总之不会得使人忧虑的。吾家濂溪先生有一首《夜雨书窗》的诗云：

> 秋风扫暑尽，半夜雨淋漓。
>
> 绕屋是芭蕉，一枕万响围。
>
> 恰似钓鱼船，篷底睡觉时。

这诗里所写的不是浙东的事，但是情景大抵近似，总之说是南方的夜雨是可以的罢。在这里便很有一种情趣，觉得在书室听雨如睡钓鱼船中，倒是很好玩似的。下雨无论久暂，道路不会泥泞，院落不会积水，用不着什么忧虑，所有的唯一的忧虑只是怕漏。大雨急雨从瓦缝中倒灌而入，长雨则瓦都湿透了，可以浸润缘入，若屋顶破损，更不必说，所以雨中搬动面盆水桶，罗列满地，承接屋漏，是常见的事。民间故事说不怕老虎只怕漏，生出偷儿和老虎猴子的纠纷来，日本也有虎狼古屋漏的传说，可见此怕漏的心理分布得很是广远也。

下雨与交通不便本是很相关的，但在上边所说的地方也并不一定如此。一般交通既然多用船只，下雨时照样地可以行驶，不过篷窗不能推开，坐船的人看不到山水村庄的景色，或者未免气闷，但是闭窗坐听急雨打篷，如周濂溪所说，也未始不是有趣味的事。再是舟子，他无论遇见如何的雨和雪，总只是一蓑一笠，站在后艄摇他的橹，这不要说什么诗味画趣，却是看去总毫不难看，只觉得辛劳质朴，没有车夫的那种拖泥带水之感。还有一层，雨中水行同平常一样地平稳，不会像陆行的多危险，因为河水固然一时不能骤增，即使增涨了，如俗语所云，水涨船高，别无什么害处，其唯一可能的影响乃是桥门低了，大船难以通行，若是一人两桨的小船，还是往来自如。水行的危险盖在于遇风，春夏间往往于晴明的午后陡起风暴，中小船只在河港阔大处，又值舟子缺少经验，易于失事，若是雨则一点都不要紧也。坐船以外的交通方法还有步行。雨中步行，在一般人想来总很是困难的罢，至少也不大愉快。在铺着石板路的地方，这情形略有不同。因为是石板路的缘故，既不积水，亦不泥泞，行路困难已经几乎没有，余下的事只需防湿便好，这有雨具就可济事了。从前的人出门必带钉鞋雨伞，即是为此，只要有了雨具，又有脚力，在雨中要走多少里都可随意，反正地面都是石板。城坊无须说了，就是乡村间其通行大道至少有一块石板宽的路可走，除非走入小路岔道，并没有泥泞难行的地方。本来防湿的方法最好是不怕湿，赤脚穿草鞋，无往不便利平安，可是上策总难实行，常人还只好穿上钉鞋，撑了雨伞，然后安心地走到雨中去。我有过好多回这样地在大雨中间行走，到大街里去买吃食的东西，往返就要花两小时的工夫，一点都不觉得有什么困难。最讨厌的还是夏天的阵雨，出去时大雨如注，石板上一片流水，很高的钉鞋齿踏在上边，有如低板桥一般，倒也颇有意思。可是不久云收雨散，石板上的水经太阳一晒，随即干涸，我们走回来时把钉鞋踹在石板路上嘎啷嘎啷地响，自己也觉得怪寒碜的，街头的野孩子见了又要起哄，说是旱地乌龟来了。这是夏日雨后出门的人常有的经验，或者可以说是关于钉鞋雨伞的一件顶不愉快的事情罢。

以上是我对于雨的感想，因了今年北京夏天不下大雨而引起来的。

6

但是我所说的地方的情形也还是民国初年的事，现今一定很有变更，至少路上石板未必保存得住，大抵已改成蹩脚的马路了罢。那么雨中步行的事便有点不行了，假如河中还可以行船，屋下水沟没有闭塞，在篷底窗下可以平安地听雨，那就已经是很可喜幸的了。

风 的 话

　　北京多风，则常想写一篇小文章讲讲他。但是一拿起笔，第一想到的便是大块噫气这些话，不觉索然兴尽，又只好将笔搁下。近日北京大刮其风，不但三日两头地刮，而且一刮往往三天不停，看看妙峰山的香市将到了，照例这半个月里是不大有什么好天气的，恐怕书桌上沙泥粒屑，一天里非得擦几回不可的日子还要暂时继续。对于风不能毫无感觉，不管是好是坏，决意写了下来。

　　说风的感想，重要的还是在南方，特别是小时候在绍兴所经历的为本，虽然觉得风颇有点可畏，却并没有什么可以嫌恶的地方。绍兴是水乡，到处是河港，交通全用船，道路铺的是石板，在二三十年前还是没有马路。因为这个缘故，绍兴的风也就有他的特色。这假如说是地理的，此外也有一点天文的关系。绍兴在夏秋之间时常有一种龙风，这是在北京所没有见过的。时间大抵在午后，往往是很好的天气，忽然一朵乌云上来，霎时天色昏黑，风暴大作，在城里说不上飞沙走石，总之是竹木摧折，屋瓦整叠地揭去，哗啦啦地掉在地下，所谓把井吹出篱笆外的事情也不是没有。若是在外江内河，正坐在船里的人，那自然是危险了，不过撑蜑船的老大们大概多是有经验的，他们懂得占候，会看风色，能够预先防备，受害或者不很大。龙风本不是年年常有，就是发生也只是短时间，不久即过去了。记得老子说过："飘风不终朝，骤雨不终日，孰为此者天地，天地尚不能久，而况于人乎。"这话说得很好，

8

此本是自然的纪律，虽然应用于人类的道德也是适合。下龙风一二等的大风却是随时多有，大中船不成问题，在小船也还不免危险。我说小船，这是指所谓踏桨船，从前在乌篷船那篇小文中有云：

> 小船则真是一叶扁舟，你坐在船底席上，篷顶离你的头有两三寸，你的两手可以搁在左右的舷上，还把手掌都露出在外边。在这种船里仿佛是在水面上坐，靠近田岸去时便和你的眼鼻接近，而且遇着风浪，或是坐得稍不小心，就会船底朝天，发生危险，但是也颇有趣味，是水乡的一种特色。

陈昼卿海角行吟中有诗题曰脚桨船，小注云："船长丈许，广三尺，坐卧容一身，一人坐船尾，以足踏桨行如飞，向唯越人用以狃潮渡江，今江淮人并用之以代急足。"这里说明船的大小，可以作为补足，但还得添一句，即舟人用一桨一揖，无舵，以揖代之。船的容量虽小，但其危险却并不在这小的一点上，因为还有一种划划船，更窄而浅，没有船篷，不怕遇风倾覆，所以这小船的危险乃是因有篷而船身较高之故。在庚子的前一年，我往东浦去吊先君的保姆之丧，坐小船过大树港，适值大风，望见水面波浪如白鹅乱窜，船在浪上颠簸起落，如走游木。舟人竭力支撑，驶入汊港，始得平定，据说如再颠一刻，不倾没也将破散了。这种事情是常会有的，约十年后我的大姑母来家拜忌日，午后回吴融村去，小船遇风浪倾覆，遂以溺死。我想越人古来断发文身，入水与蛟龙斗，干惯了这些事，活在水上，死在水里，本来是觉悟的，俗语所谓瓦罐不离井上破，是也。我们这班人有的是中途从别处迁移去的，有的虽是土著，经过二千余年的岁月，未必能多少保存长颈乌喙的气象，可是在这地域内住了好久，如范少伯所说，鼋鼍鱼鳖之与处而蛙龟之与同渚，自然也就与水相习，养成了这一种态度。辛丑以后我在江南水师学堂做学生，前后六年不曾学过游泳，本来在鱼雷学堂的旁边有一个池，因为有两个年幼的学生不慎淹死在里边，学堂总办就把池填平了，等我进校的时候，那地方已经改造了三间关帝庙，住着一个老更夫，据说是打长毛立过功的都司。我年假回乡时遇见人问，你在水师当然是会游水罢？我答说，不。为什么呢？因为我们只是在船上时有用，若是落了水就不行了，还用得着游泳么。这回答一半是滑稽，一半是实话，没有这个觉悟怎么能去坐那小船呢？

上边我说在家乡就只怕坐小船遇风，可是如今又似乎翻船并不在乎，那么这风也不甚么可畏了。其实这并不尽然。风总还是可怕的，不过水乡的人既要以船为车，就不大顾得淹死与否，所以看得不严重罢了。除此以外，风在绍兴就不见得有什么讨人嫌的地方，因为他并不扬尘，街上以至门内院子里都是石板，刮上一天风也吹不起尘上来。白天只听得邻家的淡竹林的摩戛声，夜里北面楼窗的板门格答格答地作响，表示风的力量，小时候熟习的记忆现在回想起来，倒还觉得有点有趣。后来离开家乡，在东京随后在北京居住，才感觉对于风的不喜欢。本乡三处的住宅都有板廊，夏天总是那么沙泥粒屑，便是给风刮来的，赤脚踏上去觉得很不愉快，桌子上也是如此，伸纸摊书之前非得用手摸一下不可，这种经验在北京还是继续着，所以成了习惯，就是在不刮风的日子也会这样做。北京还有那种蒙古风，仿佛与南边的所谓落黄沙相似，刮得满地满屋的黄土，这土又是特别的细，不但无孔不入，便是用本地高丽纸糊好的门窗格子也挡不住，似乎能够从那帘纹的地方穿透过去。平常大风的时候，空中呼呼有声，古人云"春风狂似虎"，或者也把风声说在内，听了觉得不很愉快。古诗有云："白杨多悲风，萧萧愁杀人。"这萧萧的声音我却是欢喜，在北京所听的风声中要算是最好的。在前院的绿门外边，西边种了一棵柏树，东边种了一棵白杨，或者严格地说是青杨，如今十足过了廿五个年头，柏树才只拱把，白杨却已长得合抱了。前者是常青树，冬天看了也好看，后者每年落叶，到得春季长出成千万的碧绿大叶，整天地在摇动着，书本上说他无风自摇，其实也有微风，不过别的树叶子尚未吹动，白杨叶柄特别细，所以就颤动起来了。戊寅以前，老友饼斋常来寒斋夜谈，听见墙外瑟瑟之声，辄惊问曰，下雨了罢，但不等回答，立即省悟，又为白杨所骗了。戊寅春初饼斋下世，以后不复有深夜谈天的事，但白杨的风声还是照旧可听，从窗里望见一大片的绿叶也觉得很好看。关于风的话现在可说的就只是这一点，大概风如不和水在一起这固无可畏，却也就没有什么意思了。

中秋的月亮

敦礼臣著《燕京岁时记》云：

> 京师之日八月节者，即中秋也。每届中秋，府第朱门皆以月饼果品相馈赠，至十五月圆时，陈瓜果于庭以供月，并祀以毛豆鸡冠花。是时也，皓魄当空，彩云初散，传杯洗盏，儿女喧哗，真所谓佳节也。唯供月时，男子多不叩拜，故京师谚曰，男不拜月，女不祭灶。

此记做于四十年前，至今风俗似无甚变更，虽民生凋敝，百物较二年前超过五倍，但中秋吃月饼恐怕还不肯放弃，至于赏月则未必有此兴趣了罢。本来举杯邀明月这只是文人的雅兴，秋高气爽，月色分外光明，更觉得有意思，特别定这日为佳节，若在民间不见得有多大兴味，大抵就是算账要紧，月饼尚在其次。其回想乡间一般对于月亮的意见，觉得这与文人学者的颇不相同。普通称月曰月亮婆婆，中秋供素月饼水果及老南瓜，又凉水一碗，妇孺拜毕，以指蘸水涂目，祝曰眼目清凉。相信月中有娑婆树，中秋夜有一枝落下人间，此亦似即所谓月华，但不幸如落在人身上，必成奇疾，或头大如斗，必须斫开，乃能取出宝物也。月亮在天文中本是一种怪物，忽圆忽缺，诸多变异，潮水受他的呼唤，古人又相信其与女人生活有关。更奇的是与精神病者也有微妙的关系，拉丁文便称此病曰月光病，仿佛与日射病可以对比似的。这说法现代医药当然是不承认了，但是为还有点相信，不是说其间隔发作的类似，实在觉得月亮有其可怕的一面，患怔忡的人见了会生影响，正是可能的事罢。好多年前夜间从东城回家来，路上望见在昏黑的天上挂着一钩深黄的残月，看去很是凄惨，我想我们现代都市人尚且如此感觉，古时原始生活的人当更如何？住在岩窟之下，遇见这种情景，听着豺狼嗥叫，夜鸟飞鸣，大约没有什么好的心情。——不，即使并无这些禽兽骚扰，单数那月亮的威吓也就够了，他简直是一个妖怪，别的种种异物喜欢在月夜出现，这也只是风云之会，不过跑龙套罢了。等到月亮渐渐地圆了起来，他的形象也渐和善了，望前后的三天光景几乎是一位富翁的脸，难怪能够得到许多人的喜悦，可是总有一股冷气，无论如何还是去不掉的。只恐"琼楼玉宇，高处不胜寒"，东坡这句词很能写出明月的精神来，向来传说的忠爱之意究竟是否寄托在内，现在不关重要，可以姑且不谈。总之为关于赏月无甚趣味，赏雪赏雨也是一样，因为对于自然还是畏过于爱，自己不敢相信已能克服了自然，所以有些文明人的享乐是于我颇少缘分的。中秋的意义，在我个人看来，吃月饼之重要殆过于看月亮，而还账又过于吃月饼，然则为诚犹未免为乡人也。

山中杂信

一

伏园兄：

我已于本月初退院，搬到山里来了。香山不很高大，仿佛只是故乡城内的卧龙山模样，但在北京近郊，已经要算是很好的山了。碧云寺在山腹上，地位颇好，只是我还不曾到外边去看过，因为须等医生再来诊察一次之后，才能决定可以怎样行动，而且又是连日下雨，连院子里都不能行走，终日只是起卧屋内罢了。大雨接连下了两天，天气也就颇冷了。般若堂里住着几个和尚们，买了许多香椿干，摊在芦席上晾着，这两天的雨不但使他不能干燥，反使他更加潮湿。每从玻璃窗望去，看见廊下摊着湿漉漉的深绿的香椿干，总觉得对于这班和尚们心里很是抱歉似的，——虽然下雨并不是我的缘故。

般若堂里早晚都有和尚做功课，但我觉得并不烦扰，而且于我似乎还有一种清醒的力量。清早和黄昏时候的清澈的磬声，仿佛催促我们无所信仰，无所归依的人，拣定一条道路精进向前。我近来的思想动摇与混乱，可谓已至其极了，托尔斯泰的无我爱与尼采的超人，共产主义与善种学，耶佛孔老的教训与科学的例证，我都一样地喜欢尊重，却又不能调和统一起来，造成一条可以行的大路。我只将这各种思想，凌乱地堆在头里，真是乡间的杂货一料店了。——或者世间本来没有思想上的"国道"，也未可知，这件事我常常想到，如今听他们做功课，更使我受了刺激，同他们比较起来，好像上海许多有国籍的西商中间，夹着一个"无领事管束"的西人。至于无领事管束，究竟是好是坏，我还想不明白。不知你以为何如？

寺内的空气并不比外间更为和平。我来的前一天，般若堂里的一个和尚，被方丈差人抓去，说他偷寺内的法物，先打了一顿，然后捆送到城内什么衙门去了。究竟偷东西没有，是别一个问题，但是吊打恐总非佛家所宜。大约现在佛徒的戒律，也同儒业的三纲五常一样，早已成为具文了。自己即使犯了永为弃物的波罗夷罪，并无妨碍，只要有权力，便可以处置别人，正如护持名教的人却打他的老父，世间也一点都不以为奇。我们厨房的间壁，住着两个卖汽水的人，也时常吵架。掌柜的回家去了，只剩了两个少年的伙计，连日又下雨，不能出去摆摊，所以更容易争闹起来。前天晚上，他们都不愿意烧饭，互相推诿，始而相骂，终于各执灶上用的铁通条，打仗两次。我听他们叱咤的声音，令我想起《三国志》及《劫后英雄略》等书里所记的英雄战斗或比武时的威势，可是后来战罢，他们两个人一点都不受伤，更是不可思议了。从这两件事看来，你大略可以知道这山上的战氛罢。

因为病在右肋，执笔不大方便，这封信也是分四次写成的。以后再谈罢。

一九二一年六月五日

二

近日天气渐热，到山里来住的人也渐多了。对面的那三间屋，已于前日租去，大约日内就有人搬来。般若堂两旁的厢房，本是"十方堂"，这块大木牌还挂在我的门口，但现在都已租给人住。以后有游方僧来，除了请到罗汉堂去打坐以外，没有别的地方可以挂单了。

三四天前，大殿里的小菩萨失少了两尊，方丈说是看守大殿的和尚偷卖给游客了，于是又将他捆起来，打了一顿，但是这回不曾送官，因为次晨我又听见他在后堂敲那大木鱼了。（前回被捉去的和尚，已经出来，搬到别的寺里去了。）当时我正翻阅《诸经要集》六度部的忍辱篇，道世大师在述意缘内说道："……岂容微有触恼，大生嗔恨，乃至角眼相看，恶声厉色，遂加杖木，结恨成怨。"看了不禁苦笑。或者丛林的规矩，方丈本来可以用什么板子打人，但我总觉得有点矛盾。而且如果真照规矩办起来，恐怕应该挨打的却还不是这个所谓偷卖小菩萨的和尚呢。

山中苍蝇之多，真是出人意表之外。每到下午，在窗外群飞，嗡嗡作声，仿佛是蜜蜂的排衙。我虽然将风门上糊了冷布，紧紧关闭，但是每一出入，总有几个混进屋里来。各处桌上摊着苍蝇纸，另外又用了棕丝制的蝇拍追着打，还是不能绝灭。英国诗人勃来克有《苍蝇》一诗，将蝇来与无常的人生相比。日本小林一茶的俳句道："不要打哪！那苍蝇搓他的手，搓他的脚呢。"我平常都很是爱念，但在实际上却不能这样地宽大了。一茶又有一句俳句，序云：

> 捉到一个虱子，将他掐死固然可怜，要把他舍在门外，让他绝食，也觉得不忍。忽然地想到我佛从前给予鬼子母东西，成此。
>
> 虱子呵，放在和我味道一样的石榴上爬着。

四分律云："时有老比丘拾虱弃地，佛言不应，听以器盛若绵拾着中。若虱走出，应作筒盛；若虱出筒，应作盖塞。随其寒暑，加以腻食将养之。"一茶是诚信的佛教徒，所以也如此做，不过用石榴喂他却更妙了。这种殊胜的思想，我也很以为美，但我的心底里有一种矛盾，一面承认苍蝇是与我同具生命的众生之一，但一面又总当他是脚上带着许多有害的细菌，在头上面上爬得痒痒的一种可恶的小虫，心想除灭他。这个情与智的冲突，实在是无法调和，因为我笃信"赛老先生"的话，但也不想拿了他的解剖刀去破坏诗人的美的世界，所以在这一点上，大约只好甘心且做蝙蝠派罢了。

对于时事的感想，非常纷乱，真是无从说起，倒还不如不说也罢。

六月二十三日

三

我在第一信里，说寺内战氛很盛，但是现在情形却又变了。卖汽水的一个战士，已经下山去了。这个原因，说来很长。前两回礼拜日游客很多，汽水卖了十多块钱一天，方丈知道了，便叫他们从形势最好的那"水泉"旁边撤退，让他自己来卖。他们只准在荒凉的塔院下及门口去摆摊，生意便很清淡，掌柜的于是实行减政，只留下了一个人做帮手——这个伙计本是做墨盒的，掌柜自己是泥水匠。这主从两人虽然也有时争论，但不至于开起仗来了。方丈似乎颇喜欢吊打他属下的和尚，不过他的法庭离我这里很远，所以并未直接受到影响。此外偶然和尚喝醉了高粱，高声抗辩，或者为了金钱胜负稍有纠葛，都是随即平静，算不得什么大事。因此般若堂里的空气，近来很是长闲逸豫，令人平矜释躁。这个情形可以意会，不易言传，我如今举出一件琐事来做个象征，你或者可以知其大略。我们院子里，有一群鸡，共五六只，其中公的也有，母的也有。这是和尚们共同养的呢，还是一个人的私产，我都不知道。他们白天里躲在紫藤花底下，晚间被盛入一只小口大腹，像是装香油用的藤篓里面。这篓子似乎是没有盖的，我每天总看见他在柏树下仰天张着口放着。夜里酉戌之交，和尚们播鼓既罢，各去休息，篓里的鸡便怪声怪气地叫起来。于是禅房里和尚们"唉，唉——"之声相继而作。这样以后，篓里与禅房里便复寂然，直到天明，更没有什么惊动。问是什么事呢，答说有黄鼠狼来咬鸡。其实这小口大腹的篓子里，黄鼠狼是不会进去的，倘若掉了下去，他就再也逃不出来了。大约他总是未能忘情，所以常来窥探，不过聊以快意罢了。倘若篓子上加上一个盖——虽然如上文所说，即使无盖，本来也很安全——也便可以省得他的窥探。但和尚们永远不加盖，黄鼠狼也便永远要来窥探，以致三日两头地引起夜中篓里与禅房里的驱逐。这便是我所说的长闲逸豫的所在。我希望这一节故事，或者能够比那四个抽象的字说明得更多一点。

　　但是我在这里不能一样地长闲逸豫，在一日里总有一个阴郁的时候，这便是下午清华园的邮差送报来后的半点钟。我的神经衰弱，易于激动，病后更甚，对于略略重大的问题，稍加思索，便很烦躁起来，几乎是发热状态，因此平常十分留心免避。但每天的报里，总是充满着不愉快的事情，见了不免要起烦恼。或者说，既然如此，不看岂不好么？但我又舍不得不看，好像身上有伤的人，明知触着是很痛的，但有时仍是不自禁地要用手去摸，感到新的剧痛，保留他受伤的意识。但苦痛究竟是苦痛，所以也就赶紧丢开，去寻求别的慰解。我此时放下报纸，努力将我的思想遣发到平常所走的旧路上去，——回想近今所看书上的大乘菩萨布施忍辱等六度难行，净土及地狱的意义，或者去搜求游客及和尚们（特别注意于方丈）的逸事。我也不愿再说不愉快的事，下次还不如仍同你讲他们的事情罢。

六月二十九日

四

　　近日因为神经不好，夜间睡眠不足，精神很是颓唐，所以好久没有

18

写信，也不曾作诗了。诗思固然不来，日前到大殿后看了御碑亭，更使我诗兴大减。碑亭之北有两块石碑，四面都刻着乾隆御制的律诗和绝句。这些诗虽然很讲究地刻在石上，壁上还有宪兵某君的题词，赞叹他说："天命乃有移，英风殊难泯！"但我看了不知怎的联想到那塾师给冷于冰看的草稿，将我的创作热减退到近于零度。我以前病中忽发野心，想做两篇小说，一篇叫《平凡的人》，一篇叫《初恋》，幸而到了现在还不曾动手。不然，岂不将使《馍馍赋》不但无独而且有偶么？

我前回答应告诉你游客的故事，但是现在也未能践约，因为他们都从正门出入，很少到般若堂里来的。我看见从我窗外走过的游客，一总不过十多人。他们却有一种公共的特色，似乎都对于植物的年龄颇有趣味。他们大抵问和尚或别人道："这藤萝有多少年了？"答说："这说不上来。"便又问："这柏树呢？"至于答案，自然仍旧是"说不上来"了。或者不问柏树的，也要问槐树，其余核桃石榴等小树，就少有人注意了。我常觉得奇异，他们既然如此热心，寺里的人何妨就替各棵老树胡乱定出一个年岁，叫和尚们照样对答，或者写在大木板上，挂在树下，岂不一举两得么？

游客中偶然有提着鸟笼的，我看了最不喜欢。我平常有一种偏见，以为做不必要的恶事的人，比为生活所迫，不得已而作恶者更为可恶；所以我憎恶蓄妾的男子，比那卖女为妾——因贫穷而吃人肉的父母，要加几倍。对于提鸟笼的人反感，也是出于同一的源流。如要吃肉，便吃罢了（其实飞鸟的肉，于养生上也并非必要）；如要赏鉴，在他自由飞鸣的时候，可以尽量地看或听，何必关在笼里，擎着走呢？我以为这同喜欢缠足一样地是痛苦的赏玩，是一种变态的残忍的心理。贤首于《梵网戒疏》盗戒下注云："善见云，盗空中鸟，左翅至右翅，尾至头，上下亦尔，俱得重罪。准此戒，纵无主，鸟身自为主，盗皆重也。"鸟身自为主——这句话的精神何等博大深厚，然而又岂是那些提鸟笼的朋友所能了解的呢？

《梵网经》里还有几句话，我觉得也都很好。如云："若佛子，故

19

食肉———一切肉不得食。——断大慈悲性种子，一切众生见而舍去。"
又云："一切男子是我父，一切女人是我母，我生生无不从之受生，故
六道众生皆我父母。而杀而食者，即杀我父母，亦杀我故身。一切地
水，是我先身；一切火风，是我本体。……"我们现在虽然不能再相信
六道轮回之说，然而我对于这普亲观平等观的思想，仍然觉得他是真而
且美。英国勃来克的诗：

> 被猎的兔每一声叫，
> 撕掉脑里的一枝神经；
> 云雀被伤在翅膀上，
> 一个天使止住了歌唱。

这也是表示同一的思想。我们为自己养生计，或者不得不杀生，但
是大慈悲性种子也不可不保存。所以无用的杀生与快意的杀生，都应该
避免的。譬如吃醉虾，这也罢了；但是有人并不贪他的鲜味，只为能够
将半活虾夹住，直往嘴里送，心里想到"我吃你！"觉得很快活。这是
在那里尝得胜快心的滋味，并非真是吃食了。《晨报》杂感栏里曾登过
松年先生的一篇《爱》，我很以他所说的为然。但是爱物也与仁人很有
关系，倘若断了大慈悲性种子，如那样吃醉虾的人，于爱人的事也恐怕
不大能够圆满的了。

七月十四日

五

近日的天气很热，屋里下午的气温在九十度以上。所以一到晚间，
般若堂里在院子里睡觉的人，总有三四人之多。他们的睡法很是奇妙。
因为蚊子白蛉要来咬，于是便用棉被没头没脑地盖住。这样一来，固然

再也不怕蚊子们的勒索，但是露天睡觉的原意也完全失掉了。要说是凉快，却蒙着棉被；要说是通气，却将头直钻到被底下去。那么同在热而气闷的屋里睡觉，还有什么区别呢？

有一位方丈的徒弟，睡在藤椅上，挂了一顶洋布的帐子，我以为是防蚊用的了，岂知四面都是悬空，蚊子们如能飞近地面一二尺，仍旧是可以进去的，他的帐子只能挡住从上边掉下来的蚊子罢了。这些奥妙的办法，似乎很有一种禅味，只是我了解不来。

我的行踪，近来已经推广到东边的"水泉"。这地方确是还好，我于每天清早，没有游客的时候，去徜徉一会儿，赏鉴那山水之美。只可惜不大干净，路上很多气味——因为陈列着许多《本草》上的所谓人中黄！我想中国真是一个奇妙的国，在那里人们不容易得到营养料，也没有办法处置他们的排泄物。我想象轩辕太祖初入关的时候，大约也是这样情形。但现在已经过了四千年之久了。难道这个情形真已支持了四千年，一点不曾改么？

水泉四面的石阶上，是天然疗养院附属的所谓洋厨房。门外生着一棵白杨树，树干很粗，大约直径有六七寸，白皮斑驳，很是好看。他的叶在没有什么大风的时候，也瑟瑟地响，仿佛是有魔术似的。古诗说："白杨多悲风，萧萧愁杀人。"非看见过白杨树的人，不大能了解他的趣味。欧洲传说云，耶稣钉死在白杨木的十字架上，所以这树以后便永远颤抖着。……我正对着白杨起种种的空想，有一个七八岁的小西洋人跟着宁波的老妈子走进洋厨房来。那老妈子同厨子讲着话的时候，忽然来了两个小广东人，各举起一只手来，接连地打小西洋人的嘴巴。他的两个小颊立刻被批得通红了，但他却守着不抵抗主义，任凭他们打去。我的用人看不过意，把他们隔开两回，但那两位攘夷的勇士又冲过去，寻着要打嘴巴。挨打的人虽然忍受下去了，但他们把我刚才的浪漫思想也批到不知去向，使我切肤地感到现实的痛。——至于这两个小爱国者的行为，若由我批评，不免要有过激的话，所以我也不再说了。

我每天傍晚到碑亭下去散步，顺便恭读乾隆的御制诗。碑上共有十首，我至少总要读他两首。读之既久，便发生种种感想，其一是觉得语体诗发生的不得已与必要。御制诗中有这几句，如"香山适才游白社，越岭便以至碧云"，又"玉泉十丈瀑，谁识此其源"，似乎都不大高明。但这实在是旧诗的难做，怪不得皇帝。对偶呀，平仄呀，押韵呀，拘束得非常之严，所以便是奉天承运的真龙也挣扎他不过，只落得留下多少打油的痕迹在石头上面。倘若他生在此刻，抛了七绝五律不做，去做较为自由的新体诗，即使做得不好，也总不至于被人认为"哥罐闻焉嫂棒伤"的蓝本罢。但我写到这里，忽然想到《大江集》等几种名著，又觉得我所说的也未必尽然。大约用文言做"哥罐"的，用白话做来仍是"哥罐"——于是我又想起一种疑问，这便是语体诗的"万应"的问题了。

七月十七日

六

好久不写信了。这个原因，一半因为你的出京，一半因为我的无话可说。我的思想实在混乱极了，对于许多问题都要思索，却又一样地没有归结，因此觉得要说的话虽多，但不知道怎样说才好。现在决心放任，并不硬去统一，姑且看书消遣，这倒也还罢了。

上月里我到香山去了两趟，都是坐了四人轿去的。我们在家乡的时候，知道四人轿是只有知县坐的，现在自己却坐了两回，也是"出于意表之外"的。我一个人叫他们四位扛着，似乎很有点抱歉，而且每人只能分到两角多钱，在他们实在也不经济；不知道为什么不减作两人呢？那轿杠是杉木的，走起来非常颠簸。大约坐这轿的总非有候补道的那样身材，是不大合宜的。我所去的地方是甘露旅馆，因为有两个朋友耽搁在那里，其余各处都不曾去。什么的一处名胜，听说是督办夫人住着，不能去了。我说这是什么督办，参战和边防的督办不是都取消了么？答说是水灾督办。我记得四五年前天津一带确曾有过一回水灾，现在当然已经干了，而且连旱灾都已闹过了（虽然不在天津）。朋友说，中国的水灾是不会了的，黄河不是决口了么。这话的确不错，水灾督办诚然有存在的必要，而且照中国的情形看来，恐怕还非加入官制里去不可呢。

我在甘露旅馆买了一本《万松野人言善录》，这本书出了已经好几年，在我却是初次看见。我老实说，对于英先生的议论未能完全赞同，但因此引起我陈年的感慨，觉得要一新中国的人心，基督教实在是很适宜的。极少数的人能够以科学艺术或社会的运动去替代他宗教的要求，但在大多数是不可能的。我想最好便以能容受科学的一神教把中国现在的野蛮残忍的多神——其实是拜物——教打倒，民智的发达才有点希望。不过有两大条件，要紧紧地守住：其一是这新宗教的神切不可与旧的神的观念去同化，以致变成一个西装的玉皇大帝；其二是切不可成造教阀，去妨害自由思想的发达。这第一第二的覆辙，在西洋历史上实例已经很多，所以非竭力免去不可。——但是，我们昏乱的国民久伏在迷信的黑暗里，既然受不住智慧之光的照耀，肯受这新宗教的灌顶么？不为传统所因的大公无私的新宗教家，国内有几人呢？仔细想来，我的理想或者也只是空想；将来主宰国民的心的，仍旧还是那一班的鬼神妖怪罢。

我的行踪既然推广到了寺外，寺内各处也都已走到，只剩那可以听松涛的有名的塔上不曾去。但是我平常散步，总只在御诗碑的左近或是弥勒佛前面的路上。这一段泥路来回可一百步，一面走着，一面听着阶下龙嘴里的潺湲的水声（这就是御制诗里的"清波绕砌湲"）倒也很有兴趣。不过这清波有时要不"湲"，其时很是令人扫兴，因为后面有人把他截住了。这是谁做主的，我都不知道，大约总是有什么金鱼池的阔人们罢。他们要放水到池里去，便是汲水的人也只好等着，或是劳驾往水泉去，何况想听水声的呢！靠着这清波的一个朱门里，大约也是阔人，因为我看见他们搬来的前两天，有许多穷朋友头上顶了许多大安乐

23

椅小安乐椅进去。以前一个绘画的西洋人住着的时候，并没有什么门禁，东北角的墙也坍了，我常常去到那里望对面的山景和在溪滩积水中洗衣的女人们。现在可是截然地不同了，倒墙从新筑起，将真山关出门外，却在里面叫人堆上许多石头（抬这些石头的人们，足足有三天，在我的窗前络绎地走过）叫作假山，一面又在弥勒佛左手的路上筑起一堵泥墙，于是我真山固然望不见，便是假山也轮不到看。那些阔人们似乎以为四周非有包墙围着是不能住人的。我远望香山上迤逦的围墙，又想起秦始皇的万里长城，觉得我所推测的话并不是全无根据的。

还有别的见闻，我曾作了两篇《西山小品》，其一曰《一个乡民的死》，其二曰《卖汽水的人》，将他记在里面。但是那两篇是给日本的朋友们所办的一个杂志作的，现在虽有原稿留下，须等我自己把他译出方可发表。

北平的春天

　　北平的春天似乎已经开始了，虽然我还不大觉得。立春已过了十天，现在是七九六十三的起头了，布袖摊在两肩，穷人该有欣欣向荣之意。光绪甲辰即一九〇四年小除那时我在江南水师学堂曾作一诗云：

　　　　一年倏就除，风物何凄紧。百岁良悠悠，向日催人尽。
　　　　既不为大椿，便应如朝菌。一死息群生，何处问灵蠢。

　　但是第二天除夕我又作了这样一首云：

　　　　东风三月烟花好，凉意千山云树幽。
　　　　冬最无情今归去，明朝又得及春游。

　　这诗是一样地不成东西，不过可以表示我总是很爱春天的。春天有什么好呢？要讲他的力量及其道德的意义，最好去查盲诗人爱罗先珂的抒情诗的演说，那篇世界语原稿是由我笔录，译本也是我写的，所以约略都还记得，但是这里誊录自然也更可不必了。春天的是官能的美，是要去直接领略的，关门歌颂一无是处，所以这里抽象的话暂且割爱。

　　且说我自己的关于春的经验，都是与游有相关的。古人虽说以鸟鸣春，但我觉得还是在别方面更感到春的印象，即是水与花木。迂阔地说一句，或者这正是活物的根本的缘故罢。小时候，在春天总有些出游的

25

机会，扫墓与香市是主要的两件事，而通行只有水路，所在又多是山上野外，那么这水与花木自然就不会缺少的。香市是公众的行事，禹庙南镇香炉峰为其代表。扫墓是私家的，会稽的乌石头调马场等地方至今在我的记忆中还是一种代表的春景。庚子年三月十六日的日记云：

> 晨坐船出东郭门，挽纤行十里，至绕门山，今称东湖，为陶心云先生所创修，堤计长二百丈，皆植千叶桃垂柳及女贞子各树，游人颇多。又三十里至富盛埠，乘兜桥过市行三里许，越岭，约千余级。山中映山红牛郎花甚多，又有蕉藤数株，着花蔚蓝色，状如豆花，结实即刀豆也，可入药。路皆竹林，竹吻之出土者粗于碗口而长仅二三寸，颇为可观。忽闻有声如鸡鸣，阁阁然，山谷皆响，问之轿夫，云系雉鸡叫也。又二里许过一溪，阔数丈，水没及骭，舁者乱流而渡，水中圆石颗颗，大如鹅卵，整洁可喜。行一二里至墓所，松柏夹道，颇称闳壮。方祭时，小雨籁籁落衣袂间，幸即晴雾。下山午餐，下午开船。将进城门，忽天色如墨，雷电并作，大雨倾注，至家不息。

旧事重提，本来没有多大意思，这里只是举个例子，说明我春游的观念而已。我们本是水乡的居民，平常对于水不觉得怎么新奇，要去临流赏玩一番，可是生平与水太相习了，自有一种情分，仿佛觉得生活的美与悦乐之背景里都有水在，由水而生的草木次之，禽虫又次之。我非不喜禽虫，但他总离不了草木，不但是吃食，也实是必要的寄托，盖即使以鸟鸣春，这鸣也得在枝头或草原上才好，若是雕笼金锁，无论怎样地鸣得起劲，总使人听了索然兴尽也。

话休烦絮。到底北京的春天怎么样了呢？老实说，我住在北京和北平已将二十年，不可谓不久矣，对于春游却并无什么经验。妙峰山虽热闹，尚无暇瞻仰，清明郊游只有野哭可听耳。北平缺少水汽，使春光减

26

了成色，而气候变化稍剧，春天似不曾独立存在，如不算他是夏的头，亦不妨称为冬的尾，总之风和日暖让我们着了单夹可以随意徜徉的时候是极少，刚觉得不冷就要热了起来了。不过这春的季候自然还是有的。第一，冬之后明明是春，且不说节气上的立春也已过了；第二，生物的发生当然是春的证据，牛山和尚诗云，春叫猫儿猫叫春，是也。人在春天却只是懒散，雅人称曰春困，这似乎是别一种表示。所以北平到底还是有他的春天，不过太慌张一点了，又欠腴润一点，叫人有时来不及尝他的味儿。有时尝了觉得稍枯燥了，虽然名字还叫作春天，但是实在就把他当作冬的尾，要不然便是夏的头，反正这两者在表面上虽差得远，实际上对于不大承认他是春天原是一样的。

我倒还是爱北平的冬天。春天总是故乡的有意思，虽然这是三四十年前的事，现在怎么样我不知道。至于冬天，就是三四十年前的故乡的冬天我也不喜欢。那些手脚生冻瘃，半夜里醒过来像是悬空挂着似的上下四旁都是冷气的感觉，很不好受，在北平的纸糊过的屋子里就不会有的。在屋里不苦寒，冬天便有一种好处，可以让人家做事。手不僵冻，不必炙砚呵笔，于我们写文章的人大有利益。北平虽几乎没有春天，我并无什么不满意，盖吾以冬读代春游之乐久矣。

水乡怀旧

住在北京很久了，对于北方风土已经习惯，不再怀念南方的故乡了，有时候只是提起来与北京比对，结果却总是相形见绌，没有一点儿夸示的意思。譬如说在冬天，民国初年在故乡住了几年，每年脚里必要生冻疮，到春天才脱一层皮，到北京后反而不生了，但是脚后跟的瘢痕四十年来还是存在。夏天受蚊子的围攻，在南方最是苦事，白天想写点东西只有在蚊烟的包围中，才能勉强成功，但也说不定还要被咬上几口，北京便是夜里我也是不挂帐子的。但是在有些时候，却也要记起他的好处来的，这第一便是水。因为我的故乡是在浙东，乃是有名的水乡，唐朝杜荀鹤《送人游吴》的诗里说：

> 君到姑苏见，人家尽枕河。
> 古宫闲地少，水港小桥多。

他这里虽是说的姑苏，但在别一首里说："去越从吴过，吴疆与越连。"这话是不错的，所以上边的话可以移用，所谓"人家尽枕河"，实在形容得极好。北京照例有春旱，下雪以后绝不下雨，今年到了六月还没有透雨，或者要等到下秋雨了罢。在这样干巴巴的时候，虽是常有的几乎是每年的事情，便不免要想起那"水港小桥多"的地方有些事情来了。

在水乡的城里是每条街几乎都有一条河平行着，所以到处有桥，低的或者只有两三级，桥下才通行小船，高的便有六七级了。乡下没有这许多桥，可是汉港纷歧，走路就靠船只，等于北方的用车，有钱的可以专雇，工作的人自备有"出坂"船，一般普通人只好乘公共的通航船只。这有两种，其一名曰埠船，是走本县近路的；其二曰航船，走外县远路，大抵夜里开，次晨到达。埠船在城里有一定的埠头，早上进城，下午开回去，大抵水陆六七十里，一天里可以打来回的，就都称为埠船。埠船总数不知道共有多少，大抵中等的村子总有一只，虽是私人营业，其实可以算是公共交通机关。鲁迅短篇小说集《彷徨》里有一篇讲离婚的小说，说庄木三带领他的女儿往庞庄找慰老爷去，即是坐埠船去的，但是他在那里使用国语称作航船，小说又重在描画人物，关于埠船的东西没有什么描写。这是一种白篷的中型的田庄船，两旁直行镶板，并排坐人，中间可以搁放物件。船钱不过一二十文罢，看路的远近，也不一定。乡村的住户是固定的，彼此都是老街坊，或者还是本家，上船一看乘客差不多是熟人，坐下就聊起天来，这里的空气与那远路多是生客的航船便很有点不同。航船走的多是从前的驿路，终点即是驿站，他的职业是送往迎来的事。埠船却办着本村的公用事业，多少有点给地方服务的意思，不单是营业，他不但搭客上下，传送信件，还替村里代办货物，无论是一斤麻油，一尺鞋面布，或是一斤淮蟹，只要店铺里有的，都可以替你买来。他们也不写账，回来时只凭着记忆，这是三六叔的旱烟五十六文，这是七斤嫂的布六十四文，一件都不会遗漏或是错误。他载人上城，并且还代人跑街，这是很方便的事，但是也或者有人，特别是女太太们，要嫌憎买得不很称心，那么只好且略等候，等"船店"到来的时候，自己买了。城市里本有货郎担，挑着担子，手里摇着一种雅号"惊闺"或是"唤娇娘"的特制的小鼓，方言称之为"袋络担"。据孙德祖的《寄龛乙志》卷四里说："货郎担越中谓之袋络担，是货什杂布帛及丝线之属，其初盖以络索担囊橐衔且售，故云。"后来却是用藤竹织成，叠起来很高的一种箱担了。但在水乡大约因为行走不便，所以没有，却有一种便于水行的船店出来，来弥补这个缺憾。

这外观与普通的埠船没有什么不同，平常一个人摇着橹，到得行近一个村庄，船里有人敲起小锣来，大家知道船店来了，一哄地出到河岸头，各自买需要的东西，大概除柴米外，别的日用品都可以买到，有洋油与洋灯罩，也有芒麻鞋面布和洋头绳，以及丝线。这是旧时代的办法，其实却很是有用的。我看见过这种船店，乘过这种埠船，还是在民国以前，时间经过了六十年，可能这些都已没有了也未可知，那么我所追怀的也只是前尘梦影了罢。不过如我上文所说，这些办法虽旧，用意却都是好的，近来在报上时常看见，有些售货员努力到山乡里去送什货，这实在即是开船店的意思，不过更是辛劳罢了。

乌 篷 船

子荣君：

接到手书，知道你要到我的故乡去，叫我给你一点什么指导。老实说，我的故乡，真正觉得可怀恋的地方，并不是那里，但是因为在那里生长，住过十多年，究竟知道一点情形，所以写这一封信告诉你。

我所要告诉你的，并不是那里的风土人情，那是写不尽的，但是你到那里一看也就会明白的，不必啰唆地多讲。我要说的是一种很有趣的东西，这便是船。你在家乡平常总坐人力车、电车，或是汽车，但在我的故乡那里这些都没有，除了在城内或山上是用轿子以外，普通代步都是用船。船有两种，普通坐的都是"乌篷船"，白篷的大抵作航船用，坐夜航船到西陵去也有特别的风趣，但是你总不便坐，所以我也就可以不说了。

乌篷船大的为"四明瓦"（Sy－menngoa），小的为脚划船（划读如uoa），亦称小船。但是最适用的还是在这中间的"三道"，亦即三明瓦。篷是半圆形的，用竹片编成，中央竹箬，上涂黑油；在两扇"定篷"之间放着一扇遮阳，也是半圆的，木作格子，嵌着一片片的小鱼鳞，径约一寸，颇有点透明，略似玻璃而坚韧耐用，这就称为明瓦。三明瓦者，谓其中舱有两道，后舱有一道明瓦也。船尾用橹，大抵两支，船首有竹篙，用以定船。船头着眉目，状如老虎，但似在微笑，颇滑稽而不可怕，唯白篷船则无之。三道船篷之高大约可以使你直立，舱宽可放下一顶方桌，四个人坐着打麻将——这个恐怕你也已学会了罢？小船

31

则真是一叶扁舟，你坐在船底席上，篷顶离你的头有两三寸，你的两手可以搁在左右的舷上，还把手都露出在外边。在这种船里仿佛是在水面上坐，靠近田岸去时泥上便和你的眼鼻接近，而且遇着风浪，或是坐得少不小心，就会船底朝天，发生危险，但是也颇有趣味，是水乡的一种特色。不过你总可以不必去坐，最好还是坐那三道船罢。

你如坐船出去，可是不能像电车的那样性急，立刻盼望走至。倘若出城，走三四十里路（我们那里的里程是很短，一里才及英里三分之一），来日总要预备一天。你坐在船上，应该是游山的态度，看看四周物色，随处可见的山，岸旁的乌桕，河边的红蓼和白蘋，渔舍，各式各样的桥。困倦的时候睡在舱中拿出随笔来看，或者冲一碗清茶喝喝。偏门外的鉴湖一带，贺家池、壶觞左近，我都是喜欢的，或者往娄公埠骑驴去游兰亭（但我劝你还是步行，骑驴或者于你不很相宜），到得暮色苍然的时候进城上都挂着薜荔的东门来，倒是颇有趣味的事。倘若路上不平静，你往杭州去时可下午开船，黄昏时候的景色正最好看，只可惜这一带地方的名字我都忘记了。夜间睡在舱中，听水声橹声，来往船只的招呼声，以及乡间的犬吠鸡鸣，也都很有意思。雇一只船到乡下去看庙戏，可以了解中国旧戏的真趣味，而且在船上行动自如，要看就看，要睡就睡，要喝酒就喝酒，我觉得也可以算是理想的行乐法。只可惜讲维新以来这些演剧与迎会都已禁止，中产阶级的低能人别在"布业会馆"等处建起"海式"的戏场来，请大家买票看上海的猫儿戏。这些地方你千万不要去。——你到我那故乡，恐怕没有一个人认得，我又因为在教书不能陪你去玩，坐夜船，谈闲天，实在抱歉而且惘怅。川岛君夫妇现在俶山下，本来可以给你介绍，但是你到那里的时候他们恐怕已经离开故乡了。初寒，善自珍重，不尽。

苏州的回忆

　　说是回忆，仿佛是与苏州有很深的关系，至少也总经过十年以上的样子，可是事实上却并不然。民国七八年间坐火车走过苏州，共有四次，都不曾下车，所看见的只是车站内的情形而已。去年四月因事经南京，始得顺便至苏州一游，也只有两天的停留，没有走到多少地方，所以见闻很是有限。当时江苏日报社有郭梦鸥先生以外几位陪着我们走，在那两天的报上随时都有很好的报道，后来郭先生又有一篇文章，登在第三期的《风雨谈》上，此外实在觉得更没有什么可以记录的了。但是，从北京远迢迢地经苏州走一趟，现在也不是容易事，其时又承本地各位先生恳切招待，别转头来走开之后，再不打一声招呼，似乎也有点对不起。现在事已隔年，印象与感想都渐就着落，虽然比较地简单化了，却也可以稍得要领，记一点出来，聊以表示对于苏州的恭敬之意，至于旅人的话，谬误难免，这是要请大家见恕的了。

　　我旅行过的地方很少，有些只根据书上的图像，总之我看见各地方的市街与房屋，常引起一个联想，觉得东方的世界是整个的。譬如中国、日本、朝鲜、琉球，各地方的家屋，单就照片上看也罢，便会确凿地感到这里是整个的东亚。我们再看乌鲁木齐、宁古塔、昆明各地方，又同样地感觉这里的中国也是整个的。可是在这整个之中别有其微妙的变化与推移，看起来亦是很有趣味的事。以前我从北京回绍兴去，浦口下车渡过长江，就的确觉得已经到了南边，及车抵苏州站，看见月台上车厢里的人物声色，便又仿佛已入故乡境内，虽然实在还有五六百里的距离。现至通称江浙，有如古时所谓吴越或吴会，本来就是一家。杜荀鹤有几首诗写得很好，其一《送人游吴》云：

　　君到姑苏见，人家尽枕河。古宫闲地少，水港小桥多。
　　夜市卖菱藕，春船戴绮罗。遥知未眠月，乡思在渔歌。

又一首《送友游吴越》云：

　　去越从吴过，吴疆与越连。有园多种橘，无水不生莲。
　　夜市桥边火，春风寺外船。此中偏重客，君去必经年。

　　诗固然作得好，所写事情也正确实，能写出两地相同的情景。我到苏州第一感觉的也是这一点，其实即是证实我原有的漠然的印象罢了。我们下车后，就被招待游灵岩去，先到木渎在石家饭店吃过中饭，从车站到灵岩。第二天又出城到虎丘，这都是路上风景好，比目的地还有意思，正与游兰亭的人是同一经验。我特别感觉有趣味的，乃是在木渎下了汽车，走过两条街往石家饭店去时，看见那里的小河、小船、石桥、两岸枕河的人家，觉得和绍兴一样，这是江南的寻常景色，在我江东的人看了也同样地亲近，恍如身在故乡了。又在小街上见到一爿糕店，这在家乡极是平常，但北方绝无这些糕类，好些年前曾在《卖糖》这一篇小文中附带说及，很表现出一种乡愁来，现在却忽然遇见，怎能不感到喜悦呢。只可惜匆匆走过，未及细看这柜台上蒸笼里所放着的是什么糕点，自然更不能够买了来尝了。不过就只是这样看了一眼走过了，也已很是愉快，后来不久在城里几处地方，虽然不是这店里所做，好的糕饼也吃到好些，可以算是满意了。

　　第二天往马医科巷——据说这地名本来是蚂蚁窠巷，后为转讹，并不真是有过马医牛医住在那里——去拜访俞曲园先生的春在堂。南方式的厅堂结构原与北方不同，我在曲园前面的堂屋里徘徊良久之后，再往南去看俞先生著书的两间小屋，那时所见这些过廊、侧门、天井种种，都恍惚是曾经见过似的，又流连了一会儿。我对同行的友人说，平伯有这样好的老屋在此，何必留滞北方，我回去应当劝他南归才对。说的虽是半玩笑的话，我的意思却是完全诚实的，只是没有为平伯打算罢了。那所大房子就是不加修理，只说点灯，装电灯固然了不得，石油没有，植物油又太贵，都无办法，故即欲为点一盏读书灯计，亦自只好仍旧蛰居于北京之古槐书屋矣。我又去拜谒章太炎先生墓，这是在锦帆路章宅的后园里，情形如郭先生文中所记，兹不重述。章宅现由省政府宣传处明处长借住，我们进去稍坐，是一座洋式的楼房，后边讲学的地方云为外国人所占用，尚未能收回，因此我们也不能进去一看，殊属遗憾。俞、章两先生是清末民初的国学大师，却都别有一种特色。俞先生以经师而留心新文学，为新文学运动之先河；章先生以儒家而兼治佛学，又倡导革命，承先启后，对于中国之学术与政治的改革至有影响。但是至晚年却又不约而同地定住苏州，这可以说是非偶然的偶然，我觉得这里很有意义，也很有意思。俞、章两先生是浙西人，对于吴地很有情分，也可以算是一小部分的理由，但其重要的原因还当别有所在。由我看去，南京、上海、杭州，均各有其价值与历史，唯若欲求多有文化的空气与环境者，大约无过苏州了罢。两先生的意思或者看重这一点，也未可定。现在南京有中央大学，杭州也有浙江大学了，我以为在苏州应当有一个江苏大学，顺应其环境与空气，特别向人文科学方面发展，完成两先生之宏业大愿，为东南文化确立其根基，此亦正是丧乱中之一件要事也。

在苏州的两个早晨过得很好，都有好东西吃，虽然这说得似乎有点俗，但是事实如此，而且谈起苏州，假如不讲到这一点，我想终不免是一个罅漏。若问好东西是什么，其实我是乡下粗人，只知道是糕饼点心，到口便吞，并不曾细问种种的名号。我可记得乱吃得很不少，当初《江苏日报》或是郭先生的大文里仿佛有着记录。我常这样想，一国的历史与文化传得久远了，在生活上总会留下一点痕迹，或是华丽，或是清淡，却无不是精练的，这并不想要夸耀什么，却是自然应有的表现。我初来北京的时候，因为没有什么好点心，曾经发过牢骚，并非真是这样贪吃，实在也只为觉得他太寒碜，枉做了五百年首都，连一些细点心都做不出，未免丢人罢了。我们第一早晨在吴苑，次日在新亚，所吃的点心都很好，是我在北京所不曾遇见过的，后来又托朋友在采芝斋买些干点心，预备带回去给小孩辈吃，物事不必珍贵，但也很是精练的，这尽够使我满意而且佩服，即此亦可见苏州生活文化之一斑了。这里我特别感觉有趣味的，乃是吴苑茶社所见的情形。茶食精洁，布置简易，没有洋派气味，固已很好，而吃茶的人那么多，有的像是祖母老太太，带领家人妇子，围着方桌，悠悠地享用，看了很有意思。性急的人要说，在战时这种态度行么？我想，此刻现在，这里的人这么做是并没有什么错的。大抵中国人多受孟子思想的影响，他的态度不会得一时急变，若是因战时而面粉白糖渐渐不见了，被迫得没有点心吃，出于被动的事那是可能的。总之在苏州，至少是那时候，见了物资充裕，生活安适，由我们看惯了北方困穷的情形的人看去，实在是值得称赞与羡慕。我在苏州感觉得不很适意的也有一件事，这便是住处。据说苏州旅馆绝不容易找，我们承公家的斡旋得能在乐乡饭店住下，已经大可感谢了，可是老实说，实在不大高明。设备如何都没有关系，就只苦于太热闹，那时我听见打牌声，幸而并不在贴隔壁，更幸而没有拉胡琴唱曲的，否则次日往虎丘去时马车也将坐不稳了。就是像沧浪亭的旧房子也好，打扫几间，让不爱热闹的人可以借住，一面也省得去占忙的房间，妨碍人家的娱乐，倒正是一举两得的事罢。

在苏州只住了两天，离开苏州已将一年了，但是有些事情还清楚地记得，现在写出几项以为纪念，希望将来还有机缘再去，或者长住些时光，对于吴语文学的发源地更加以观察与认识也。

西安的古迹

　　就近两千年来说，西安是汉唐两朝的首都，是历史上最兴旺的一时期的文化发源地，凡有宝爱祖国文学遗产的人士，对于这古都长安不能不保有着甚深的怀念。

　　西安古迹很多，但第一引人注意的我想当是慈恩寺的大雁塔罢。现今的西安已经和唐代的长安大有不同，大慈恩寺据说原分十二院，大雁塔的现址只是其中之一，地点很是狭窄，但是那"塔势如涌出"的大建筑物却经历了一千三百多年的岁月，巍然直立着，看了叫人不自觉地感到兴奋。大雁塔与玄奘，正和小雁塔和义净一样，是两位往天竺取经回来的高僧所住，努力翻译佛经，对于以后中印文化交流，起了很大的作用。别一方面有那青龙寺，唐代日本空海和尚、朝鲜慧日和尚来长安留学时，都曾在此居住。空海不但将佛教密宗从中国传入日本，还依照印度悉昙字母的规则，采用汉字的偏旁部分，改造日本假名，作为音标字母。在这以前日本通用汉字记音，用字没有一定，易致分歧，空海制定简易的"片假名"，又把这五十音编为一首歌诀，通行至今。日本文字前半用汉字标音，后半用假名，结果都是从中国去的，而这源流却是出在长安，在中日文化交流上起了极大的作用，因为他是兼有宗教与文艺两种意义的。中国从印度输入了佛教，一面丰富了自己的文化，一面又与东南亚日本、朝鲜、印度支那、缅甸、泰国、尼泊尔、锡兰各国，发生了亲密的关系，这个重大的价值我们是不可轻易看过的。这本来是过去和现在的事实，各人只要注意一下都会得明了，不过我在西安看了雁塔的古迹，更是深切地感到罢了。

其次我觉得值得一说的便是骊山。骊山最有名的古迹当然要举出阿房宫来，不过自从"楚人一炬，可怜焦土"以来，再没有什么可以凭吊的地方，所以只好不说。此外自然要推那里有名的华清宫了，不过可惜得很，那里唐朝遗物什么都没有了，除了华清池的一泓清水，我们从照片上看到的所谓贵妃池也已不见，因为正在改造，——这其实倒是对的，那用二十世纪式的白瓷砖砌成的浴池，并不适宜，改去正是好的。杨太真之死在古代历史上自然是一个很大的悲剧，但是经过白居易和陈鸿的《长恨歌传》的点缀而流传下来的故事，由于后世文人的庸俗化，着重于"春寒赐浴华清池，温泉水滑洗凝脂"之句，生出许多出浴的诗和画来，这显然是有点不妥当的。我对于华清池的看法是，简单地把他当作唐代遗宫之一对待，自然与《长恨歌》有很深的关系，而那池水是中国北地很缺少的一个良好的温泉，愿意将来多多地加以利用。我觉得很是有幸，在那里洗了一个澡。对于杨贵妃的事情，我觉得远不及对于捉蒋亭的有兴趣。我只在山下望见那亭子和匾额上的字，因为脚力不济，不能爬上山去近看，但是我有他的照片，又承同行的友人上去把木板上所记的那篇文章抄了下来，我也得读了一遍。一九三六年十二月十二日的"西安事变"是抗日救国，以至解放中国的枢机，值得永久纪念，而这恰巧发生在华清池上，也正是很有意思的事情。我的意思是，这亭子该当用上好的石头建筑，替代现在的水泥工程，同时也希望有一篇简要的碑记，镌刻在打毁了的摩崖刻石旁边，那上山的道程自然最好也修理一下子。

此外，我们还参观了几处古迹，比较最引起兴味的，乃是东郊半坡村的新石器晚期遗址，以及北郊阎家寺的汉初住宅遗迹。此二者在历史上的学术价值，我们外行人可以无须多说，这里只把个人感想举出一二点来。这石器时代据说距今只有五千年，那么可能是在唐虞时代千年之前。平常听说史前的事情，往往是几万年前，现今就近得很多了，所以不禁发生了些亲近之感。说到汉朝，时代近得很多，遗物发现不少，有如在西安博物馆中所见的咸阳的秦时下水道五角大瓦管，近年在曲阜发掘出来的鲁灵光殿遗址，殿基道路都很完好，那刻字的殿陛是西汉第一石刻（解放前原石在北京大学，现在可能归历史博物馆保管），都是珍贵的资料。但是这回所见的版筑的涂作红色的泥墙土地，以及墙角的炉灶，烧起来时火烟从墙中旬管和土炕通过，那种暖房设备却是很特殊的。土炕的构造在文化上也有意义，他远与朝鲜日本（不知道在西伯利亚有无类似的东西），近与北地的土炕、南方的板炕都有密切的联系。这是第一个感想。其二，是这些的发现与保存，只有在解放以后的现在才有可能，我们看着这几千年前的古迹，却同时不能不感到目前的这伟大的时代。

绍兴山水补笔

人家会得要问，你已有三十多年不到绍兴去，有资格来导游么？这个我的确不敢回答，因为对于近二十年来的事情，我实在不知道。但是我所说的游览如果是指古迹山水，那么也勉强可以说得，因为这些物事大抵没有什么变动，即使是经过了若干年月。我现今便来凭了我自己的经历，举出几个地方来，说明我以为最好的游览方法。这或者不能够使得人人都觉满足，但总之可作为一说，以备参考罢。

绍兴这地方有相当古的历史，所以不少古迹，虽然大半说起来很古，实际上没有东西，只有一个名字存留罢了。但也有不少是例外。我们举出时代最古的来说，那该是禹庙。大禹的功绩现在是无须再来称扬的了，自孔墨以至孟子，古代贤人说得已很多，现代有鲁迅的一篇《治水》尤其描写得神。据传说上讲来，三峡和三门峡都经过他的整治，但这未可定为史迹，会稽的夏禹庙创建于梁大同十一年（公元五四五），已有一千四百多年的历史，又有禹陵在那里，该是可信的了。史传上虽是明说禹葬会稽，却并不一定在庙边，明朝中叶有一个名叫南大吉的知府，在山麓竖立了一块大石碑，上面大书三字曰"大禹陵"。禹陵究竟在哪里，谁也没法子证实，所以后来也无人争论，这问题差不多就此决定了。陵既无什么可看，那里比较特别的还是那个庙，这是因山建造的，所以地势颇高，庙前有石阶数十级，攀登很费点气力，本地人称为"百步金阶"，说是模仿宫殿格式。其实北京故宫里的几个大殿都不如此。绍兴府旧府署系唐末董昌的宫室，可能也是越王勾践所住过的，那因为在卧龙山腰，也有很高的台阶，老百姓的推想可能由此出来。禹庙既是梁武帝时所建，他是做和尚比做皇帝热心的人，或者有意造成寺庙的形式，在山门内有一段很高的石阶，而因山建筑又是别一个原因罢。

这个禹庙是怎么游法呢？据志书上说，禹庙在县东十二里。那地方土名"庙下"，出绍兴偏东南的早城门"稽山门"，沿着官塘石路走去，大概只十里路就到了。平常大都是坐船前去，在"庙下"上岸，瞻仰大禹像，再看"窆亭"和"大禹陵"石碑，值得看的东西也就完了。禹的塑像相当伟大，看的人要仰头去望，才能看得见他戴着冕旒的脸，这脸是很有福相的，和《治水》里的形容不很一致，但也自有其崇高的地方。走进殿里第一惹人注意的，是许多蝙蝠的吱吱的叫声，大抵是躲在屋梁底下，有的据说住在大禹像的耳朵里，这也是可能的，因为像是有那么的大。绍兴城里东郭门内春波桥北岸，有一座古禹迹寺，即在沈园的对岸，据清初人的《听雨轩余记》说，寺里边有一尊大禹像，才有一尺多高。这小得出奇的禹像，与禹庙的正成对比，只可惜我住在近地，时常走过禹迹寺前，不曾去瞻仰过，因为我看见那笔记是后年的事，早已移家北京了。多少年来这个心愿还是存在，希望有机会回故乡去时，便道看一下，就只恐时光经过太久，未必存在罢了。

为了尊敬大禹，专程去拜谒一下，本来未始不可，但是顺便去一看南镇和香炉峰香市，似乎更好。南镇在禹陵南约三里，有额曰"天南第一镇"，乃是祭会稽山神的庙，每年三月香市（现在可能衰歇了），祭祀的人拥挤不开，非常热闹。香炉峰则是会稽山的一个山峰，山势突兀，顶上有一个小庙，庙小而香火很盛，与北京的妙峰山可以相比。山顶的女神照例称为"九天玄女"，是原始宗教的母神，后来或者附会，与观音有时拉在一起了。这里所说还是凭过去的记忆，现在这些风俗或者已有改变了，那么游览自然就只好以禹庙为限，山上空庙更无特地去看之必要了。

绍兴古代历史上的大人物，大禹以后，大概要算越王勾践了。他的卧薪尝胆、苦心报仇的故事，在《国语》里写得有声有色，留给后世的影响相当地大，至今还流传着好些地名，都和他有关系的。例如城内有采葸的葸山，投醪的箪醪河，后宫外边的脂沟汇（俗语传讹作猪狗汇了），城外采葛的葛山，种兰的兰渚山，养鸡狗的鸡山、犬山，皆是。可是，关于他的古迹无论超过了任何别人，事实上只是一个名称，没有什么遗迹可寻，那么这也是徒然的了。所以这一部分只好略过去，一跳跳到东晋来了。

王羲之是中国数一数二的书家，他的尺牍为世所珍重，成为"三希"之一，那一篇《兰亭集序》收在《古文观止》里，更是脍炙人口，兰亭一地遂成为有名的古迹。文墨之士知道王右军，那是当然的事，至于市井民众却多熟悉他的名字，其一说是王羲之爱鹅，在葸山下的遗宅左近有鹅池洗砚池等遗址。其二是他为老母写六角扇的故事，其地至今称为题扇桥，近地还有一条小巷，据说因为老母以后屡次求写，王羲之不胜其烦，只好躲过，那里俗名便叫作躲婆弄，遗宅后来舍为佛寺，名为戒珠寺。后人望文生义，因为他爱养鹅，便援引段佛经作为出典，说有比丘至珠师处乞食，珠师进内取食，将一颗明珠放在榻上，室中时有一鹅，因比丘红衣反照，见珠有红光，误为食物，一口吞了下去。珠师出来失珠，以为系比丘所偷，请其归还，终至殴打，比丘因爱惜鹅的生命，不肯说明。后来珠师失手打鹅头上，鹅即毙命，比丘乃失声而哭，珠师问明情由，大为感动，遂亦出家云。这个解说不是解作"以珠为戒"，原来却是二字连读作为一词，以珠喻戒，所以是不确实的。戒珠寺既成为佛寺，至多还保存着一个王右军的牌位，此外无甚可观，要看还是往兰亭去。这地方在城西南二十七里，地旧名兰渚山，据说越王曾种兰于此，大概秦以来设亭，有如驿站，兰亭溪便从那里出来。要去的时候先须坐船，直达娄公埠，从那里起是陆路，约有三四里，有毛驴可骑，但有脚力的还不如步行，可以自由地领略山光水色。老实说，到了目的地便令人索然兴尽，几间老屋油漆得庸俗像茶馆似的（现今可能改善了），曲水只是一道弯曲的小沟，墨池是一坑死水，没有什么可看。可看的还是在路上，《兰亭序》上所说，"此地有崇山峻岭，茂林修竹，

42

又有清流激湍，映带左右"，这其实是总括绍兴山水的佳趣，在兰亭路上就可以见到一部分。清溪沿山曲折流下，我想王羲之所指的曲水可能就是这个，那修禊的人决不会先期去挖掘一道小沟，预备流觞之用，一定是看见了这溪流，才想到那么样做的。以一个古迹为目的，主要是去看那一带的山水以及社会风俗，那才可以有兴趣和意义，这是我的主张，下文更具体地来加以说明。

这一节所说的是关于陆放翁的事情。他和大禹与王羲之不同，乃是绍兴本地人。他是著名的爱国诗人，在八十五岁时作《示儿》一绝句中有"家祭无忘告乃翁"之句，但在七十四岁时作《沈园》中又有"此身行作稽山土"之句，也同样为人所注意，又连同他的《钗头凤》的题词，排演成有名的悲剧。陆放翁的故居留在绍兴，也该算作重要的古迹。这据说有两处，其一在偏门外跨湖桥，通称快阁，"小楼一夜听春雨"的诗传说即是在那里写的。随后他移居三山，即是偏门外的鲁墟。集中有《归三山诗》二首，之一云："霏霏寒雨数家村，鸡犬萧然昼闭门。他日路迷君勿恨，人间随处有桃源。"这四句差不多可以看作留给我们的预言，因为我们知道三山即是鲁墟，鲁墟这村镇现今依然存在，但是到了村里也是没用，放翁故居的遗迹一点都无可考了。要访问放翁遗迹，只有依照上文所说办法，做综合的旅行，才能有得。放翁的故事重点在于沈园，现在虽然一无可观，但仍应由此出发。禹迹寺门前的石桥题名"春波桥"，即以放翁句"伤心桥下春波绿"得名，但俗称罗汉桥，或是本来的名称罢。办法是从罗汉桥起，雇一只乌篷船，大小适中，缓缓地做一日之游。名称是访问陆放翁故居，实际却在看一路的山水景色，村庄市集，风俗生活。从东郭门绕道出常禧门（即偏门），便摇船往鲁墟去。到鲁墟后别无所有，所以不必急急，要紧的还是一路注意地看。《嘉泰会稽志》中曾云："出偏门至三山多白莲，出三江门至梅山多红莲，夏夜香风率一二十里不绝，非尘境也，而游者多以昼，故不尽知。"这是放翁同时代的记录，可见那时的风景很是美丽，后来当然全不一样了，可是那水乡景色，无论何时总是很好的。鲁墟离城不远，大抵只有三四十里，当日可打来回，最好还是与别处结合，接连坐两三天船，更是有意义。沿路遇有市集，可以参加，如能碰到村镇的"社戏"更是绝妙，只是这在现时当然未必有了。访问王右军遗迹，不必一定要懂书法，但是参观陆放翁的故乡，如能携带他的近体诗集，找他描写乡村的诗来做对比，倒是很有趣味的事情吧。

济南道中

一

伏园兄：

你应该还记得"夜航船"的趣味罢？这个趣味里的确包含有些不很优雅的非趣味，但如一切过去的记忆一样，我们所记住的大抵只是一些经过时间融化变了形的东西，所以想起来还是很好的趣味。我平素由绍兴往杭州总从城里动身（这是二十年前的话了），有一回同几个朋友从乡间乘船，这九十里的一站路足足走了半天一夜；下午开船，傍晚才到西郭门外，于是停泊，大家上岸吃酒饭。这很有牧歌的趣味，值得田园画家的描写。第二天早晨到了西兴，埠头的饭庙主人很殷勤地留客，点头说"吃了饭去"，进去坐在里面（斯文人当然不在柜台边和"短衣帮"并排着坐）破板桌边，便端出烤虾小炒腌鸭蛋等家常便饭来，也有一种特别的风味。可惜我好久好久不曾吃了。

今天我坐在特别快车内从北京往济南去，不禁忽然地想起旧事来。火车里吃的是大菜，车站上的小贩又都关出在木栅栏外，不容易买到土俗品来吃。先前却不是如此，一九○六年我们乘京汉车往北京应练兵处（那时的大臣是水竹村人）的考试的时候，还在车窗口买到许多东西乱吃，如一个铜子一只的大鸭梨，十五个铜子一只的烧鸡之类；后来在什

45

么站买到兔肉，同学有人说这实在是猫，大家便觉得恶心不能再吃，都摔到窗外去了。在日本旅行，于新式的整齐清洁之中（现在对于日本的事只好"轻描淡写"地说一句半句，不然恐要蹈邓先生的覆辙），却仍保存着旧日的长闲的风趣。我在东海道中买过一箱"日本第一的吉备团子"，虽然不能证明是桃太郎的遗制，口味却真不坏，可惜都被小孩们分吃，我只尝到一两颗，而且又小得可恨。还有平常的"便当"，在形式内容上也总是美术的，味道也好，虽在吃惯肥鱼大肉的大人先生们自然有点不配胃口。"文明"一点的有"冰激凌"，装在一只麦粉做的杯子里，末了也一同咽下去。——我坐在这铁甲快车内，肚子有点饿了，颇想吃一点小食，如孟代故事中王子所吃的，然而现在实属没有法子，只好往餐堂车中去吃洋饭。

我并不是不要吃大菜的。但虽然要吃，若在强迫的非吃不可的时候，也会令人不高兴起来。还有一层，在中国旅行的洋人的确太无礼仪，即使并无什么暴行，也总是放肆讨厌的。即如在我这一间房里的一个怡和洋行的老板，带了一只小狗，说是在天津花了四十块钱买来的，他一上车就高卧不起，让小狗在房内撒尿，忙得车侍三次拿布来擦地板，又不喂饱，任他东张西望，呜呜地哭叫。我不是虐待动物者，但见人家昵爱动物，搂抱猫狗坐车坐船，妨害别人，也是很嫌恶的，我觉得那样的昵爱，正与虐待同样地是有点兽性的。洋人中当然也有真文明人，不过商人大抵不行，如中国的商人一样。中国近来新起一种"打鬼"——便是打"玄学鬼"与"直脚鬼"——的倾向，我大体上也觉得赞成，只是对于他们的态度有点不能附和。我们要把一切的鬼或神全数打出去，这是不可能的事，更无论他们只是拍令牌，念退鬼咒，当然毫无功效，只足以表明中国人术士气之十足，或者更留下一点恶因。我们所能做、所要做的，是如何使玄学鬼或直脚鬼不能为害。我相信，一切的鬼都是为害的，倘若被放纵着，便是我们自己"曲脚鬼"也何尝不如此。……人家说，谈天谈到末了，一定要讲到下作的话去，现在我却反对地谈起这样正经大道理来，也似乎不大合适，可以不再写下去

46

了罢。

二

过了德州，下了一阵雨，天气顿觉凉快，天色也暗下来了。室内点上电灯，我向窗外一望，却见别有一片亮光照在树上地上，觉得奇异，同车的一位宁波人告诉我，这是后面护送的兵车的电光。我探头出去，果然看见末后的一辆车头上，两边各有一盏灯（这是我推想出来的，因为我看的只是一边）射出光来，正如北京城里汽车的两只大眼睛一样。当初我以为既然是兵车的探照灯，一定是很大的，却正出于意料之外，他的光只照着车旁两三丈远的地方，并不能直照见树林中的贼踪。据那位买办所说，这是从去年故孙美瑶团长在临城做了那"算不得什么大事"之后新增的，似乎颇发生效力，这两道神光真吓退了沿路的毛贼，因为以后确不曾出过事，而且我于昨夜也已安抵济南了。但我总觉得好笑，这两点光照在火车的尾巴头，好像是夏夜的萤火，太富于诙谐之趣。我坐在车中，看着窗外的亮光从地面移在麦子上，从麦子移到树叶上，心里起了一种离奇的感觉，觉得似危险非危险，似平安非平安，似现实又似在做戏，仿佛眼看程咬金腰间插着两把纸糊大板斧在台上踱着时一样。我们平常有一句话，时时说起却很少实验到的，现在拿来应用，正相适合，——这便是所谓浪漫的境界。

十点钟到济南站后，坐洋车进城，路上看见许多店铺都已关门，——都上着"排门"，与浙东相似。我不能算是爱故乡的人，但见了这样的街市，却也觉得很是喜欢。有一次夏天，我从家里往杭州，因为河水干涸，船只能到牛屎浜，在早晨三四点钟的时分坐轿出发，通过萧山县城，那时所见街上的情形，很有点与这回相像。其实绍兴和南京的夜景也未尝不如此，不过徒步走过的印象与车上所见到底有些不同，所以叫不起联想来罢了。城里有好些地方也已改用玻璃门，同北京一样，这是我今天下午出去看来的。我不能说排门是比玻璃门更好，在实际上玻璃门当然比排门要便利得多。但由我旁观地看去，总觉得旧式的铺门较有趣味。玻璃门也自然可以有他的美观，可惜现在多未能顾到这一层，大都是粗劣潦草，如一切的新东西一样。旧房屋的粗拙，全体还有些调和，新式的却只见轻率凌乱这一点而已。

今天下午同四个朋友去游大明湖，从鹊华桥下船。这是一种"出坂船"似的长方的船，门窗做得很考究，船头有匾一块，文云"逸兴豪情"，——我说船头，只因他形式似船头，但行驶起来，他却变了船尾，一个舟子便站在那里倒撑上去。他所用的家伙只是一支天然木的篙，不知是什么树，剥去了皮，很是光滑，树身却是弯来扭去的，并不笔直。他拿了这件东西，能够使一只大船进退回旋无不如意，并且不曾遇见一点小冲撞，在我只知道使船用桨橹的人看了不禁着实惊叹。大明湖在《老残游记》里很有一段描写，我觉得写不出更好的文章来，而且你以前赴教育改进社年会时也曾到过，所以我可以不絮说了。我也同老残一样，走到历下亭铁公祠各处，但可惜不曾在明湖居听得白妞说梨花大鼓。我们又去看"大帅张少轩"捐资倡修的曾子固的祠堂，以及张公祠，祠里还挂有一幅他的"门下子婿"的长髯照相和好些"圣朝柱石"等等的孙公德政牌。随后又到北极祠去一看，照例是那些塑像。正殿右侧一个大鬼，一手倒提着一个小妖，一手掐着一个，神气非常活现，右脚下踏着一个女子，他的脚跟正落在腰间，把她踹得目瞪口呆，似乎喘不过气来，不知是到底犯了什么罪。大明湖的印象仿佛像南京的玄武湖，不过这湖是在城里，很是别致。清人铁保有一联云"四面荷花三面柳，一城山色半城湖"，实在说得湖好（据老残说这是铁公祠大门的楹联，现今却已掉下，在享堂内倚墙放着了），虽然我们这回看不到荷花，而且湖边渐渐地填为平地，面积大不如前；水路也很窄狭，两旁变了私产，一区一区地用苇塘围绕，都是人家种蒲养鱼的地方，所以《老残游记》里所记千佛山倒影入湖的景象已经无从得见，至于"一声渔唱"尤其是听不到了。但是济南城里有一个湖，即使较前已经不如，总是很

48

好的事。这实在可以代一个大公园，而且比公园更为有趣，于青年也很有益。我遇见好许多船的学生在湖中往来，比较中央公园里那些学生站在路边等看头发像鸡窠的女人要好得多多，——我并不一定反对人家看女人，不过那样看法未免令人见了生厌。这一天的湖逛得很快意，船中还有王君的一个三岁的小孩同去，更令我们喜悦。他从宋君手里要蒲桃干吃，每拿几颗例须唱一出歌加以跳舞，他便手舞足蹈唱"一二三四"给我们听，交换五六个蒲桃干，可是他后来也觉得麻烦，便提出要求，说"不唱也给我罢"。他是个很活泼可爱的小人儿，而且一口的济南话，我在他口中初次听到"俺"这一个字活用在言语里，虽然这种调子我们从北大徐君的话里早已听惯了。

三

六月二日午前，往工业学校看金线泉。这天正下着雨，我们乘暂时雨住的时候，踏着湿透的青草，走到石池旁边，照着老残的样子侧着头细看水面，却终于看不见那条金线，只有许多水泡，像是一串串的珍珠，或者还不如说水银的蒸汽，从石隙中直冒上来，仿佛是地下有几座丹灶在那里炼药。池底里长着许多植物，有竹有柏，有些不知名的花木，还有一株月季花，带着一个开过的花蒂。这些植物生在水底，枝叶青绿，如在陆上一样，到底不知道是怎么一回事。金线泉的邻近，有陈遵留客的投辖井，不过现在只是一个六尺左右的方池，辖虽还可以投，但是投下去也就可以取出来了。次到趵突泉，见大池中央有三股泉水向上喷涌，据《老残游记》里说翻出水面有二三尺高，我们看见却不过尺许罢了。池水在雨后颇是浑浊，也不曾流得"汨汨有声"，加上周围的石桥石路以及茶馆之类，觉得很有点像故乡的脂沟汇，——传说是越王宫女倾脂粉水，汇流此地，现在却俗称"猪狗汇"，是乡村航船的聚会地了。随后我们往商埠游公园，刚才进门雨又大下，在茶亭中坐了许久，等雨霁后再出来游玩。园中别无游客，容我们三人独占全园，也是极有趣味的事。公园本不很大，所以便即游了，里边又别无名胜古迹，一切都是人工的新设，但有一所大厅，门口悬着匾额，大书曰"畅趣游情，马良撰并书"，我却瞻仰了好久。我以前以为马良将军只是善于打什么拳的人，现在才知道也很有风雅的趣味，不得不陈谢我当初的疏忽了。

此外我不曾往别处游览，但济南这地方却已尽够中我的意了。我觉得北京也很好，只是太多风和灰土，济南则没有这些；济南很有江南的风味，但我所讨厌的那些东南的脾气似乎没有（或未免有点速断？），所以是颇愉快的地方。然而因为端午将到，我不能不赶快回北京来，于是在五日午前二时终于乘了快车离开济南了。

我在济南四天，讲演了八次。范围题目都由我自己选定，本来已是自由极了，但是想来想去总觉得没有什么可讲，勉强拟了几个题目，都没有十分把握，至于所讲的话觉得不能句句确实，句句表现出真诚的气氛来，那是更不必说了。就是平常谈话，也常觉得自己有些话是虚空的，不与心情切实相应，说出时便即知道，感到一种恶心的寂寞，好像是嘴里尝到了肥皂。石川啄木的短歌之一云：

> 不知怎的，
> 总觉得自己是虚伪之块似的，
> 将眼睛闭上了。

这种感觉，实在经验了好许多次。在这八个题目之中，只有末了的"神话的趣味"还比较地好一点；这并非因为关于神话更有把握，只因世间对于这个问题很多误会，据公刊的文章上看来，几乎尚未有人加以相当的理解，所以我对于自己的意见还未开始怀疑，觉得不妨略说几句。我想神话的命运很有点与梦相似。野蛮人以梦为真，半开化人以梦为兆，"文明人"以梦为幻，然而在现代学者的手里，却成为全人格之非意识的显现。神话也经过"宗教的","哲学的"以及"科学的"解释之后，由人类学者解救出来，还他原"人文学"的本来地位。中国现在有相信鬼神托梦魂魄入梦的人，有求梦占梦的人，有说梦是妖妄的人，但没有人去从梦里寻出他情绪的或感觉的分子，若是"满愿的梦"则更求其隐秘的动机，为学术的探讨者。说及神话，非信受则排斥，其态度正是一样。我看许多反对神话的人虽然标榜科学，其实他的意思以为神话确有信受的可能，倘若不是竭力抗拒；这正如性意识很强的道学家之提倡戒色，实在是两极相遇了。真正科学家自己既不会轻信，也就不必专用攻击，只是平心静气地研究就得，所以怀疑与宽容是必要的精神，不然便是狂信者的态度，非耶者还是一种教徒，非孔者还是一种儒生，类例很多。即如近来反对太戈尔运动也是如此，他们自以为是科学思想与西方化，却缺少怀疑与宽容的精神，其实仍是东方式的攻击异端。倘若东方文化里有最大的毒害，这种专制的狂信必是其一了。不意话又说远了，与济南已经毫无关系，就此搁笔。至于神话问题，说来也嫌唠叨，改日面谈罢。

郊　外

怀光君：

　　燕大开学已有月余，我每星期须出城两天，海淀这一条路已经有点走熟了。假定上午八时出门，行程如下，即十五分高亮桥，五分慈献寺，十分白祥庵南村，十分叶赫那拉氏坟，五分黄庄，十五分海淀北娄斗桥到。今年北京的秋天特别好，在郊外的秋色更是好看，我在寒风中坐洋车上远望鼻烟色的西山，近看树林后的古庙以及河途一带微黄的草木，不觉过了二三十分的时光。最可喜的是大柳树南村与白祥庵南村之间的一段 S 字形的马路，望去真与图画相似，总是看不厌。不过这只是说那空旷没有人的地方，若是市街，例如西直门外或海淀镇，那是很不愉快的，其中以海淀为尤甚，道路破坏污秽，每旁沟内满是垃圾及居民所倾倒出来的煤球灰，全是一幅没人管理的地方的景象。街上三三五五遇见灰色的人们，学校或商店的门口常贴着一条红纸，写着什么团营连等字样。这种情形以我初出城时为最甚，现在似乎稍好一点了，但是还未全去。我每经过总感得一种不愉快，觉得这是占领地的样子，不像是在自己的本国走路；我没有亲见过，但常常冥想欧战时的比利时等处或是这个景象，或者也还要好一点。海淀的莲花白酒是颇有名的，我曾经买过一瓶，价贵（或者是欺侮城里人也未可知）而味仍不甚佳，我不喜欢喝他。我总觉得勃兰地最好，但是近来有什么机制酒税，价钱大涨，很有点买不起了。——城外路上还有一件讨厌的东西，便是那纸烟的大招牌。我并不一定反对吸纸烟，就是竖招牌也未始不可，只要弄得

52

好看，至少也要不丑陋，而那些招牌偏偏都是丑陋的。就是题名也多是粗恶，如古磨坊（Old Mill）何以要译作"红屋"，至于胜利女神（Victory），大抵人多知道她就是尼开（Nike），却叫作"大仙女"，可谓苦心孤诣了。我联想起中国电影译名之离奇，感到中国民众的知识与趣味实在还下劣得很。——把这样粗恶的招牌立在占领地似的地方，倒也是极适合的罢。

隅田川两岸一览

我有一种嗜好。说到嗜好平常总没有什么好意思，最普通的便是抽鸦片烟，或很风流地称之曰"与芙蓉城主结不解缘"。这种风流我是没有。此外有酒，以及茶，也都算是嗜好。我从前曾经写过一两篇关于酒的文章，仿佛是懂得酒味道似的，其实也未必。民十以后医生叫我喝酒，就每天用量杯喝一点，讲到我的量那是只有绍兴半斤，曾同故王品青君比赛过，三和居的一斤黄酒两人分喝，便醺醺大醉了。今年又因医生的话而停止喝酒，到了停止之后，我乃恍然大悟，自己本来不是喝酒的人，因为不喝也就算了，见了酒并不觉得馋。由是可知我是不知道酒的，以前喜欢谈喝酒还有点近于伪恶。至于茶，当然是每日都喝的，正如别人一样。不过这在我也当然不全一样，因为我不合有苦茶庵的别号，更不合在打油诗里有了一句"且到寒斋吃苦茶"，以至为普天下志士所指目，公认为中国茶人的魁首。这是我自己招来的笔祸，现在也不必呼冤叫屈，但如要就事实来说，却亦有可以说明的地方。我从小学上了绍兴贫家的习惯，不知道喝"撮泡茶"，只从茶缸里倒了一点"茶汁"，再羼上温的或冷的白开水，咕嘟咕嘟地咽下去。这大约不是喝茶法的正宗罢？夏天常喝青蒿汤，并不感觉什么不满意，我想柳芽茶大抵也是可以喝的。实在我虽然知道茶肆的香片与龙井之别，恐怕柳叶茶叶的味道我不见得辨得出，大约只是从习惯上要求一点苦味就算数了。现在每天总吃一壶绿茶，用一角钱一两的龙井或本山，约需叶二钱五分，计值银二分五厘，在北平核作铜圆七大枚，说奢侈固然够不上，说嗜好也似乎有点可笑，盖如投八大枚买四个烧饼吃是极寻常事，用不着什么考究者也。

以上所说都是吃的，还有看的或听的呢？一九〇六年以后我就没有看过旧戏，电影也有十年不看了。中西音乐都不懂，不敢说有所好恶。书画古董随便看看，但是跑到陈列所去既怕麻烦，自己买又少这笔钱，也就没有可看，所有的几张字画都只是二三师友的墨迹、古董虽号称有"一架"，实亦不过几个六朝明器的小土偶和好些要货而已。据尤西堂在《艮斋杂说》卷四说：

> 古人癖好有极可笑者。蔡君谟嗜茶，老病不能饮，则烹而玩之。吕行甫好墨而不能书，则时磨而小啜之。东坡亦云：吾有佳墨七十九，而犹求取不已，不近愚耶。近时周栎园藏墨千铤，作祭墨诗，不知身后竟归谁何。子不磨墨，墨当磨子，此阮孚有一生几两屐之叹也。

这种风致唯古人能有，我们凡夫岂可并论，那么自以为有癖好其实亦是僭妄虚无的事，即使对于某事物稍有偏向，正如行人见路上少妇或要多看一眼，亦本是人情之自然，未必便可自比于好色之君子也。

说到这里，上文所云我有一种嗜好的话几乎须得取消了，但既是写下了，也就不好那么一笔勾销，所以还只得接着讲下去。所谓嗜好到底是什么呢？这是极平常的一件事，便是喜欢找点书看罢了。看书真是平常小事，不过我又有点小小不同，因为架上所有的旧书固然也拿出来翻阅或检查，我所喜欢的是能够得到新书，不论古今中外新刊旧印，凡是我觉得值得一看的，拿到手时很有一种愉快。古人诗云，"老见异书犹眼明"，或者可以说明这个意思。天下异书多矣，只要有钱本来无妨"每天一种"，然而这又不可能，让步到每周每旬，还是不能一定办到，结果是愈久等愈稀罕，好像吃铜槌饭者（铜槌者，铜锣的槌也，乡间称一日两餐曰扁担饭，一餐则云铜槌饭）捏起饭碗自然更显出加倍的馋瘆，虽然知道有旁人笑话也都管不得了。

我近来得到的一部书，共三大册，每册八大页，不过一刻钟可以都看完了，但是我却很喜欢。这书名为"绘本隅田川两岸一览"，葛饰北斋画，每页题有狂歌两首或三首，前面有狂歌师壶十楼成安序，原本据说在文化三年（一八〇六）出版，去今才百三十年，可是现在十分珍贵难得，我所有的大正六年（一九一七）风俗绘卷图画刊行会重刻本，木版着色和纸，如不去和原本比较，可以说是印得够精工的了，旧书店的卖价是日金五元也。北斋画谱的重刻本也曾买了几种，大抵是墨印或单彩，这一种要算最好。卷末有刊行会的跋语，大约是久保田米斋的手笔，有云：

> 此书不单是描写蘸影于隅田川的桥梁树林堂塔等物，并仔细描画人间四时的行乐，所以亦可当作一种江户年中行事绘卷看，当时风习跃然现于纸上。且其图画中并无如散见于北斋晚年作品上的那些夸张与奇癖，故即在北斋所挥洒的许多绘本之中亦可算作优秀的佳作之一。

永井荷风著《江户艺术论》第三篇论"浮世绘之山水画与江户名所"，以北斋、广重二家为主，讲到北斋的这种绘本也有同样的批评：

> 看此类绘本中最佳胜的《隅田川两岸一览》，可以窥知北斋凤长于写生之技，又其戏作者的观察亦甚为锐敏。而且在此时的北斋画中，后来大成时代所常使我们感到不满之支那画的感化未甚显著，是很可喜的事。如《富岳三十六景》及《诸国瀑布巡览》，其设色与布局均极佳妙，是足使北斋不朽的杰作，但其船舶其人物树木家屋屋瓦等不知怎的都令人感到支那风的情趣。例如东都骏河台之图，佃岛之图，或武州多摩川之图，一见觉得不像日本的样子。《隅田川两岸一览》却正相

56

反，虽然其笔力有未能完全自在处，但其对于文化初年江户之忠实的写生颇能使我们如所期望地感触到都会的情调。

又说明其图画的内容云：

> 　书共三卷，其画面恰如展开绘卷似的从上卷至下卷连续地将四时的隅田川两岸的风光收入一览。开卷第一出现的光景乃是高轮的天亮。孤寂地将斗篷裹身的马上旅人的后边，跟着戴了同样的笠的几个行人，互相前后地走过站着斟茶女郎的茶店门口。茶店的芦帘不知道有多少家地沿着海岸接连下去，成为半圆形，一望不断，远远地在港口的波上有一只带着正月的松枝装饰的大渔船，巍然地与晴空中的富士一同竖着他的帆樯。第二图里有戴头巾穿礼服的武士、市民、工头、带着小孩的妇女、穿花衫的姑娘、挑担的仆夫，都乘在一只渡船里，两个舟子腰间挂着大烟管袋，立在船的头尾用竹篙刺船，这就是佃之渡。

要把二十几图的说明都抄过来，不但太长，也很不容易，现在就此截止，也总可以略见一斑了。

我看了日本的浮世绘的复印本，总不免发生一种感慨，这回所见的是比较近于原本的木刻，所以更不禁有此感。为什么中国没有这种画的呢？去年我在东京文求堂主人田中君的家里见到原刻《十竹斋笺谱》，这是十分珍重的书，刻印确是精工，是木刻史上的好资料，但事实上总只是士大夫的玩意儿罢了。我不想说玩物丧志，只觉得这是少数人玩的。黑田源次编的《支那古板画图录》里的好些"姑苏版"的图画那确是民间的了，其位置与日本的浮世绘正相等，我们看这些雍正乾隆时代的作品觉得比近来的自然要好一点，可是内容还是不高明。这大都是吉语的画，如五子登科之类，或是戏文，其描画风俗景色的绝少。这一点与浮世绘很不相同。我们可以说姑苏版是十竹斋的通俗化，但压根儿同是士大夫思想，穷则画五子登科，达则画岁寒三友，其雅俗之分只是楼上与楼下耳。还有一件事，日本画家受了红毛的影响，北斋与广重便能那么应用，画出自己的画来；姑苏版画中也不少油画的痕迹，可是后来却并没有好结果，至今画台阶的大半还是往下歪斜的。此外关于古文拳法汤药大刀等事的兴废变迁，日本与中国都有很大的差异，说起来话长，所以现在暂且不来多说了。

石 板 路

　　石板路在南边可以说是习见的物事，本来似乎不值得提起来说，但是住在北京久了，现在除了天安门前的一段以外，再也见不到石路，所以也觉似有点稀罕。南边石板路虽然普通，可是在自己最为熟悉，也最有兴趣的，自然要算是故乡的，而且还是三十年前那时候的路，因为我离开家乡就已将三十年，在这中间石板恐怕都已变成了粗恶的马路了罢。案《宝庆会稽续志》卷一"街衢"云：

　　越为会府，衢道久不修治，遇雨泥淖几于没膝，往来病之。守汪纲函命计置工石，所至缮砌，浚治其湮塞，整齐其欹崎，除街陌之秽污，复河渠之便利，道涂堤岸，以至桥梁，靡不加葺，坦夷如砥，井里嘉叹。

乾隆《绍兴府志》卷七引《康熙志》云：

　　国朝以来衢路益修洁，自市门至委巷，粲然皆石甃，故海内有天下绍兴街之谣。然而生齿日繁，阛阓充斥，居民日夕侵占，以广市廛。初联接飞檐，后竟至丈余，为居货交易之所，一人作俑，左右效尤，街之存者仅容车马。每遇雨霁雪消，一线之径，阳焰不能射入，积至五六日犹泥泞，行者苦之。至冬残岁晏，乡民杂遝，到城贸易百物，肩摩趾躇，一失足则腹背为人蹂躏。康熙六十年知府俞卿下令辟之，以石牌坊中柱为界，使行人足以往来。

查志载汪纲以宋嘉定十四年权知绍兴府，至清康熙六十年整整是五百年，那街道大概就一直整理得颇好，又过二百年直至清末还是差不多。我们习惯了也很觉得平常，原来却有天下绍兴街之谣，这是在现今方才知道。小时候听唱山歌，有一首云：

知了喳喳叫，
石板两头翘，
懒惰女客困旰觉。

知了即是蝉的俗名，盛夏蝉鸣，路上石板都热得像木板晒干，两头翘起。又有歌述女仆的生活，主人乃是大家，其门内是一块石板到底。由此可知在民间生活上这石板是如何普遍，随处出现。我们又想到七星岩的水石宕，通称东湖的绕门山，都是从前开采石材的遗迹，在绕门山左近还正在采凿着，整座的石山就要变成平地，这又是别一个证明。普通人家自大门内凡是走路一律都是石板，房内用砖铺地，或用大方砖名曰地平，贫家自然也多只是泥地，但凡路必用石，即使在小村里也有一条石板路，阔只二尺，仅够行走。至于城内的街无不是石，年久光滑，不便于行，则凿去一层，雨后即着旧钉鞋行走其上亦不虞颠仆，更不必说穿草鞋的了。街市之杂沓仍如旧志所说，但店家侵占并不多见，只是在大街两边，就店外摆摊者极多，大抵自轩亭口至江桥，几乎沿路接连不断，中间空路也就留存得有限。从前越中无车马，水行用船，陆行用轿，所以如改正旧文，当云仅容肩舆而已。这些摆摊的当然有好些花样，不晓得如今为何记不清楚，这不知究竟是为了年老健忘，还是嘴馋眼馋的缘故，记得最明白的却是那些水果摊子，满台摆满了秋白梨和苹果，一堆一角小洋，商人大张着嘴在那里嚷着叫卖。这种呼声也很值得记录，可惜也忘记了，只记得一点大意。石天基《笑得好》中有一则笑话，题目是"老虎诗"，其文曰：

> 一人向众夸说，我见一首虎诗，作得极好极妙，止得四句诗，便描写已尽。旁人请问，其人曰：头一句是甚的甚的虎，第二句是甚的甚的苦。旁人又曰：既是上二句忘了，可说下二句罢。其人仰头想了又想，乃曰：第三句其实忘了，还亏第四句记得明白，是很得很的意思。

市声本来也是一种歌谣，失其词句，只存意思，便与这老虎诗无异。叫卖的说东西贱，意思原是寻常，不必多来记述，只记得有一个特殊的例。卖秋白梨的大汉叫卖一两声，频高呼曰：来驮哉，来驮哉。其声甚急迫。这三个字本来也可以解为请来拿罢，但从急迫的声调上推测过去，则更像是警诫或告急之词，所以显得他很是特别。他的推销法亦甚积极，如有长衫而不似寒酸或啬刻的客近前，便云：拿几堆去罢。不待客人说出数目，已将台上两个一堆或三个一堆的梨头用右手搅乱归并，左手即抓起竹丝所编三文一只的苗篮来，否则亦必取大荷叶卷成漏斗状，一堆两堆地尽往里装下去。客人连忙阻止，并说出需要的堆数，早已来不及。普通的顾客大抵不好固执，一定要他从荷叶包里拿出来再摆好在台上，所以只阻止他不再加入，原要两堆如今已是四堆，也就多花两个角子算了。俗语云，桠卖情销，上边所说可以算作一个实例。路边除水果外一定还有些别的摊子，大概因为所卖货色小时候不大亲近，商人又不是那么大嚷大叫，所以不大注意，至今也就记不起来了。

与石板路有关系的还有那石桥。这在江南是山水风景中的一个重要分子，在画面上可以时常见到。绍兴城里的西边自北海桥以次，有好些大的圆洞桥，可以入画，老屋在东郭门内，近处便很缺少了，如张马桥、都亭桥、大云桥、塔子桥、马梧桥等，差不多都只有两三级，有的还与路相平，底下只可通小船而已。禹迹寺前的春波桥是个例外，还是小圆洞桥，但其下可以通行任何乌篷船，石级也当有七八级了。虽然凡桥虽低而两栏不是墙壁者，照例总有天灯用以照路，不过我所明了记得的却又只是春波桥，大约因为桥较大，天灯亦较高的缘故罢。这乃是一支木杆高约丈许，横木上着板制人字屋脊，下有玻璃方龛，点油灯，每夕以绳上下悬挂。翟晴江《无不宜斋稿》卷一《甘棠村杂咏》之十六《咏天灯》云：

> 冥冥风雨宵，孤灯一杠揭。
> 荧光散空虚，灿逾田烛设。
> 夜间归人稀，隔林自明灭。

这所说是杭州的事，但大体也是一样。在民国以前，属于慈善性的社会事业，由民间有志者主办，到后来恐怕已经消灭了罢。其实就是在那时候，天灯的用处大半也只是一种装点，夜间走路的人除了夜行人外，总须得自携灯笼，单靠天灯是决不够的。拿了"便行"灯笼走着，忽见前面低空有一点微光，预告这里有一座石桥了，这当然也是有益的，同时也是有趣味的事。

东昌坊故事

余家世居绍兴府城内东昌坊口，其地素不著名，唯据山阴吕善报著《六红诗话》，卷三录有张宗子《快园道古》九则，其一云：

> 苏州太守林五磊素不孝，封公至署半月即勒归，予金二十，命悍仆押其抵家，临行乞三白酒数色亦不得，半途以气死。时越城东昌坊有贫子薛五者，至孝，其父于冬日每早必赴混堂沐浴，薛五必携热酒三合御寒，以二鸡蛋下酒。袁山人雪堂作诗云：三合陈希敌早寒，一双鸡子白团团。可怜苏郡林知府，不及东昌薛五官。

又毛西河文集中题罗坤所藏吕潜山水册子，起首云：

> 壬子秋遇罗坤蒋侯祠下，屈指揖别东昌坊五年矣。

关于东昌坊的典故，在明末清初找到了两个，也很可以满意了。东昌坊口是一条东西街，南北两面都是房屋，路南的屋后是河，西首架桥曰都亭桥，东则曰张马桥，大抵东昌坊的区域便在此二桥之间。张马桥之南曰张马巷，亦云绸缎巷，北则是丁字路，迄东有广思堂王宅，其地即上名广思堂，不知其属于东昌坊或覆盆桥也。都亭桥之南曰都亭桥下，稍前即是让檐街，桥北为十字路，东昌坊口之名盖从此出。往西为秋官第，往北则塔子桥，狙击芭八之唐将军庙及墓皆在此地。我于光绪辛丑往南京以前，有十四五年在那里住过，后来想起来还有好些事情不能忘记，可以记述一点下来。从老家到东昌坊口大约隔着十几家门面，这条路上的石板高低大小，下雨时候的水汪，差不多都还可想象，现在且只说十字路口的几家店铺罢。东南角的德兴酒店是老铺，其次是路北的水果摊与麻花摊，至于西南角的泰山堂药店乃是以风水卜卦起家，绰号矮癫胡的申屠泉所开，算是暴发户，不大有名望了。关于德兴酒店，我的记忆最为深远。我从小时候就记得我家与德兴做账，每逢忌日祭祀，常看见用人拿了经折子和酒壶去取掺水的酒来，随后到了年节再酌量付还。我还记得有一回，大概是七八岁的时候，独自一人走到德兴去，在后边雅座里找着先君正和一位远房堂伯在喝老酒。他们称赞我能干，分下酒的鸡肫豆给我吃，那时的长方板桌与长凳，高脚的浅酒碗，装下酒盐豆等的黄沙粗碟，我都记得很清楚，虽然这些东西一时别无变化，后来也仍时常看见。连带地使我不能忘记的是酒店所有的各种过酒坯，下酒的小吃，固然这不一定是德兴所做的最好，不过那里自然具备，我们的经验也是从那里得来的。鸡肫豆与茴香豆都是其中重要的一种，七年前在《记盐豆》的小文中曾说：

> 小时候在故乡酒店常以一文钱买一包鸡肫豆，用细草纸包作纤足状，内有豆可二三十粒，乃是黄豆盐煮漉干，软硬得中，自有风味。

为什么叫作鸡肫的呢？其理由不明了，大约为的是嚼着有点软带硬，仿佛像鸡肫似的罢。茴香豆是用蚕豆，越中称作罗汉豆所制，只是干煮加香料，大茴香或是桂皮，也是一文钱起码，亦可以说是为限。因为这种豆不曾听说买上若干文，总是一文一把抓，伙计即酒店官他很有经验，一手抓去数量都差不多，也就摆作一碟，虽然要几碟或几把自然也是自由。此外现成的炒洋花生、豆腐干、咸豆豉等大略具备，但是说

64

也奇怪，这里没有荤腥味，连皮蛋也没有，不要说鱼干鸟肉了。本来这是卖酒附带喝酒，与饭馆不同，是很平民的所在，并不预备阔客的降临，所以只有简单的食品，和朴陋的设备正相称。上边所说的这些豆类都似乎是零食，在供给酒客之外，一部分还是小孩们光顾买去，此外还有一两种则是小菜类的东西，人家买去可以做临时的下饭，也是很便利的事。其一名称未详，只是在陶钵内盐水煮长条油豆腐，仿佛是一文钱一个，临买时装在碗里，上面加上些红辣茄酱。这制法似乎别无巧妙，不知怎的自己煮来总不一样，想吃时还须得拿了碗到柜上去买。其二名曰时萝卜，以萝卜带皮切长条，用盐略腌，再以红霉豆腐卤渍之，随时取食。此皆是极平常的食物，然在素朴之中自有真味，而皆出自酒店店头，或亦可见酒人之真能知味也。

东北角的水果摊其实也是一间店面，西南两面开放，白天撤去排门，台上摆着些水果，似摊而有屋，似店而无招牌店号，主人名连生，所以大家并其人与店称之曰水果连生云。平常是主妇看店，水果连生则挑了一担水果，除沿街叫卖外，按时上各主顾家去销售。这担总有百十来斤重，挑起来很费气力，所以他这行业是商而兼工的，有些主顾看见他把这一副沉重的担子挑到内堂前，觉得不大好意思让他原担挑了出去，所以多少总要买他一点，无论是杨梅或是桃子。东昌坊距离大街很远，就是大云桥也不很近，临时想买点东西只好上水果连生那里去，其价钱较贵也可以说是无怪的。小时候认识一个南街的小破脚骨，自称姜太公之后，他曾说水果连生所卖的水果是仙丹，所以那么贵，又一转而称店主人曰华佗，因为仙丹当然只有华佗那里发售。都亭桥下又有一家没有招牌的店，出卖荤粥，后来改卖馄饨和面，店更繁昌起来了。主人姓张，曾租住我家西边余屋，开棺材店多年，我的曾祖母是很严格的人，可是没有一点忌讳，真很可佩服。我还记得墙上黑字写着张永兴字号，龙游寿枋等语。这张老板一面做着寿材，一面在住家制荤粥出售。荤粥一名肉骨头粥，系从猪肉店买骨头来煮粥，食时加葱花小虾米及酱油，每碗才几文钱，价廉而味美，是平民的好食品，虽然绅士们不大肯屈尊光顾。我们和姜君常常去吃，有一天已经吃下大半碗去了的时候，姜君忽然正色问道：你们没有放下什么毒药么？这一句话问得张老板的儿子媳妇哑口无言，不知道怎么回答才好。姜君乃徐徐说道：我怕你们兜揽那面的生意呢。店里的人只好苦笑，这其实也是真的，假如感觉敏捷一点的人想到店主人的本业，心里难免有这种疑问，不过不好说出来罢了。这荤粥的味道至今未能忘记，虽然这期间已经有了四十多年的间隔，上月收到长女的乳母诉苦的信，说米价每升已至三四千元，荤粥这种奢侈食品，想必早已没有了罢。因为这样的缘故，把多少年前的地方和情状记录一点下来，或者也不是全无意思的事。

喝　　茶

　　前回徐志摩先生在平民中学讲"吃茶"，——并不是胡适之先生所说的"吃讲茶"，——我没有工夫去听，又可惜没有见到他精心结构的讲稿，但我推想他是在讲日本的"茶道"（英文译作 Teaism），而且一定说得很好。茶道的意思，用平凡的话来说，可以称作"忙里偷闲，苦中作乐"，在不完全的现世享乐一点美与和谐，在刹那间体会永久，是日本之"象征的文化"里的一种代表艺术。关于这一件事，徐先生一定已有透彻巧妙的解说，不必再来多嘴，我现在所想说的，只是我个人的很平常的喝茶罢了。

　　喝茶以绿茶为正宗。红茶已经没有什么意味，何况又加糖——与牛奶？葛辛（Goorge Gissing）的《草堂随笔》（*Private Papers of Henry Ryecroft*）确是很有趣味的书，但冬之卷里说及饮茶，以为英国家庭里下午的红茶与黄油面包是一日中最大的乐事，支那饮茶已历千百年，未必能领略此种乐趣与实益的万分之一，则我殊不以为然。红茶带"土斯"未始不可吃，但这只是当饭，在肚饥时食之而已；我的所谓喝茶，却是在喝清茶，在赏鉴其色与香与味，意未必在止渴，自然更不在果腹了。中国古昔曾吃过煎茶及抹茶，现在所用的都是泡茶，冈仓觉三在《茶之书》（*Book of Tea*，一九一九）里很巧妙地称之曰"自然主义的茶"，所以我们所重的即在这自然之妙味。中国人上茶馆去，左一碗右一碗地喝了半天，好像是刚从沙漠里回来的样子，颇合于我的喝茶的意思（听说闽粤有所谓吃工夫茶者自然也有道理），只可惜近来太是洋场化，失了本意，其结果成为饭馆子之流，只在乡村间还保存一点古风，唯是屋宇器具简陋万分，或者但可称为颇有喝茶之意，而未可许为已得喝茶之道也。

喝茶当于瓦屋纸窗之下，清泉绿茶，用素雅的陶瓷茶具，同二三人共饮，得半日之闲，可抵十年的尘梦。喝茶之后，再去继续修各人的胜业，无论为名为利，都无不可，但偶然的片刻优游乃正亦断不可少。中国喝茶时多吃瓜子，我觉得不很适宜，喝茶时可吃的东西应当是清淡的茶食。中国的茶食却变了"满汉饽饽"，其性质与"阿阿兜"相差无几，不是喝茶时所吃的东西了。日本的点心虽是豆米的成品，但那优雅的形色，朴素的味道，很合于茶食的资格，如各色的"羊羹"（据上田恭辅氏考据，说是出于中国唐时的羊肝饼）尤有特殊的风味。江南茶馆中有一种"干丝"，用豆腐干切成细丝，加姜丝酱油，重汤炖热，上浇麻油，出以供客，其利益为堂倌所独有。豆腐干中本有一种"茶干"，今变而为丝，亦颇与茶相宜。在南京时常食此品，据云有某寺方丈所制为最，虽也曾尝试，却已忘记，所记得者乃只是下关的江天阁而已。学生们的习惯，平常干丝既出，大抵不即食，等到麻油再加、开水重换之后，始行举箸，最为合适，因为一到即罄，次碗继至，不遑应酬，否则麻油三浇，旋即撤去，怒形于色，未免使客不欢而散，茶意都消了。

吾乡昌安门外有一处地方，名三脚桥（实在并无三脚，乃是三出，因以一桥而跨三汊的河上也），其地有豆腐店曰周德和者，制茶干最有名。寻常的豆腐干方约寸半，厚三分，值钱二文，周德和的价值相同，小而且薄，几及一半，黝黑坚实，如紫檀片。我家距三脚桥有步行两小时的路程，故殊不易得，但能吃到油炸者而已。每天有人挑担设炉镬，沿街叫卖，其词曰：

辣酱辣，麻油炸；

红酱搽，辣酱拓；

周德和格五香油炸豆腐干。

68

其制法如所述，以竹丝插其末端，每枚值三文。豆腐干大小如周德和，而甚柔软，大约系常品。唯经过这样烹调，虽然不是茶食之一，却也不失为一种好豆食。——豆腐的确也是极东的佳妙的食品，可以有种种的变化，唯在西洋不会被领解，正如茶一般。

日本用茶淘饭，名曰"茶渍"，以腌菜及"泽庵"（即福建的黄土萝卜，日本泽庵法师始传此法，盖从中国传去）等为佐，很有清淡而甘香的风味。中国人未尝不这样吃，唯其原因，非由穷困即为节省，殆少有故意往清茶淡饭中寻其固有之味者，此所以为可惜也。

再论吃茶

郝懿行《证俗文》一云：

> 考茗饮之法始于汉末，而已萌芽于前汉，然其饮法未闻，
> 或曰为饼咀食之。逮东汉末，蜀吴之人始造茗饮。

据《世说》云，王濛好茶，人至辄饮之，士大夫甚以为苦，每欲
候濛，必云今日有水厄。又《洛阳伽蓝记》说王肃归魏住洛阳初不食
羊肉及酪浆等物，常饭鲫鱼羹，渴饮茗汁，京师士子见肃一饮一斗，号
为漏厄。后来虽然王肃习于胡俗，至于说茗不中与酪做奴，又因彭城王
的嘲戏，"自是朝贵宴会虽设茗饮，皆耻不复食，唯江表残民远来降者
好之"，但因此可见六朝时南方吃茶的嗜好很是普遍，而且所吃的分量
也很多。到了唐朝统一南北，这个风气遂大发达，有陆羽、卢仝等人可
以做证，不过那时的茶大约有点近于西人所吃的红茶或咖啡，与后世的
清茶相去颇远。明田艺蘅《煮泉小品》云：

> 唐人煎茶多用姜盐，故鸿渐云："初沸水合量，调之以盐
> 味。"薛能诗："盐损添常戒，姜宜着更夸。"苏子瞻以为茶之
> 中等用姜煎信佳，盐则不可。余则以为二物皆水厄也，若山居
> 饮水，少下二物以减岚气，或可耳，而有茶则此固无须也。今
> 人荐茶类下茶果，此尤近俗，纵是佳者，能损真味，亦宜去

70

之。且下果则必用匙，若金银大非山居之器，而铜又生腥，皆不可也。若旧称北人和以酥酪，蜀人入以白盐，此皆蛮饮，固不足责耳。人有以梅花、菊花、茉莉花荐茶者，虽风韵可赏，亦损茶味，如有佳茶，亦无事此。

此言甚为清茶张目，其所根据盖在自然一点，如下文即很明了地表示此意：

> 茶之团者片者皆出于碾硙之末，既损真味，复加油垢，即非佳品，总不若今之芽茶也，盖天然诸者自胜耳……芽茶以火作者为次，生晒者为上，亦更近自然，且断烟火气耳。

谢肇淛《五杂俎》十一亦有两则云：

> 古人造茶，多舂令细，末而蒸之，唐诗"家童隔竹敲茶臼"是也。至宋始用碾，揉而焙之则自本朝（案，明朝）始也。但揉者恐不若细末之耐藏耳。

> 《文献通考》："茗有片有散。片者即龙团旧法，散者则不蒸而干之，如今之茶也。"始知南渡之后，茶渐以不蒸为贵矣。

清乾隆时茹敦和著《越言释》二卷，有"撮泡茶"一条，撮泡茶者即叶茶，撮茶叶入盖碗中而泡之也。其文云：

> 《诗》云茶苦，《尔雅》苦茶，茶者荼之减笔字，前人已言之，今不复赘。茶理精于唐，茶事盛于宋，要无所谓撮泡茶者。今之撮泡茶或不知其所自，然在宋时有之，且自吾越人始之。案，炒青之名已见于陆诗，而放翁《安国院试茶》之作

有曰："我是江南桑苎家，汲泉闲品故园茶。只应碧缶苍鹰爪，可压红囊白雪芽。"其自注曰："日铸以小瓶，蜡纸丹印封之，顾渚贮以红蓝缣囊，皆有岁贡。"小瓶蜡纸至今犹然，日铸则越茶矣。不团不饼，而曰炒青，曰苍龙爪，则撮泡矣。是撮泡者对碾茶言之也。又古者茶必有点，无论其为碾茶，为撮泡茶，必择一二佳果点之，谓之点茶。点茶者必于茶器正中处，故又谓之点心。此极是煞风景事，然里俗以此为恭敬，断不可少。岭南人往往用糖梅，吾越则好用红姜片子，他如莲菂、榛仁，无所不可。其后杂用果色，盈杯溢盏，略以瓯茶注之，谓之果子茶，已失点茶之旧矣。渐至盛筵贵客，累果高至尺余，又复雕鸾刻凤，缀绿攒红以为之饰，一茶之值乃至数金，谓之高茶，可观而不可食，虽名为茶，实与茶风马牛。又有从而反之者，聚诸干藤烂煮之，和以糖蜜，谓之原汁茶，可以食矣。食竟则摩腹而起，盖疗饥之上药，非止渴之本谋，其于茶亦了无干涉也。他若莲子茶、龙眼茶种种诸名色相沿成故，而种种糕餐饼饵皆名之为茶食，尤为可笑。由是撮泡之茶遂至为世诟病，凡事以费钱为贵耳，虽茶亦然，何必雅人深致哉。又江广间有擂茶，是姜盐煎茶遗制，尚存古意，未可与越人之高茶、原汁茶同类而并讥之。

王侃著《巴山七种》，同治乙丑刻，其第五种曰《江州笔谈》，卷上有一则云：

乾隆嘉庆间宦家宴客，自客至及入席时，以换茶多寡别礼之隆杀。其点茶花果相间，盐渍蜜渍以不失色香味为贵，春不尚兰，秋不尚桂，诸果亦然，大者用片，小者去核，空其中，均以镂刻争胜，有若为钉盘者，皆闺秀事也。茶匙用金银，托盘或银或铜，皆錾细花，髹漆皮盘则描金细花，盘之颜色式样人人各异，其中托碗处围圈高起一分，以约碗底，如托酒盏之护衣碟子。茶每至，主人捧盘递客，客起接盘自置于几。席罢乃啜叶茶一碗而散，主人不亲递也。今自客至及席罢皆用叶茶，言及换茶，人多不解。又今之茶托子绝不见如舟如梧橐鄂者。事物之随时而变如此。

予生也晚，已在马江战役之后，儿时有所见闻亦已后于栖清山人者将三十年了。但乡曲之间有时尚存古礼，原汁茶之名虽不曾听说，高茶则屡见，有时极精巧，多至五七层，状如浮屠，叠灯草为栏杆，染芝麻砌作种种花样，中列人物演故事，不过今不以供客，只用作新年祖像前陈设耳。因高茶而联想到的则有高果，旧日结婚祭祀时必用之，下为锡碗，其上立竹片，缚诸果高一尺许，大抵用荸荠、金橘等物。而令人最不能忘记的却是甘蔗这一种，因为上边有"甘蔗菩萨"，以带皮红甘蔗削片，略加刻画，穿插成人物，甚古拙有趣，小时候分得此菩萨一尊，比有甘蔗吃更喜欢也。莲子等茶极常见，大概以莲子为最普通，杏酪龙眼为贵，芡栗已平凡，百合与扁豆茶则卑下矣。凡待客以结婚时宴"亲送"舅爷为最隆重，用三道茶，即杏酪、莲子及叶茶，平常亲戚往来则叶茶之外亦设一果子茶，什九皆用莲子。范寅《越谚》卷中饮食门下，有"茶料"一条，注曰："母以莲栗枣糖遗出嫁女，名此。"又醻茶一条注曰："新妇煮莲栗枣，遍奉夫家戚族尊长卑幼，名此，又谓之喜茶。"此风至今犹存，即平日往来馈送用提盒，亦多以莲子白糖充数，儿童入书房拜蒙师，以茶盅若干副分装莲子白糖为礼，师照例可全收，似向来醻茶系致敬礼，此所谓茶又即是果子茶，为便利计乃用茶料充之，而茶料则以莲糖为之代表也。点茶用花今亦有之，唯不用鲜花临时冲入，改而为窨，取桂花、茉莉、珠兰等和茶叶中，密封待用。果已少用，但尚存橄榄一种，俗称元宝茶，新年入茶店多饮之取利市，色香均不恶，与茶尚不甚忤，至于姜片等则未见有人用过。越中有一种茶盅，高约一寸许，口径二寸，有盖，与茶杯、茶碗、茶缸异，盖专以盛果子茶者，别有旧式者以银皮为里，外面系红木，近已少见，现所有者大抵皆陶制也。

茶本是树的叶子，摘来瀹汁喝喝，似乎是颇简单的事，事实却并不然。自吴至南宋将一千年，始由团片而用叶茶，至明大抵不入姜盐矣，然而点茶下花果，至今不尽改，若又变而为果羹，则几乎将与酪竞爽了。岂酾茶致敬，以叶茶为太清淡，改用果饵，茶终非吃不可，抑或留恋于古昔之膏香盐味，故仍于其中杂投华实，尝取浓厚的味道乎？均未可知也。南方虽另有果茶，但在茶店凭栏所饮的一碗碗的清茶却是道地的苦茗，即俗所谓龙井，自农工以至老相公盖无不如此；而北方民众多嗜香片，以双窨为贵，此则犹有古风存焉。不佞食酪而亦吃茶，茶常而酪不可常，故酪疏而茶亲，唯亦未必平反旧案，主茶而奴酪耳。此二者盖牛羊与草木之别，人性各有所近，其在不佞则稍喜草木之类也。

附记：

大义汪氏《大宗祠祭规》，嘉庆七年刊，有汪龙庄序，其《祭器祭品式》一篇中云大厅中堂用水果五碗，注曰高尺三，神座前及大厅东西座各用水果五碗，注曰高一尺。案，此即高果，萧山风俗盖与郡城同，但《越谚》中高果却失载，不知何也。

关于苦茶

去年春天偶然做了两首打油诗，不意在上海引起了一点风波，大约可以与今年所谓中国本位的文化宣言相比。不过有这差别，前者大家以为是亡国之音，后者则是国家将兴必有祯祥罢了。此外也有人把打油诗拿来当作历史传记读，如实地加以检讨，或者说玩古董那必然有些钟鼎书画罢，或者又相信我专喜谈鬼，差不多是蒲留仙一流人。这些看法都并无什么用意，也于名誉无损，用不着声明更正，不过与事实相远这一节总是可以奉告的。其次有一件相像的事，但是却颇愉快的，一位友人因为记起吃苦茶的那句话，顺便买了一包特种的茶叶拿来送我。这是我很熟的一个朋友，我感谢他的好意，可是这茶实在太苦，我终于没有能够多吃。

据朋友说这叫作苦丁茶。我去查书，只在日本书上查到一点，云系山茶科的常绿灌木，干粗，叶亦大，长至三四寸，晚秋叶腋开白花，自生山地间，日本名曰唐茶（Tocha），一名龟甲茶，汉名皋芦，亦云苦丁。赵学敏《本草拾遗》卷六云：

> 角刺茶，出徽州。土人二三月采茶时兼采十大功劳叶，俗名老鼠刺，叶曰苦丁，和匀同炒，焙成茶，货与尼庵，转售富家妇女，云妇人服之终身不孕，为断产第一妙药也。每斤银八钱。

案，"十大功劳"与"老鼠刺"均系五加皮树的别名，属于五加科，又是落叶灌木，虽亦有苦丁之名，可以制茶，似与上文所说不是一物，况且友人也不说这茶喝了可以节育的。再查类书，关于皋芦却有几条，《广州记》云：

皋芦，茗之别名，叶大而涩，南人以为饮。

又《茶经》有类似的话云：

南方有瓜芦木，亦似茗，至苦涩，取为屑茶饮，亦可通夜不眠。

《南越志》则云：

茗苦涩，亦谓之过罗。

此木盖出于南方，不见经传，皋芦云云本系土俗名，各书记录其音耳。但这是怎样的一种植物呢，书上都未说及，我只好从茶壶里去拿出一片叶子来，仿佛制腊叶似的弄得干燥平直了，仔细看时，我认得这乃是故乡常种的一种坟头树，方言称作枸朴树的就是。叶长二寸，宽一寸二分，边有细锯齿，其形状的确有点像龟壳。原来这可以泡茶吃的，虽然味太苦涩，不但我不能多吃，便是且将就斋主人也只喝了两口，要求泡别的茶吃了。但是我很觉得有兴趣，不知道在白菊花以外还有些什么叶子可以当茶。《毛诗草木鸟兽虫鱼疏》"山有樗"一条下云：

山樗生山中，与下田樗大略无异，叶似差狭耳，吴人以其叶为茗。

76

《五杂俎》卷十一云：

> 以绿豆微炒，投沸汤中倾之，其色正绿，香味亦不减新茗，宿村中觅茗不得者可以此代。

此与现今炒黑豆做咖啡正是一样。又云：

> 北方柳芽初茁者，采之入汤，云其味胜茶。曲阜孔林楷木，其芽可烹。闽中佛手柑，橄榄为汤，饮之清香，色味亦旗枪之亚也。

卷十记"孔林楷木"条下云：

> 其芽香苦，可烹以代茗，亦可干而茹之，即俗云黄连头。

孔林吾未得瞻仰，不知楷木为何如树，唯黄连头则少时尝茹之，且颇喜欢吃，以为有福建橄榄豉之风味也。关于以木芽代茶，《湖雅》卷二亦有二则云：

> 桑芽茶，案，山中有木，俗名新桑荑，采嫩芽可代茗，非蚕所食之桑也。

> 柳芽条，案，柳芽亦采以代茗，嫩碧可爱，有色而五香味。

汪谢城此处所说与谢在杭不同，但不佞却有点左袒汪君，因为其味胜茶的说法觉得不大靠得住也。

许多东西都可以代茶，咖啡等洋货还在其外，可是我只感到好玩，有这些花样，至于我自己还只觉得茶好，而且茶也以绿的为限，红茶以至香片嫌其近于咖啡，这也别无多大道理，单因为从小在家里吃惯本山茶叶耳。口渴了要喝水，水里照例泡进茶叶去，吃惯了就成了规矩，如此而已。对于茶有什么特别了解、赏识、哲学或主义么？这未必然。一定喜欢苦茶，非苦的不喝么？这也未必然。那么为什么诗里那么说，为什么又叫作庵名，岂不是假话么？那也未必然。今世虽不出家，亦不打诳语。必要说明，还是去小学上找罢。吾友沈兼士先生有诗为证，题曰"又和一首自调"，此系后半首也：

  端透于今变澄澈，鱼模自古读歌麻。
  眼前一例君须记，茶苦原来即苦茶。

《茶之书》序

　　方纪生君译冈仓氏所著《茶之书》为汉文，嘱写小序。余曾读《茶之书》英文原本，嗣又得见村冈氏日本文译本，心颇欢喜，喤引之役亦所甚愿，但是如何写法呢？关于人与书之解释，虽然是十分地想用心力，一定是挂一漏万，不能讨好，唯有藏拙乃是上策，所以就搁下来了。近日得方君电信，知稿已付印，又来催序文，觉得不能再推托了，只好设法来写，这回却改换了方法，将那古旧的不切题法来应用，似乎可以希望对付过去。我把冈仓氏的关系书类都收了起来，书几上只摆着一部陆羽的《茶经》，陆廷灿的《续茶经》，以及刘源长的《茶史》。我将这些书本胡乱地翻了一阵之后，忽然地似有所悟。这自然并不真是什么的悟，只是想到了一件事，茶事起于中国，有这么一部《茶经》，却是不曾发生茶道，正如虽有《瓶史》而不曾发生花道一样，这是什么缘故呢？中国人不大热心于道，因为他缺少宗教情绪，这恐怕是真的，但是因此对于道教与禅也就不容易有甚深了解了罢。这里我想起中国平民的吃茶来。吃茶的地方普通有茶楼、茶园等名称，此只是说村市的茶店，盖茶楼等处大抵是苏杭式的吃茶点的所在，茶店则但有清茶可吃而已。茹敦和《越言释》中"店"字条下云：

　　　　古所谓坫者，盖垒土为之，以代今人卓子之用。北方山桥野市，凡卖酒浆不托者，大都不设卓子而有坫，因而酒曰酒店，饭曰饭店。即今京师自高粱桥以至圆明园一带，盖犹见古俗，是店之为店，实因坫得名。

　　吾乡多树木，店头不设坫而用板桌长凳，但其素朴亦不相上下。茶具则一盖碗，不必带托，中泡清茶，吃之历时颇长，曰坐茶店，为平民悦乐之一。士大夫摆架子不肯去，则在家泡茶而吃之，虽独乐之趣有殊，而非以疗渴，又与外国入蔗糖牛乳如吃点心然者异，殆亦意在赏其苦甘味外之味欤。红茶加糖，可谓俗已。茶道有宗教气，超越矣，其源盖本出于禅僧。中国的吃茶是凡人法，殆可称为儒家的。《茶经》云"啜苦咽甘，茶也"，此语尽之。中国昔有四民之目，实则只是一团，无甚分别，缙绅之间反多俗物，可为实例，日本旧日阶级俨然，风雅所寄多在僧侣以及武士，此中同异正大有考索之价值。中国人未尝不嗜饮茶，而茶道独发生于日本，窃意禅与武士之为用盖甚大。西洋人读《茶之书》固多闻所未闻，在中国人则心知其意而未能行，犹读语录者看人坐禅，亦当觉得欣然有会。一口说东洋文化，其间正复多歧，有全然一致者，亦有同而异、异而同者。关于茶事今得方君译此书，可以知其同中有异之迹，至可怡感，若更进而考其意义特异者，于了解民族文化上亦更有力，有如关于粢与酒之书，方君其亦有意于斯乎。

80

谈　酒

　　这个年头儿，喝酒倒是很有意思的。我虽是京兆人，却生长在东南的海边，是出产酒的有名地方。我的舅父和姑父家里时常做几缸自用的酒，但我终于不知道酒是怎么做法，只觉得所用的大约是糯米，因为儿歌里说："老酒糯米做，吃得变'nionio'。"末一字是本地猪的俗语。做酒的方法与器具似乎都很简单，只有煮的时候的手法极不容易，非有经验的工人不办。平常做酒的人家大抵聘请一个人来，俗称"酒头工"，以自己不能喝酒者为最上，叫他专管鉴定煮酒的时节。有一个远房亲戚，我们叫他"七斤公公"——他是我舅父的族叔，但是在他家里做短工，所以舅母只叫他作"七斤老"，有时也听见她叫"老七斤"。是这样的酒头工，每年去帮人家做酒；他喜吸旱烟，说玩话，打麻将，但是不大喝酒（海边的人喝一两碗是不算能喝，照市价计算也不值十文钱的酒），所以生意很好，时常跑一二百里路被招到诸暨嵊县去。据他说这实在并不难，只需走到缸边屈着身听，听见里边起泡的声音切切嚓嚓的，好像是螃蟹吐沫（儿童称为蟹煮饭）的样子，便拿来煮就得了。早一点酒还未成，迟一点就变酸了。但是怎么是恰好的时期，别人仍不能知道，只有听熟的耳朵才能够断定，正如古董家的眼睛辨别古物一样。

　　大人家饮酒多用酒盅，以表示其斯文，实在是不对的。正当的喝法是用一种酒碗，浅而大，底有高足，可以说是古已有之的香槟杯。平常起码总是两碗，合一"串筒"，价值似是六文一碗。串筒略如倒写的凸字，上下部如一与三之比，以洋铁为之，无盖无嘴，可倒而不可筛，据好酒家说酒以倒为正宗，筛出来的不大好吃。唯酒保好于量酒之前先"荡"（置水于器内，摇荡而洗涤之谓）串筒，荡后往往将清水之一部分留在筒内，客嫌酒淡，常起争执，故喝酒老手必先诫堂倌以勿荡串筒，并监视其量好放在温酒架上。能饮者多索竹叶青，通称曰"本色"，"元红"系状元红之略，则着色者，唯外行人喜饮之。在外省有所谓花雕者，唯本地酒店中却没有这样东西。相传昔时人家生女，则酿酒贮花雕（一种有花纹的酒坛）中，至女儿出嫁时用以饷客，但此风今已不存，嫁女时偶用花雕，也只临时买元红充数，饮者不以为珍品。有些喝酒的人预备家酿，却有极好的，每年做醇酒若干坛，按次第埋园中，二十年后掘取，即每岁皆得饮二十年陈的老酒了。此种陈酒例不发售，故无处可买，我只有一回在旧日业师家里喝过这样好酒，至今还不曾忘记。

我既是酒乡的一个土著，又这样地喜欢谈酒，好像一定是个与"三酉"结不解缘的酒徒了。其实却大不然。我的父亲是很能喝酒的，我不知道他可以喝多少，只记得他每晚用花生米水果等下酒，且喝且谈天，至少要花费两点钟，恐怕所喝的酒一定很不少了。但我却是不肖，不，或者可以说有志未逮，因为我很喜欢喝酒而不会喝，所以每逢酒宴我总是第一个醉与脸红的。自从辛酉患病后，医生叫我喝酒以代药饵，定量是勃阑地每回二十格阑姆，蒲桃酒与老酒等倍之，六年以后酒量一点没有进步，到现在只要喝下一百格阑姆的花雕，便立刻变成关夫子了。有些有不醉之量的，愈饮愈是脸白的朋友，我觉得非常可以欣羡，只可惜他们愈能喝酒便愈不肯喝酒，好像是美人之不肯显示她的颜色，这实在是太不应该了。

黄酒比较地便宜一点，所以觉得时常可以买喝，其实别的酒也未尝不好。白干于我未免过凶一点，我喝了常怕口腔内要起泡，山西的汾酒与北京的莲花白虽然可喝少许，也总觉得不很和善。日本的清酒我颇喜欢，只是仿佛新酒模样，味道不很静定。蒲桃酒与橙皮酒都很可口，但我以为最好的还是勃阑地。我觉得西洋人不很能够了解茶的趣味，至于酒则很有功夫，绝不下于中国。天天喝洋酒当然是一个大的漏卮，正如吸烟卷一般，但不必一定进国货党，咬定牙根要抽净丝，随便喝一点什么酒其实都是无所不可的，至少是我个人这样地想。

喝酒的趣味在什么地方，这个我恐怕有点说不明白。有人说，酒的乐趣是在醉后的陶然的境界，但我不很了解这个境界是怎样的，因为我自饮酒以来似乎不大陶然过，不知怎的我的醉大抵都只是生理的，而不是精神的陶醉。所以照我说来，酒的趣味只是在饮的时候，我想悦乐大抵在做的这一刹那，倘若说是陶然，那也当是杯在口的一刻罢。醉了，困倦了，或者应当休息一会儿，也是很安舒的，却未必能说酒的真趣是在此间。昏迷，梦魇，呓语，或是忘却现世忧患之一法门，其实这也是有限的，倒还不如把宇宙性命都投在一口美酒里的耽溺之力还要强大。我喝着酒，一面也怀着"杞天之虑"，生恐强硬的礼教反动之后将引起颓废的风气，结果是借醇酒妇人以避礼教的迫害，沙宁（Sanin）时代的出现不是不可能的。但是，或者在中国什么运动都未必彻底成功，青年的反拨力也未必怎么强盛，那么杞天终于只是杞天，仍旧能够让我们喝一口非耽溺的酒也未可知。倘若如此，那时喝酒又一定另外觉得很有意思了罢。

酒的起源

在朝鲜流传着一个故事，是说酒的起源的，篇名曰"麦酒"。据说有一个孝子的父亲患病，医生说要吃三个人脑子才能有救，虽然人命至重，可是父亲更是要紧，孝子乃扮作路劫，在荒野等着单身路过的人。最初来了一个两班，这就是做官的，孝子一棍子打倒了，取了脑子；随后来的乃是戏子与狂人，也都照样办了，把尸首埋在路旁。他医好了父亲之后，再到那里去看，只见生着一种草，即是麦子，他拿来酿了酒，喝下去的时候，起初规规矩矩像那做官的，随后戏子似的乱说乱跳，末了便简直成了疯子了。这挖苦醉汉很是简单深刻，虽然对于孝子也随便不敬了一下，不过比中国割叫花子的股的笑话要差一等了。

佛教戒饮酒，《梵网戒》云："酒生过失无量，若自身手过酒器，与人饮酒者，五百世无手，何况自饮。"注谓饮酒者迷心乱性，败国亡家，丧身失命，种种过恶，无所不至。这在西洋外国原是如此，但中国至少是近代似不相同。查历史上无论家国以至个人的事，因酒贻误的几乎不见，在社会上，也没有沿路"嬉倒醉"或醉卧路上的人，可见中国人喝酒虽醉，只到戏子程度，是不会变成狂人的。《书经》中有一篇《酒诰》，谆谆告诫，大概是殷人有点洋气，"荒腆于酒"，很坏了些事。于今三千年来，人民经了长久的训练，到了唯酒无量不及乱的程度，不会再酒精中毒了罢。我这话虽是乐观一点，但是我希望乡兄们肯给我附议的。

吃　　酒

　　在城里与乡下同样地说吃酒，意义则迥不相同。城里人说请或被请吃酒，总是大规模的宴会，如不是有十二碟以上的果品零食（俗名会钱，宁波也有这句话）的酒席，也是丰满的一桌十碗头，若是个人晚酌，虽然比不上抽大烟，却也算是一种奢侈的享乐，下酒的东西都很讲究，鸟肉腊肫与花红苹果，由人随意欣赏，到了花生豆腐干，那是顶寒酸的了。乡下人吃酒便只是如字的吃酒，小半斤的一碗酒像是茶似的流进嘴里去，不一忽儿就完了，不要什么过酒坯，看他的趣味是在吃茶与吃旱烟之间，说享乐也是享乐，但总之不是奢侈的。我说城里乡下，并不是严格的地方的分别，实在是说的两种社会的人，乡间绅士富翁自然吃酒也是阔绰的，城里有孔乙己那样的吃法，这又是乡下路的了。中国知识阶级大都是城里人，他们只知道城里的吃酒法，结果他们的反应是两路，一是颓废派的赞成，一是清教徒的反对。颓废派也就算了，清教徒说话做文章，反对乡下人的奢侈的享乐，却不知他们的茶酒烟是一样，差不多只是副食物的性质，假如说酒吃不得，那么喝一碗涩的粗茶，抽一钟臭湾奇，岂不也是不对么？民国初年有些主张也是出于改革的意思，可是由于城里人的立场，多有不妥当的地方，如关于演戏即是一例，可供后人参考。我并不主张乡下人应当吃酒，也只是举例，我们须得多向老百姓学习，说起话来才不会大错。

酒 望 子

近来看《水浒传》，见到他写酒店招牌，觉得很有意思。第三回大闹五台山中云"行不到三二十步，一个酒望子挑出在房檐上"，次云"又望见一家酒旗儿直挑出在门前"，又云"远远的杏花深处，市梢尽头，一家挑出个草帚儿来"。二十八回醉打蒋门神中云"只见官道旁边，早望见一座酒肆，望子挑出在檐前"，次云"来到一处，不村不郭，却早又望见一个酒旗儿高挑出在树林里，末了到得快活林的酒店，檐前立着望竿，上面挂着一个酒望子，写着四个大字道'河阳风月'"。《韩非子》上说，宋人有沽酒者，悬帜甚高，可见周末已用酒旗，亦称曰"帘"。据《丹铅总录》说，《唐韵》"帘"字注云"酒家望子"，似望子为宋时很通行的俗语，如后世所云招子。照上文所记的看来，最不讲究的是个草帚，不过是个记号，有如北方面食馆挂个破笊篱，普通用旗帜，最后进一步写上了字，河阳风月是很风雅的说法，不是一般人所能懂，打虎那一回里写着"三碗不过冈"五个字的招旗，那也是特别的例，平常大概不过是一个大"酒"字罢了。

店铺的招牌也都是同一道理，现在还可以分作两种：一是象形指事，如笊篱下面，以及笑话里有过的外科的膏药；二是文字，是给识字的人看的，在中国自然是用汉字，洋场上便有了洋文了。预想是洋人要买的东西，加上个洋字招牌，也是招徕之法，否则有如寿衣铺的洋文广告，不但是老板白费心机，就是旁人看了也觉得很可笑的了。

入厕读书

郝懿行著《晒书堂笔录》卷四有"入厕读书"一条云：

> 旧传有妇人笃奉佛经，虽入厕时亦讽诵不辍，后得善果而竟卒于厕，传以为戒，虽出释氏教人之言，未必可信，然亦足见污秽之区，非讽诵所宜也。《归田录》载钱思公言平生好读书，坐则读经史，卧则读小说，上厕则阅小词，谢希深亦言宋公垂每走厕必挟书以往，讽诵之声琅然闻于远近。余读而笑之，入厕脱裤，手又携卷，非唯太亵，亦苦甚忙，人即笃学，何至乃尔耶。至欧公谓希深言平生所作文章多在"三上"，乃马上枕上厕上也，盖唯此尤可以属思尔，此语却妙，妙在亲切不浮也。

郝君的文章写得很有意思，但是我稍有异议，因为我是颇赞成厕上看书的。小时候听祖父说，北京的跟班有一句口诀云"老爷吃饭快，小的拉矢快"，跟班的话里含有一种讨便宜的意思，恐怕也是事实。一个人上厕的时间本来难以一定，但总未必很短，而且这与吃饭不同，无论时间怎么短总觉得这是白费的，想方法要来利用他一下。如吾乡老百姓上茅坑时多顺便喝一筒旱烟，或者有人在河沿石磴下淘米洗衣，或有人挑担走过，又可以高声谈话，说这米几个铜钱一升或是到什么地方去。读书，这无非是喝旱烟的意思罢了。

话虽如此，有些地方原来也只好喝旱烟，于读书是不大相宜的。上文所说浙江某处一带沿河的茅坑，是其一。从前在南京曾经寄寓在一个湖南朋友的书店里，这位朋友姓刘，我从赵伯先那边认识了他，那年有乡试，他在花牌楼附近开了一家书店，我患病住在学堂里很不舒服，他就叫我住到他那里去，替我煮药煮粥，招呼考相公卖书，暗地还要运动革命，他的精神实在是很可佩服的。我睡在柜台里面书架子的背后，吃药喝粥都在那里，可是便所却在门外，要走出店门，走过一两家门面，一块空地的墙根的垃圾堆上。到那地方去我甚以为苦，这一半固然由于生病走不动，就是在康健时也总未必愿意去的，是其二。民国八年夏，我到日本日向去访友，住在一个名叫木城的山村里，那里的便所虽然同普通一样上边有屋顶，周围有板壁门窗，但是他同住房离开有十来丈远，孤立田间，晚间要提了灯笼去，下雨还得撑伞，而那里雨又似乎特别多，我住了五天总有四天是下雨，是其三。末了是北京的那种茅厕，只有一个坑两垛砖头，雨淋风吹日晒全不管。去年往定州访伏园，那里的茅厕是琉球式的，人在岸上，猪在坑中，猪咕咕地叫，不习惯的人难免要害怕，哪有工夫看什么书，是其四。《语林》云，石崇厕有绛纱帐大床，茵蓐甚丽，两婢持锦香囊，这又是太阔气了，也不适宜。其实我的意思是很简单的，只要有屋顶，有墙有窗有门，晚上可以点灯，没有电灯就点白蜡烛亦可，离住房不妨有二三十步，虽然也要用雨伞，好在北方不大下雨。如有这样的厕所，那么上厕时随意带本书去读读，我想倒还是吭啥的罢。

谷崎润一郎著《摄阳随笔》中有一篇《阴翳礼赞》，第二节说到日本建筑的厕所的好处。在京都奈良的寺院里，厕所都是旧式的，阴暗而扫除清洁，设在闻得到绿叶的气味青苔的气味的草木丛中，与住房隔离，有板廊相通。蹲在这阴暗光线之中，受着微明的纸障的反射，耽于冥想，或望着窗外院中的景色，这种感觉真是说不出的好。他又说：

　　我重复地说，这里须得有某种程度的阴暗，彻底的清洁，连蚊子的呻吟声也听得清楚的寂静，都是必需的条件。我很喜欢在这样的厕所里听萧萧地下着的雨声。特别在关东的厕所，靠着地板装有细长的扫出尘土的小窗，所以那从屋檐或树叶上滴下来的雨点，洗了石灯笼的脚，润了砧脚石上的苔，幽幽地沁到土里去的雨声，更能够近身地听到。实在这厕所是宜于虫声，宜于鸟声，亦复宜于月夜，要赏识四季随时的物情之最相适的地方，恐怕古来的俳人曾从此处得到过无数的题材罢。这样看来，那么说日本建筑之中最是造得风流的是厕所，也没有什么不可。

谷崎压根儿是个诗人，所以说得那么好，或者也就有点华饰，不过这也只是在文字上，意思却是不错的。日本在近古的战国时代前后，文化的保存与创造差不多全在五山的寺院里，这使得风气一变，如由工笔的院画转为水墨的枯木竹石，建筑自然也是如此，而茶室为之代表，厕之风流化正其余波也。

佛教徒似乎对于厕所向来很是讲究。偶读大小乘戒律，觉得印度先贤十分周密地注意于人生各方面，非常佩服。即以入厕一事而论，后汉译《大比丘三千威仪》下列举"至舍后者有二十五事"，宋译《萨婆多部毗尼摩得勒伽》六自"云何下风"至"云何筹草"凡十三条，唐义净著《南海寄归内法传》二有第十八"便利之事"一章，都有详细的规定，有的是很严肃而幽默，读了忍不住五体投地。我们又看《水浒传》鲁智深做过菜头之后还可以升为净头，可见中国寺里在古时候也还是注意此事的。但是，至少在现今这总是不然了，民国十年我在西山养过半年病，住在碧云寺的十方堂里，各处走到，不见略略像样的厕所，只如在《山中杂信》五所说：

　　我的行踪近来已经推广到东边的水泉。这地方确是还好，我于每天清早没有游客的时候去徜徉一会儿，赏鉴那山水之

89

美。只可惜不大干净，路上很多气味，——因为陈列着许多《本草》上的所谓人中黄。我想中国真是一个奇妙的国，在那里人们不容易得着营养料，也没有方法处置他们的排泄物。

在这种情形之下，中国寺院有普通厕所已经是大好了，想去找可以冥想或读书的地方如何可得。出家人那么拆烂污，难怪白衣矣。

但是假如有干净的厕所，上厕时看点书却还是可以的，想作文则可不必。书也无须分好经史子集，随便看看都成。我有一个常例，便是不拿善本或难懂的书去，虽然看文法书也是寻常。据我的经验，看随笔一类最好，顶不行的是小说。至于朗诵，我们现在不读八大家文，自然可以无须了。

关 于 纸

答应谢先生给《言林》写文章，却老没有写。谢先生来信催促了两回，可是不但没有生气，还好意地提出两个题目来，叫我采纳。其一是因为我说爱读谷崎润一郎的《摄阳随笔》，其中有《文房具漫谈》一篇，"因此想到高斋的文房之类，请即写出来，告诉南方的读者如何"。

谢先生的好意我很感激，不过这个题目我仍旧写不出什么来。敝斋的文房具压根儿就无可谈，虽然我是用毛笔写字的，照例应该有笔墨纸砚。砚我只有一块歙石的，终年在抽斗里歇着，平常用的还是铜墨盒。笔墨也很寻常，我只觉得北平的毛笔不禁用，未免耗费，墨则没有什么问题，一两角钱一瓶的墨汁固然可以用好些日子，就是浪费一点买锭旧墨"青麒髓"之类，也着实上算，大约一两年都磨不了，古人所谓"非人磨墨墨磨人"，实在是不错的话。比较觉得麻烦的就只是纸，这与谷崎的漫谈所说有点相近了。

因为用毛笔写字的缘故，光滑的洋纸就不适宜，至于机制的洋连史更觉得讨厌。洋稿纸的一种毛病是分量重，如谷崎所说过的，但假如习惯用钢笔，则这缺点也只好原谅了罢。洋连史分量仍重而质地又脆，这简直就是白有光纸罢了。中国自讲洋务以来，印书最初用考贝纸，其次是有光纸，进步至洋连史而止，又一路是报纸进步至洋宣而止还有米色的一种，不过颜色可以唬人，纸质恐怕还不及洋宣的结实罢。其实这岂是可以印书的呢？看了随即丢掉的新闻杂志，御用或投机的著述，这样印本来也无妨，若是想要保存的东西，那就不行。拿来写字，又都不合适。照这样情形下去，我真怕中国的竹纸要消灭了。中国的米棉茶丝瓷现在都是逆输入了，墨用洋烟，纸也是洋宣洋连史，市上就只还没有洋毛笔而已。

本国纸的渐渐消灭似乎也不只是中国，日本大约也有同样的趋势。日前在《现代随笔全集》中见到寿岳文章的一篇《和纸复兴》，当初是登在月刊《工艺》上边的。这里边有两节云：

> 我们少年时代在小学校所学的手工里有一种所谓纸捻细工的，记得似乎可以做成纸烟匣这类的东西。现在恐怕这些都不成了罢。因为可以做纸捻材料几乎在我们的周围全已没有了。商家的账簿也已改为洋式簿记了。学童习字所用的纸差不多全是那脆弱的所谓"改良半纸"（案，即中国所云洋连史也）。在现今都用洋派便笺代了卷纸，用茶褐色洋信封代了生漉书状袋的时代，想要随便搓个纸捻也就没有可以搓的东西了。和纸已经离我们的周围那么远了，如不是特地去买了和纸来，连一根纸捻也都搓不成了。

> 放风筝是很有趣的。寒冬来了，在冻得黑黑的田地上冷风呼呼地吹过去的时候，乡间的少年往往自己削竹糊纸，制造风筝。我还记得，站在树荫底下躲着风，放上风筝去，一下子就挂在很高的山毛榉的树上了。但是用了结实的和纸所做的风筝就是少微挂在树枝上，也就不会得就破的。即使是买来的，也用相当地坚固的纸。可是现今都会的少年买来玩耍的风筝是怎样呢？只要略略碰了电线一下，戳破了面颊的爆弹三勇士便早已瘪了嘴要哭出来了。

这里所谓和纸本来都是皮纸，最普通的是"半纸"，又一种色微黑而更坚韧，名为"西之内"，古来印书多用此纸。这大都用木质，所以要比中国的竹质的要好一点，但是现今同样地稀少了，所不同的是日本"改良半纸"之类都是本国自造，中国的洋连史之类大半是外国代造罢了。

　　日本用"西之内"纸所印的旧书甚多，所以容易得到，废姓外骨的著述虽用铅印而纸则颇讲究，普通和纸外有用杜仲纸者，近日买得永井荷风随笔曰《雨潇潇》，亦铅印而用越前国楮纸，颇觉可喜。梁任公在日本时用美浓纸印《人境庐诗草》，上虞罗氏前所印书亦多用佳纸，不过我只有《雪堂专录》等数种而已。中国佳纸印成的书我没有什么，如故宫博物院以旧高丽纸影印书画，可谓珍贵矣，我亦未有一册。关于中国的纸，我并不希望有了不得的精品，只要有黄白竹纸可以印书，可以写字，便已够了，洋式机制各品自无妨去造，但大家勿认有光纸类为天下第一珍品，此最是要紧。至于我自己写文章但要轻软吃墨的毛边纸为稿纸耳，他无所需也。

买墨小记

我的买墨是压根儿不足道的。不但不曾见过邵格之，连吴天章也都没有，怎么够得上说墨，我只是买一点儿来用用罢了。

我写字多用毛笔，这也是我落伍之一，但是习惯了不能改，只好就用下去，而毛笔非墨不可，又只得买墨。本来墨汁是最便也最经济的，可是胶太重，不知道用的什么烟，难保没有"化学"的东西，写在纸上常要发青，写稿不打紧，想要稍保存的就很不合适了。买一锭半两的旧墨，磨来磨去也可以用上一个年头，古人有言，"非人磨墨墨磨人"，似乎感慨系之，我只引来表明墨也很禁用，并不怎么不上算而已。

买墨为的是用，那么一年买一两半两就够了。这话原是不错的，事实上却不容易照办，因为多买一两块留着玩玩也是人情之常。据闲人先生在《谈用墨》中说："油烟墨自光绪五年以前皆可用。"凌宴池先生的《清墨说略》曰："墨至光绪二十年，或曰十五年，可谓遭亘古未有之浩劫，盖其时矿质之洋烟输入……墨法遂不可复问。"所以从实用上说，"光绪中叶"以前的制品大抵就够我们常人之用了，实在我买的也不过光绪至道光的，去年买到几块道光乙未年的墨，整整是一百年，磨了也很细黑，觉得颇喜欢，至于乾嘉诸老还未敢请教也。这样说来，墨又有什么可玩的呢？道光以后的墨，其字画雕刻去古益远，殆无可观也已，我这里说玩玩者乃是别一方面，大概不在物而在人，亦不在工人而在主人，去墨本身已甚远而近于收藏名人之著书矣。

我的墨里最可纪念的是两块"曲园先生著书之墨"，这是民廿三春间我做那首"且到寒斋吃苦茶"的打油诗的时候平伯送给我的。墨的又一面是"春在堂"三字，印文曰"程氏掬庄"，边款曰："光绪丁酉仲春掬庄精选清烟。"

其次是一块圆顶碑式的松烟墨，边款曰"鉴莹斋珍藏"。正面篆文一行云"同治九年正月初吉"，背文云"绩溪胡甘伯会稽赵烧叔校经之墨"，分两行写，为赵手笔。赵君在《谪麟堂遗集》叙目中云"岁在辛未，余方入都居同岁生胡甘伯寓屋"，即同治十年，至次年壬申而甘伯死矣。赵君有从弟为余表兄，乡俗亦称亲戚，余生也晚，乃不及见。小时候听祖父常骂赵益甫，与李莼客在日记所骂相似，盖诸公性情有相似处故反相克也。

近日得一半两墨，形状凡近，两面花边作木器纹，题曰"会稽扁舟子著书之墨"，背曰"徽州胡开文选烟"，边款云"光绪七年"。扁舟子即范寅，著有《越谚》共五卷，今行于世。其《事言日记》第三册中光绪四年戊寅记事云：

> 元旦，辛亥。巳初书红，试新模扁舟子著书之墨，甚坚细而佳，唯新而腻，须俟三年后用之。

盖即与此同型，唯此乃后年所制者耳。日记中又有丁丑十二月初八日条曰：

> 陈槐亭曰，前月朔日营务处朱懋勋方伯明亮国省言，禹庙有联系范某撰书并跋者，梅中丞见而赞之，朱方伯保举范某能造轮船，中丞嘱起稿云云，子有禹庙联乎，果能造轮船乎？应曰，皆是也。

范君用水车法以轮进舟，而需多人脚踏，其后仍改用篙橹，甲午前后曾在范君宅后河中见之，盖已与普通的"四明瓦"无异矣。

前所云一百年墨共有八锭，篆文曰"墨缘堂书画墨"，背曰"蔡友石珍藏"，边款云"道光乙未年汪近圣造"。又一枚稍小，篆文相同，背文两行曰"一点如漆，百年卯石"，下云"友石清赏"，边款云"道光乙未年三月"。甘实庵《白下琐言》卷三云：

> 蔡友石太仆世松精鉴别，收藏尤富，归养家居，以书画自
> 娱，与人评论娓娓不倦。所藏名人墨迹，勾摹上石，为墨缘堂
> 帖，真信而好古矣。

此外在《金陵词钞》中见有词几首，关于蔡友石所知有限，今看见此墨却便觉得非陌生人，仿佛有一种缘分也。货布墨五枚，形与文均如之，背文二行曰"斋谷山人属胡开文仿古"，边款云"光绪癸巳年春日"。此墨甚寻常，只因是刻《习苦斋画絮》的惠年所造，故记之。又有墨二枚，无文字，唯上方横行五字曰"云龙旧衲制"，据云亦是惠菱舫也。

又墨四锭，一面双鱼纹，中央篆书曰"大吉昌宜侯王"，背作桥上望月图，题曰"湖桥乡思"。两侧隶书曰"故乡亲友劳相忆，丸作隃糜当尺鳞。仲仪所贻，苍佩室制"。疑是谭复堂所作，案，谭君曾宦游安徽，事或可能，但体制凡近，亦未敢定也。

墨缘堂墨有好几块，所以磨了来用，别的虽然较新，却舍不得磨，只是放着看看而已。从前有人说买不起古董，得货布及龟鹤齐寿钱，制作精好，可以当作小铜器看，我也曾这样做，又搜集过三五古砖，算是小石刻。这些墨原非佳品，总也可以当墨玩了，何况多是先哲乡贤的手泽，岂非很好的小古董乎。我前做《古董小记》，今更写此，作为补遗焉。

灯下读书论

以前所作的打油诗里边，有这样的两首是说读书的，今并录于后。其辞曰：

> 饮酒损神奈损气，读书应是最相宜，
> 圣贤已死言空在，手把遗编未忍披。

> 未必花钱逾黑饭，依然有味是青灯，
> 偶逢一册长恩阁，把卷沉吟过二更。

这是打油诗，本来严格地计较不得。我曾说以看书代吸纸烟，那原是事实，至于茶与酒也还是使用，并未真正戒除。书价现在已经很贵，但比起土膏来当然还便宜得不少。这里稍有问题的，只是青灯之味到底是怎么样。古人诗云，"青灯有味似儿时"，出典是在这里了，但青灯究竟是怎么一回事呢？同类的字句有红灯，不过那是说红纱灯之流，是用红东西糊的灯，点起火来整个是红色的，青灯则并不如此，普通的说法总是指那灯火的光。苏东坡曾云："纸窗竹屋，灯火青荧，时于此间，得少佳趣。"这样情景实在是很有意思的，大抵这灯当是读书灯，用清油注瓦盏中令满，灯芯做柱，点之光甚清寒，有青荧之意，宜于读书，消遣世虑。其次是说鬼，鬼来则灯光绿，亦甚相近也。若蜡烛的火便不相宜，又灯火亦不宜有蔽障，光须裸露，相传东坡夜读佛书，灯花落书

97

上烧却一僧字，可知古来本亦如是也。至于用的是什么油，大概也很有关系，平常多用香油即菜籽油，如用别的植物油则光色亦当有殊异，不过这些迂论现在也可以不必多谈了。总之这青灯的趣味在我们曾在菜油灯下看过书的人是颇能了解的，现今改用了电灯，自然便利得多了，可是这味道却全不相同，虽然也可以装上青蓝的瓷罩，使灯光变成青色，结果总不是一样，所以青灯这字面在现代的辞章里，无论是真诗或是谐诗，都要打个折扣，减去几分颜色，这是无可如何的事。好在我这里只是要说明灯右观书的趣味，那些小问题都没有什么关系，无妨暂且按下不表。

圣贤的遗编自然以孔孟的书为代表，在这上边或者可以加上老庄罢。长恩阁是大兴傅节子的书斋名，他的藏书散出，我也收得了几本，这原是很平常的事，不值得怎么吹听。不过这里有一点特别理由，我有的一种是两小册抄本，题曰"明季杂志"。傅氏很留心明末史事，看华延年室题跋两卷中所记，多是这一类书，可以知道，今此册只是随手抄录，并未成书，没有多大价值，但是我看了颇有所感。明季的事去今已三百年，并鸦片洪杨义和团诸事变观之，我辈即使不是能惧思之人，亦自不免沉吟，初虽把卷，终亦掩卷，所谓过二更者乃是诗文装点语耳。那两首诗说的都是关于读书的事，虽然不是鼓吹读书乐，也总觉得消遣世虑大概以读书为最适宜，可是结果还是不大好，大有越读越懊恼之概。盖据我多年杂览的经验，从书里看出来的结论只是这两句话，好思想写在书本上，一点儿都未实现过，坏事情在人世间全已做了，书本上记着一小部分。昔者印度贤人不惜种种布施，求得半渴，今我因此而成二偈，则所得不已多乎，至于意思或近于负的方面，既是从真实出来，亦自有理存乎其中，或当再做计较罢。

圣贤教训之无用无力，这是无可如何的事，古今中外无不如此。英国陀生在讲希腊的古代宗教与现代民俗的书中曾这样地说过：

希腊国民看到许多哲学者的升降，但总是只抓住他们世袭

98

的宗教。柏拉图与亚利士多德，什诺与伊壁鸠鲁的学说，在希腊人民上面，正如没有这一回事一般。但是荷马与以前时代的多神教却是活着。

斯宾塞在寄给友人的信札里，也说到现代欧洲的情状：

> 宣传了爱之宗教将近二千年之后，憎之宗教还是很占势力。欧洲住着二万万的外道，假装着基督教徒，如有人愿望他们照着他们的教旨行事，反要被他们所辱骂。

上边所说是关于希腊哲学家与基督教的，都是人家的事，若是讲到孔孟与老庄，以至佛教，其实也正是一样。在二十年以前写过一篇小文，对于教训之无用深致感慨，末后这样地解说道：

> 这实在都是真的。希腊有过梭格拉底，印度有过释迦牟尼，中国有过孔子老子，他们都被尊崇为圣人，但是在现今的本国人民中间他们可以说是等于不曾有过。我想这原是当然的，正不必代为无谓地悼叹。这些伟人倘若真是不曾存在，我们现在当不知怎么地更为寂寞，但是如今既有言行流传，足供有知识与趣味的人的欣赏，那也就尽够好了。

这里所说本是聊以解嘲的话，现今又已过了二十春秋，经历增加了不少，却是终未能就此满足，固然也未必真是床头摸索好梦似的，希望这些思想都能实现，总之在浊世中展对遗教，不知怎的很替圣贤感觉得很寂寞似的，此或者亦未免是多事，在我自己却不无珍重之意。前致废名书中曾经说及，以有此种怅惘，故对于人间世未能恝置，此虽亦是一种苦，目下却尚不忍即舍去也。

《闭户读书论》是民国十六年冬所写的文章，写得很有点别扭，不过自己觉得喜欢，因为里边主要的意思是真实的，就是现在也还是这样。这篇论是劝人读史的。要旨云：

> 我始终相信二十四史是一部好书，他很诚恳地告诉我们过去曾如此，现在是如此，将来要如此。历史所告诉我们的在表面的确只是过去，但现在与将来也就在这里面了。正史好似人家祖先的神像，画得特别庄严点，从这上面却总还看得出子孙的面影。至于野史等更有意思，那是行乐图小照之流，更充足地保存真相，往往令观者拍案叫绝，叹遗传之神妙。

这不知道算是什么史观，叫我自己说明，此中实只有暗黑的新宿命观，想得透彻时亦可得悟，在我却还只是怅惘，即使不真至于懊恼。我们说明季的事，总令人最先想起魏忠贤、客氏，想起张献忠、李自成，不过那也罢了，反正那些是太监是流寇而已。使人更不能忘记的是国子监生而请以魏忠贤配享孔庙的陆万龄，东林而为阉党、又引清兵入闽的阮大铖，特别是记起《咏怀堂诗》与《百子山樵传奇》，更觉得这事的可怕。史书有如医案，历历记着症候与结果，我们看了未必找得出方剂可以去病除根，但至少总可以自肃自戒，不要犯这种的病，再好一点或者可以从这里看出些卫生保健的方法也说不定。我自己还说不出读史有何所得，消极的警诫，人不可化为狼，当然是其一，积极的方面也有一二，如政府不可使民不聊生，如士人不可结社，不可讲学，这后边都育过很大的不幸做实证，但是正面说来只是老生常谈，而且也就容易归入圣贤的说话一类里去，永远是空言而已。说到这里，两头的话又碰在一起，所以就算是完了，读史与读经子那么便可以一以贯之，这也是一个很好的读书方法罢。

古人劝人读书，常说他的乐趣，如四时读书乐所广说，读书之乐乐陶陶，至今暗诵起几句来，也还觉得有意思。此外的一派是说读书有利益，如云"书中自有黄金屋，书中自有颜如玉"，是升官发财主义的代表，便是唐朝做《原道》的韩文公教训儿子，也说的这一派的话，在世间势力之大可想而知。我所谈的对于这两派都够不上，如要说明一句，或者可以说是为自己的教养而读书罢。既无什么利益，也没有多大快乐，所得到的只是一点知识，而知识也就是苦，至少知识总是有点苦味的。古希伯来的传道者说："我又专心察明智慧狂妄和愚昧，乃知这也是捕风，因为多有智慧就多有愁烦，加增知识就加增忧伤。"这所说的活是很有道理的。但是苦与忧伤何尝不是教养之一种，就是捕风也并不是没有意思的事。我曾这样地说："察明同类之狂妄和愚昧，与思索个人的老死病苦，一样是伟大的事业。虚空尽由他虚空，知道他是虚空，而又偏去追迹，去察明，那么这是很有意义的，这实在可以当得起说是伟大的捕风。"这样说来，我的读书论也还并不真是如诗的表面上所显示的那么消极。可是无论如何，寂寞总是难免的，唯有能耐寂寞者乃能率由此道耳。

厂　甸

　　琉璃厂是我们很熟的一条街。那里有好些书店、纸店、卖印章墨盒子的店，而且中间东首有信远斋，专卖蜜饯糖食，那有名的酸梅汤十多年来还未喝过，但是杏脯蜜枣有时却买点来吃，到底不错。

　　不过这路也实在远，至少有十里罢，因此我也不常到琉璃厂去，虽说是很熟，也只是一个月一回或三个月两回而已。然而厂甸又当别论。厂甸云者，阴历元旦至上元十五日间琉璃厂附近一带的市集，游人众多，如南京的夫子庙、吾乡的大善寺也。南新华街自和平门至琉璃厂中间一段，东西路旁皆书摊，西边土地祠中亦书摊而较整齐，东边为海王村公园，杂售儿童食物玩具，最特殊者有长四五尺之糖葫芦及数十成群之风车，凡玩厂甸归之妇孺几乎人手一串。自琉璃厂中间往南一段则古玩摊咸在焉，厂东门内有火神庙，为高级古玩摊书摊所荟萃，至于琉璃厂则自东至西一如平日，只是各店关门休息五天罢了。厂甸的情形真是五光十色，游人中各色人等都有，摆摊的也种种不同，适应他们的需要，儿歌中说得好：

新年来到，糖瓜祭灶。

姑娘要花，小子要炮。

老头子要戴新呢帽，

老婆子要吃大花糕。

至于我呢，我自己只想去看看几册破书，所以行踪总只在南新华街的北半截，迤南一带就不去看，若是火神庙那简直是十里洋场，自然更不敢去问津了。

说到厂甸，当然要想起旧历新年来。旧历新年之为世诟病也久矣，维新志士大有灭此朝食之概，鄙见以为可不必也。问这有多少害处，大抵答语是废时失业花钱。其实最享乐旧新年的农工商，他们在中国是最勤勉的人，平日不像官吏教员学生有七日一休沐，真是所谓终岁作苦，这时候闲散几天也不为过，还有那些小贩趁这热闹要大做一批生意，那么正是他们工作最力之时了。过年的消费据人家统计也有多少万，其中除神马炮仗等在我看了也觉得有点无谓外，大都是吃的穿的看的玩的东西，一方面需要者愿意花这些钱换去快乐，一方面供给者出卖货物得点利润，交易而退各得其所，不见得有什么地方不对。假如说这些钱花得冤了，那么一年里人要吃一千多顿饭，算是每顿一毛，共计大洋百元，结果只做了几大缸粪，岂不也是冤枉透了么？饭是活命的，所以大家以为应该吃，但是生命之外还该有点生趣，这才觉得生活有意义，小姑娘穿了布衫还要朵花戴戴，老婆子吃了中饭还想买块大花糕，就是为此。旧新年除与正朔不合外，别无什么害处，为保存万民一点生趣起见，还是应当存留，不妨如从前那样称为春节，民间一切自由，公署与学校都该放假三天以至七天……话说得太远了，还是回过来谈厂甸买书的事情罢。

厂甸的路还是有那么远，但是在半个月中我去了四次，这与玄同、半农诸公比较不免是小巫之尤，不过在我总是一年里的最高纪录了。二月十四日是旧元旦，下午去看一次，十八、十九、廿五这三天又去，所走过的只是所谓书摊的东路西路，再加上土地祠，大约每走一转要花费三小时以上。所得的结果并不很好，原因是近年较大的书店都矜重起来，不来摆摊，摊上书少而价高，像我这样"爬螺蛳船"的渔人无可下网。然而也获得几册小书，觉得聊堪自慰。其一是《戴氏注论语》二十卷合订一册，大约是戴子高送给谭仲修的罢，上边有"复堂所藏"

及"谭献"这两方印。这书摆在东路南头的一个摊上，我问一位小伙计要多少钱，他一查书后粘着的纸片上所写"美元"字样，答说五元。我嫌贵，他说他也觉得有点贵，但是定价要五元。我给了两元半，他让到四元半，当时就走散了。后来把这件事告诉玄同，请他去巡阅的时候留心一问，承他买来就送给我。书末写了一段题跋云："民国廿三年二月廿日启明游旧都厂甸肆，于东莞伦氏之通学斋书摊见此谭仲修丈所藏之戴子高先生《论语注》，悦之，以告玄同，翌日廿一玄同往游，遂购而奉赠启明。"

跋中廿日实是十九，盖廿日系我写信给玄同之日耳。其二是《白华绛柎阁集》十卷，二册一函。此书我以前有，今偶然看见，问其价亦不贵，遂以一元得之。《越缦堂诗话》的编者虽然曾说"清季诗家以吾越李莼客先生为冠，《白华绛柎阁集》近百年来无与辈者"，我于旧诗是门外汉，对于作者自己"夸诩殆绝"的七古更不知道其好处，今买此集亦只是乡曲之见。诗中多言及故乡景物殊有意思，如卷二《夏日行柯山里村》一首云："溪桥才度库篷船，村落阴阴不见天。两岸屏山浓绿底，家家凉阁听鸣蝉。"很能写出山乡水村的风景，但是不到过的也看不出好来罢。

其三是两册丛书零种，都是关于陆氏《草木鸟兽虫鱼疏》的，即焦循的《诗陆氏疏疏》，南菁丛刻本，与赵佑的《毛诗陆疏校正》，即学轩本。我向来很喜欢陆氏的虫鱼疏，只是难得好本子，所有的就是毛晋的《陆疏广要》和罗振玉的新校正本，而罗本又是不大好看的仿宋排印的，很觉得美中不足。赵本据《邵亭书目》说他好，焦本列举引用书名，其次序又依诗经重排，也有他的特长，不过收在大部丛书中，无从抽取，这回都得到了，正是极不易遇的偶然。翻阅一过，至"流离之子"一条，赵氏案语中云："窃以鸮枭自是一物，今俗所谓猫头鹰……哺其子既长，母老不能取食以应子求，则挂身树上，子争啖之飞去，其头悬着枝，故字从木上鸟，而枭首之象取之。"猫头鹰之被诬千余年矣，近代学者也还承旧说，上文更是疏状详明有若目击，未免可笑。学者笺经非不勤苦，而于格物欠下功夫，往往以耳为目。赵书成于乾隆末，距今百五十年矣，或者亦不足怪，但不知现在何如，相信枭不食母与乌不反哺者现在可有多少人也。

日记与尺牍

日记与尺牍是文学中特别有趣味的东西，以为比别的文章更鲜明地表出作者的个性。许多小说戏曲都是给第三者看的，所以艺术虽然更加精练，也就多有一点做作的痕迹。信札只是写给第二个人，日记则给自己看的（写了日记预备将来石印出书的算例外），自然是更真实更自然了。我自己作文觉得都有点做作，因此反动地喜看别人日记的尺牍，感到许多愉快。我不能写日记，更不善写信，自己的真相仿佛在心中隐约觉到，但要写他下来，既是想定是私密的文字，总不免还有做作——这并非故意如此，实在是修养不足的缘故，然而因此也愈觉得别人的日记尺牍之佳妙，可喜亦可贵了。

中国尺牍向来好的很多，文章与风趣多能兼具，但最佳者还应能显出主人的性格。《全晋文》中录王羲之杂帖，有这两章：

> 吾顷无一日佳，衰老之蔽日至，夏不得有所啖，而犹有劳务，甚羸羸。
> 不审复何似？永日多少看未？九日当采菊不？至日欲共行也，但不知当晴不耳。

我觉得这要比"奉橘三百颗"还有意思。日本诗人芭蕉（Basho）有这样一封向他的门人借钱的信，在寥寥数语种画出一个飘逸的俳人来。

欲往芳野行脚，希惠借银五钱，此系勒借，容当奉还。唯老夫之事，亦殊难悦耳。

去来君

芭　蕉

日记又是一种考证的资料。近阅汪辉祖的《病榻梦痕录》上卷，乾隆二十年（一七五五）项下有这几句话：

绍兴秋收大歉。次年春夏之交，米价斗三百钱，丐殍载道。

同五十九年（一七九四）项下又云：

夏间米一斗钱三百三四十文。往时米价至一百五六十文，即有饿殍，今米常贵而人尚乐生，盖往年专贵在米，今则鱼虾蔬果无一不贵，故小贩村农俱可糊口。

这都是经济史的好材料，同时也可以看出他精明的性分。日本俳人一茶（Issa）的日记一部分流行于世，最新发现刊行的为《一茶旅日记》，文化元年（一八〇四）十二月中有记事云：

二十七日阴，买锅。
二十九日雨，买酱。

十几个字里贫穷之状表现无遗。同年五月项下云：

七日晴，投水男女二人浮出吾妻桥下。

此外还多同类的记事，年月从略：

九日晴，南风，妓女花井火刑。
二十四日晴，夜，庵前板桥被人窃去。
二十五日雨，所余板桥被窃。

　　这些不成章节的文句却含着不少的暗示的力量，我们读了恍惚想见作者的人物及背景，其效力或过于所作的俳句。我喜欢一茶的文集《俺的春天》，但也爱他的日记，虽然除了吟咏以外只是一行半行的记事，我却觉得他尽有文艺的趣味。

　　在外国文人的日记尺牍中有一两节关于中国人的文章，也很有意思，抄录于下，博读者之一粲。倘若读者不笑而发怒，那是介绍者的不好，我愿意赔不是，只请不要见怪原作者就好了。

　　夏目漱石日记，明治四十二年（一九〇九）：

七月三日

　　晨六时地震。夜有支那人来，站在栅门前说把这个开了。问是谁，来干什么。答说我你家里的事都听见，姑娘八位，使女三位，三块钱。完全像个疯子。说你走罢也仍不回去。说还不走要交给警察了，答说我是钦差，随出去了。是个荒谬的东西。

　　以上据《漱石全集》第十一卷译出。后面是从英译《契诃夫书简集》中抄译的一封信：

契诃夫与妹书

　　一八九〇年六月二十九日，在木拉伏夫轮船上。

我的舱里流星纷飞——这是有光的甲虫，好像是电气的火光。白昼里野羊游泳过黑龙江。这里的苍蝇很大。我和一个契丹人同舱，名叫宋路理，他屡次告诉我，在契丹为了一点小事就要"头落地"。昨夜他吸鸦片烟醉了，睡梦中只是讲话，使我不能睡觉。二十七日我在契丹瑷珲城近地一走。我似乎渐渐地走进一个怪异的世界里去了。轮船播动，不好写字。

　　明天我将到伯力了。那契丹人现在起首吟他扇上所写的诗了。

再谈尺牍

　　我近来搜集一点尺牍，同时对于山阴会稽人的著作不问废铜烂铁也都想要，所以有些东西落在这交叉点里，叫我不能不要他，这便是越人的尺牍。不过我的搜集不是无限制的，有些高价的书就只好缓议，即如陶石篑的集子还未得到，虽然据袁小修说这本来无甚可看，因为他好的小品都没有选进去，在我说来难免近于酸蒲桃的辩解，不好就这样说。明人的尺牍单行的我只有一册沈青霞的《塞鸿尺牍》，其实这也是文集的一种，却有独立的名称而已，此外的都只在集中见到，如王龙溪、徐文长、王季重、陶路叔、张宗子皆是。我根据了《谑庵文饭小品》与《拜环堂文集》残卷，曾将季重、路叔的尺牍略为介绍过，文长、宗子亦是畸人，当有可谈，却尚缺少准备，今且从略，跳过到清朝人那边去罢。

　　清朝的越人所著尺牍单行本我也得到不多，可以举出来的只有商宝意的《质园尺牍》二卷，许葭村的《秋水轩尺牍》二卷、续一卷，龚联辉的《未斋尺牍》四卷，以及范镜川的《世守拙斋尺牍》四卷罢了。商宝意是乾嘉时有名的诗人，著有《质园诗集》三十二卷，又编《越风》初二集共三十卷。这尺牍是道光壬寅（一八四三）山阴余应松所刊，序中称其"吐属风雅，典丽高华，是金华殿中人语"，这是赞词，同时也就说出了他的分限。上卷有《致周舫轩书》之一云：

　　　古谚如少所见多所怪，见橐驼言马肿背。"三月昏，参星

110

夕，杏花盛，桑叶白，蜻蜓鸣，衣裘成，蟋蟀鸣，懒妇惊"等语，清丽如乐府。尊公著作等身，识大识小并堪寿世，闻有《越谚》一卷，希录其副寄我。久客思归，对纸上乡音如在兰亭禹庙间共里人话矣。

又云：

阅所示家传，感念尊公几山先辈之殁倏忽五年。君家城西别业旧有凌霄木香二架，芳艳动人，忆与尊公置酒花下，啖凤潭锦鳞鱼，论司马氏四公子传，豪举如昨，而几山不可作矣。年命朝露，可发深慨。足下既以文学世其家，续先人未竟之绪，夜台有知当含笑瞑目也。诸传简而有法，直而不夸，真足下拟陶石篑之记百家烟火，刘戢山之叙水澄，其妙处笠山鹅池两君已评之，余何能多作赞语，唯以老成沦丧，不禁涕泪沾襟耳。便鸿布达，黯然何如。

案，《越风》卷七云：

周徐彩，字粹存，会稽人，康熙庚子举人，著有《名山藏诗稿》。所居城西别业，庭前木香一架，虬枝盘结，百余年物也，花时烂漫，香满裍席。余曾觞于此而乐之，距今四十年，花尚无恙。子绍钖，字舫轩、诸生，著有《舫轩诗选》。

两封信里都很有感情分子，所以写得颇有意思，如上文对于城西别业殊多恋恋之情，可以为证。至于《越谚》那恐怕不曾有，即有也未必会胜于范啸风，盖扁舟子的见识殆不容易企及也。又《致陶玉川》云：

111

夜来一雨，凉人枕簟，凌晨起视，已落叶满阶矣。寒衣俱在质库中。陡听金风，颇有吴牛见月之恐。越人在都者携有菱芡二种，遍种于丰宜门外，提篮上市，以百钱买之。居然江乡风味，纪以小诗，附尘一览。大兄久客思归，烟波浩渺之情谅同之也。

这里又是久客思归，故文亦可读，盖内容稍实在也，说北京菱芡的起源别有意思。敦礼臣著《燕京岁时记》七月下有"菱角鸡头"一条云：

七月中旬则菱芡已登，沿街吆卖曰：老鸡头，才下河。盖皆御河中物也。

读尺牍可以知其来源，唯老鸡头依然丰满而大菱则憔悴不堪，无复在镜水中的丰采矣。

《秋水轩尺牍》与其说有名还不如说是闻名的书，因为如为他做注释的管秋初所说，"措辞富丽，意绪缠绵，洵为操觚家揣摩善本"，不幸成了滥调信札的祖师，久为识者所鄙视，提起来不免都要摇头，其实这是有点儿冤枉的。《秋水轩》不能说写得好，却也不算怎么坏，据我看来比明季山人如王百谷所写的似乎还要不讨厌一点，不过这本是幕友的尺牍，自然也有他们的习气。《秋水轩》刊于道光辛卯（一八三一），《未斋》则在乙巳（一八四五），二人不但同是幕友，而且还是盟兄弟，这是一件很好玩的事，可是他们二人的身后名很不一样。《秋水轩》原刊版并不坏，光绪甲申（一八八四）还有续编出版，风行一时，注者续出，《未斋》则向来没有人提起，小版多错字，纸墨均劣，虽然文章并不见得比《秋水轩》不如。凡读过《秋水轩》的应当还记得卷上的那"一枝甫寄，双鲤频颁"的一封四六信罢，那即是寄给龚未斋的，全部十四封中的第二信也。未斋给许葭村的共有八封，其末一封云：

病后不能搁管，而一息尚存又未敢与草木同腐。平时偶作诗词，只堪覆瓿，唯三十余年客窗酬应之札，直摅胸膈，畅所欲言，虽于尺牍之道去之千里，而性情所寄似有不忍弃者，遂于病后录而集之。内中唯仆与足下酬答为独多，惜足下鸿篇短制为爱者携去，仅存四六一函，录之于集，借美玉之光以辉燕石，并欲使后之览者知仆与足下乃文字之交，非势利交也。因足下素有嗜痂之癖，故书以奉告，录出一番，另请教削，知许子之不惮烦也。

《秋水轩》第十四封中有云：

尺牍心折已久，付之梨枣，定当纸贵一时，以弟谫陋无文亦蒙采入，恐因鱼目而减夜光之价，削而去之则为我藏拙多矣。

可以知道即是上文的回答，据《未斋尺牍》自序称编集时在嘉庆癸亥（一八〇三），写信也当在那时候罢。《秋水轩》第一封信去谢招待，末云：

阮昔侯于二十一日往磁州，破题儿第一夜，钟情如先生当亦为之黯然也。

《未斋》第一封即是复信，有云：

阮锡侯此番远出，未免有情，日前有札寄彼云，新月窥窗，轻风拂帐，依依不舍，当不只作草桥一梦，来翰亦云破题儿第一夜，以弟为钟情人亦当闻之黯然，何以千里相违而情词如接，岂非有情者所见略同乎？夫天地一情之所感，君子之道造端乎夫妇，学究迂儒强为讳饰，不知文王辗转反侧，后妃嗟我怀人，实开千古钟情之祖，第圣人有情而无欲，所为乐而不淫也。弟年逾五十，而每遇出游辄黯然魂销者数日，盖女子薄命，适我征人，秋月春花，都成虚度，迨红颜已改，白发渐滋，此生亦复休矣。足下固钟情人，前去接春之说其果行否乎？愧缕及之，为个中人道耳。

第二封是四六复信，那篇"一枝甫寄"的原信也就附在后边，即所谓借美玉之光也。第四封信似是未斋先发，中云：

阮君书来道其夫人九月有如达之喜，因思是月也雀入大水，故厣署五产而皆雌，今来翰为改于十月免身，其得蛟也必矣，弟亲自造作者竟不知其月，抑又奇也。舍侄甘林得馆之难竟如其伯之得子，岂其东家尚未诞生也。今年曾寄寓信计六十余函，足下阴行善事不厌其烦，何以报之，唯有学近日官场念《金刚经》万遍，保佑足下多子耳。

《秋水轩》答信云：

昔侯夫人逾月而娩，以其时考之宜为震之长男，而得巽之长女，良由当局者自失其期，遂令旁观者难神其算也。令侄馆事屡谋屡失，降而就副，未免大材小用，静以待之，自有碧梧千尺耳。寓函往复何足云劳，而仁人用心祝以多子，则兄之善颂善祷积福尤宏，不更当老蚌生珠耶。

他们所谈的事大抵不出谋馆纳宠求子这些，他们本是读书人之习幕者，不会讲出什么新道理来，值得现代读者倾听，但是从他们谈那些无聊的事情上可以看出一点性情才气，我想也是有意思的事。特别是我们能够找着二人往来的信札，又是关于阮昔侯这人，看他们怎样地谈论，这种机会也是不容易得的。讲到个人的才情，我觉得《未斋》倒未必不及《秋水轩》，盖龚时有奇语而许则极少见也。《未斋尺牍》卷一《与徐克家》云：

> 敝斋不戒于火，将身外之物一炬而烬之，不留一丝，不剩一字，真佛家所谓清净寂灭者矣。友人或吊者，或贺者，吊者其常，贺者则似是而非也。夫凡民之于豪杰在有生之初而已定，如必生于忧患而死于安乐，彼夏商周之继起为君者无所谓忧患，而世之少为公子老封君者曾安乐之足以为累否耶。不肖中人以下之资，即时时有祝融之警，终不能进于上智，若无此一火，亦未必遂流为下愚，不过适然火之，亦适然听之而已。孟夫子之言为豪杰进策励之功，非凡民所得而借口也。质之高明，以为然否？

又卷四《与章含章》云：

> 诸君子之至于斯也，仆未尝不倒屣而迎也，而素畏应酬，又无斯须之不懒，竟至有来而无往。最爱客来偏懒答，剧怜花放却慵栽，此十年前之句，非是今日始，疏野之性有不可以药者，而外间随以仆为傲。夫有周公之才之美尚不可以骄客，矧吾辈依人作嫁，碌碌鱼鱼，无足以傲世，更何所傲为。弟与足下交最久，知我独深，望为我言曰，其为人懒而狂，非傲也。至诸侯大夫之至止者为丞相长史耳，更与张君嗣无涉也，懒也傲也均无关于轻重，可一笑置之。

115

卷四有《答周汜荇书》与《论"公门造福"》，嬉笑怒骂颇极其妙，惜文长不能抄，自谓其苦可及其狂不可及也。《秋水轩》中便少此种狂文，鄙见以为此即《未斋》长处，盖其本色所在，但此等不利于揣摩之用，或者正亦以此不能如《秋水轩》之为世人所喜欤。

谈画梅画竹

谢枚如在《课余偶录》卷一云：

> 永新贺子翼贻孙先生著述颇富，予客江右，尝借读其全书，抄存其《激书》十数篇，收之箧衍。

谢君又摘录《水田居文集》中佳语，我读了颇喜欢，也想一读，却急切不可得，只找到一部《水田居激书》，咸丰三年孙氏重刊，凡二卷四十一篇，题"青原释弘智药地大师鉴定"，并有序，即方密之也。老实说，这类子书式的文章我读了也说不出什么来，虽然好些地方有"吴越间遗老尤放恣"的痕迹，觉得可喜，如多用譬喻或引故事，此在古代系常有而为后代做古文的人所不喜者也。卷二《求己》中有一节云：

> 吾友龙仲房闻雪湖有《梅谱》，游湖涉越而求之，至则雪湖死久矣。询于吴人曰：雪湖画梅有谱乎？吴人误听以为画眉也，对曰：然，有之，西湖李四娘画眉标新出异，为谱十种，三吴所共赏也。仲房大喜，即往西湖寻访李四娘，沿门遍叩，三日不见。忽见湖上竹门自启，有妪出迎曰：妾在是矣。及人问之，笑曰：妾乃官媒李四娘，有求媒者即与话媒，不知梅也。仲房丧志归家，岁云暮矣，闷坐中庭，值庭梅初放，雪月

117

交映，梅影在地，幽特拗崛，清白简傲，横斜倒侧之态，宛然如画，坐卧其下，忽跃起大呼，伸纸振笔，一挥数幅，曰：得之矣。于是仲房之梅遂冠江右。

雪湖吾乡人，《梅谱》寒斋亦有之，却未见其妙处，题诗文盈二卷，但可以考姓名耳。我在这里觉得有兴趣的乃是仲房的话。《激书》中叙其言曰：

　　吾学画梅二十年矣，向者贸贸焉远而求之雪湖，因梅而失之眉，因眉而失之媒，愈远愈失，不知雪湖之《梅谱》近在庭树间也。

相似的话此外也有人说过。如金冬心《画竹题记》自序云：

　　冬心先生年逾六十，始学画竹，前贤竹派不知有人，宅东西种植修篁，约千万计，先生即以为师。

又郑板桥《题画竹类》第一则云：

　　余家有茅屋二间，南面种竹。夏日新篁初放，绿荫照人，置一小榻其中，甚凉适也。秋冬之际，取围屏骨子断去两头，横安以为窗棂，用匀薄洁白之纸糊之，风和日暖，冻蝇触窗纸上冬冬作小鼓声，于是一片竹影零乱，岂非天然图画乎？凡吾画竹，无所师承，多得于纸窗粉涂、日光月影中耳。

这所说都只是老生常谈，读了并不见得怎样新鲜，却是很好的学画法。不但梅竹，还可以去画一切，不但绘画，还可以用了去写文章。现在姑且到了文章打住，再说下去便要近于《郭橐驼传》之流，反为龙仲房所笑了。雪湖之《梅谱》近在庭树间，这的确是一句妙语，正如禅和子所说眼睛依旧眉毛下，太阳之下本无新事，却是踏破铁鞋无觅处，得来全不费工夫，不独不费工夫，且一生吃着不尽也。抑语又有之，有缘千里来相会，无缘对面不相逢，天下之在梅树下跑进跑出遍找梅花而不得者何限，旁人亦爱莫能助。吾见祝由科须先卜病可治（论法术病无不可治，卜者问该不该愈耳，即有缘否也）而后施术，此意甚妙，虽然法术我不相信，只觉得其颇好玩而已。

题　　画

　　在图画上大片地题字，中国古代大约是没有的事。唐宋以前的画，大抵是画事实，如古代圣贤、神仙、列女，画家署名以外，不另写什么字，有时必要加点说明，如"孔子见老子"之类，有如"连环图画"那么样。画上有题字，当是起于"文人画"盛行之后。那是画家兼是文人，书法是其所长，所以和画配合起来，也是别有风致的。但是我们看古人的题跋，例如东坡题跋，那是其中顶有名的，许多篇题跋简直是独立的小品文，可是绝少是写在画面上的。大都是书法的跋尾居多，而且照例是与本文同样，另写在一张纸上。在画面上，也要留下一定大小的空白，庶几与画相调和，画家自己懂得这个道理，也不会自己来破坏他，要题字也留好地位，不肯乱占画幅的空白的。近代二百年来，这风气似乎很盛，郑板桥的《写竹题记》等有好几卷，可以知道。但题得乱七八糟的总还没有，因为题画者也还是懂得画的人，所以题起来也还有分寸的。

　　中国第一个题画题得糟糕的，便是清朝的乾隆皇帝，多少好画都给他题坏了。乾隆好作诗题诗，但诗既作得特别不通，字又写得甜俗，题的时候又必是居中一大块，盖上一个御玺，很是难看。他的题画诗句一时记不得了，但在碧云寺有御诗碑，有云："越岭遂以至碧云。"又题"知不足斋丛书"云："知不足斋何不足，渴于书籍是贤乎。"这句法与《绿野仙踪》里那塾师的"媳钗俏矣儿书废，哥罐闻焉嫂棒伤"，佳妙正是一样。《绿野仙踪》是一部坏书，但这里讽刺乾隆皇帝的诗，可以说是妙极了。你想拿这样的诗，写到画上去，诗坏字坏，又题得不恰当，这画岂不是糟了。

张鸣珂的《寒松阁谈艺琐录》云："冯黔夫，山阴人，游幕章门，善画山水，每署款必在石壁上。谓予曰：此摩崖也，若空处即天，岂可写字。语奇而确，予颇赏之。"照道理来讲，图画最好是不题字，这也最合于古代的法则，但是文人画的写意与古代写实不同，意有未尽者不妨写下，不过这须要画家自题，不然也是懂得画意的人才能动笔。

爱　竹

　　我对于植物的竹有一种偏爱，因此对于竹器有特别的爱好。首先是竹榻，夏天凉飕飕的，顶好睡，尤其赤着膊，唯一的缺点是竹条的细缝会得挟住了背上的"寒毛"，比蚊子咬还要痛。有一种竹汗衫，说起来有点相像，用长短粗细一定竹枝，穿成短衫，衬在衣服内，有隔汗的功用，也是很好的，也就是有夹肉的毛病。此外竹的用处，如笔，手杖，筷子，晾竿，种种编成的筐子、盒子、簟席、凳椅，说不尽的各式器具。竹的服装比较地少，除汗衫外，只有竹笠。我又从竹工专家的章福庆（"闰土"的父亲）那里看见过竹履，这是他个人的发明，用半截毛竹钉在鞋底上，在下雨天穿了，同钉鞋一样走路。不见有第二个人穿过，但他的崭新的创意，这里总值得加以记录的。

　　这时首先令人记忆起的，是宋人的一篇《黄冈竹楼记》。这是专讲用竹子构造的房子，我因小时候的影响，所以很感得一种向往，不敢想得到这么一所房子来住，对于多竹的地方总是觉得很可爱好的。用竹来建筑，竹劈开一半，用作"水溜"，大概是顶好的。此外多少有些缺点，这便是竹的特点，他爱裂开，有很好的竹子本可做柱，因此就有了问题了。细的竹竿晒晾衣服，又总有裂缝，除非是长久泡在水里的"水竹管"，这才不会得开裂。假如有了一间好好的竹房，却到处都是裂缝，也是十分扫兴的事，因此推想起来，这在事实上大抵是不可能的了。

　　不得已而思其次，是在有竹的背景里，找这么一个住房，便永远与竹为邻。竹的好处我曾经说过，因为他好看，而且有用。树木好看的，特别是我主观的选定的也并不少，有如杨柳、梧桐、棕榈等皆是，只是用处较差，柳与桐等木材与棕皮都是有用的东西，可是比起竹来，还相形见绌，他们不能吃，就是没有竹笋。爱竹的缘故说了一大篇，似乎是很雅，结果终于露出了马脚，归根结底是很俗的，为的爱吃笋。说起竹谁都喜爱，似乎这代表南方，黄河以南的人提到竹，差不多都感到一种乡愁，但这严格地说来，也是很俗的乡愁罢了。将来即使不能到处种竹，竹器和竹笋能利用交通工具迅速运到，那么这种乡愁已就不难消灭了。

古董小记

从前偶然作了两首打油诗，其中有一句云"老去无端玩古董"有些朋友便真以为我有些好古董，或者还说有古玩一架之多。我自己也有点不大相信了，在苦雨斋里仔细一查，果然西南角上有一个书橱，架上放着好些——玩意儿。这书橱的格子窄而且深，全橱宽只一公尺三五，却分作三份，每份六格，每格深二三公分，放了"四六判"的书本以外大抵还可空余八公分，这点地方我就利用了来陈列小小的玩具。这总计起来有二十四件，现在列记于下。

一、竹制黑猫一，高七公分，宽三公分。竹制龙舟一，高八公分，长七公分，是一个友人从长崎买来送我的。竹木制香炉各一，大的高十公分，小者六公分，都从东安市场南门内摊上买来。

二、土木制偶人共九，均日本新制。有雏人形、博多人形、仿御所人形各种，有"暂""鸟边山""道成寺"各景，高自三至十六公分。松竹梅土制白公鸡一，高三公分。

三、面人三，隆福寺街某氏所制。魁星高六公分，孟浩然连所跨毛驴共高四公分，长眉大仙高四公分，孟浩然后有小童杖头挑葫芦随行，后有石壁，外加玻璃盒，价共四角。搁在斋头已将一年，面人幸各无恙，即大仙细如蛛丝的白眉亦尚如故，真可谓难得也。

四、陶制舟一，高六公分，长十二公分，底有印曰"一休庵"。篷作草苫，可以除去，其中可装柳木小剔牙签，船头列珊瑚一把，盖系"宝船"也。又贝壳舟一，像舟人着蓑笠持篙立筏上，以八棱牙贝九个，三贝相套为一列，三列成筏。以瓦棱子做蓑，梅花贝做笠，黄核贝做舟人的身子，篙乃竹枝。今年八月游江之岛，以十五钱买得之，虽不及在小凑所买贝人形"挑水"之佳，却也别有风致，盖挑水似艳丽的人物画，而此船则是水墨山水中景物也。

五、古明器四，碓灶猪人各一也。碓高二公分，宽四公分，长十三公分。灶高八公分半，宽九公分。猪高五公分，长十一公分。人高十二公分。大抵都是唐代制品，在洛阳出土的。又自制陶器花瓶一，高八公分，中径八公分，上下均稍小，题字曰"忍过事堪喜，甲戌八月十日在江之岛书杜牧之句制此，知堂"。底长方格内文曰"苦茶庵自用品"。其实这是在江之岛对岸的片濑所制，在素坯上以破笔蘸蓝写字，当场现烧，价二十钱也。

六、方铜镜一，高广各十一公分，背有正书铭十六字，文曰"既虚其中，亦方其外，一尘不染，万物皆备"。其下一长方印，篆文曰"薛晋侯造"。

总算起来，只有明器和这镜可以说是古董。薛晋侯镜之外还有一面，虽然没有放在这一起，也是我所喜欢的。镜做葵花八瓣形，直径宽处十一公分半，中央有长方格，铭两行曰："湖州石十五郎炼铜照子。"明器自罗振玉的《图录》后已著于录，薛石的镜子更是文献足征了。汪曰桢《湖雅》卷九云：

《乌程刘志》：湖之薛镜驰名，薛杭人而业于湖，以磨镜必用湖水为佳。案，薛名晋侯，字惠公、明人，向时称薛惠公老店，在府治南宣化坊。

又云：

《西吴枝乘》：镜以吴兴为良，其水清洌能发光也。予在婺源购得一镜，水银血斑满面，开之止半面，光如上弦之月。

背铸字两行云"湖州石十三郎自照青铜监子"十二字,乃唐宋殉葬之物也。镜以监子名,甚奇。案,宋人避敬字嫌名,改镜曰照子,亦曰鉴子,监即鉴之省文,何足为异。此必宋制,与唐无涉,且明云自照,乃生时所用,亦非殉葬物也。

梁廷枏《藤花亭镜谱》卷四亦已录有石氏制镜,文曰:

> 南唐石十姐镜:葵花六瓣,全体平素,右作方格而中分之。识分两行,凡十有二字,正书,曰:湖州石十姐摹炼铜作此照子。予尝见姚雪逸司马衡藏一器,有柄,识曰:湖州石念二叔照子。又见两拓本,一云:湖州石十五郎炼铜照子;一云:湖州石十四郎作照子。并与此大同小异,此云十姐,则石氏兄弟姊妹咸擅此技矣。云照子者亦唯石氏有之,古不过称鉴称镜而已。石氏南唐人,据姚司马考之如此。

南唐人本无避宋讳之理。且湖州在宋前也属于吴越,不属南唐,梁氏自己亦以为疑,但深信姚司马考据必有所本,定为南唐,未免是千虑一失了。

但是我总还不很明白古董究竟应该具什么条件。据说古董原来只是说古器物,那么凡是古时的器物便都是的,虽然这时间的问题也还有点麻烦。例如巨鹿出土的宋大观年代的器物当然可以算作古董了,那些陶器大家都知宝藏,然而午门楼上的板桌和板椅真是历史上的很好材料,却总没法去放在书房里做装饰,固然难找得第二副,就是想放也是枉然。由此看来,古器物中显然可以分两部分,一是古物,二仍是古物,但较小而可玩者,因此就常被称为古玩者是也。镜与明器大抵可以列入古玩之部罢,其余那些玩物,可玩而不古,那么当然难以冒攀华宗了。古玩的趣味,在普通玩物之上又加上几种分子。其一是古。古的好处何在,各人说法不同,要看他是哪一类的人。假如这是宗教家派的复古

126

家，古之所以可贵者便因其与理想的天国相近。假如这是科学家派的考古家，他便觉得高兴，能够在这些遗物上窥见古时生活的一瞥。不佞并不敢自附于哪一派，如所愿则还在那别无高古的理想与热烈的情感的第二种人。我们看了宋明的镜子未必推测古美人的梳头匀面，"颇涉遐想"，但借此知道那时照影用的是有这一种式样，就得满足，于形色花样之外又增加一点兴味罢了。再说古玩的价值其二是稀。物以稀为贵，现存的店铺还要标明只此一家以见其名贵，何况古物，书夸孤本，正是应该。不过在这一点上我不甚赞同，因为我所有的都是常有多有的货色，大抵到每一个古董摊头去一张望即可发现有类似品的。此外或者还可添加一条，其三是贵。稀则必贵，此一理也。贵则必好，大官富贾买古物如金刚宝石然，此又一理也。若不佞则无从措辞矣，赞成乎？无钱。反对乎？殆若酸蒲桃。总而言之，我所有的虽也难说贱，却也决不贵。明器在国初几乎满街皆是，一个一只洋耳，镜则都在绍兴从大坊口至三块街一带地方得来，在铜店柜头杂置旧锁钥匙小件铜器的匣中拣出，价约四角至六角之谱，其为我买来而不至被烊改作铜火炉者，盖偶然也。然亦有较贵者，小偷阿桂携来一镜，背作月宫图，以一元买得，此镜《藤花亭谱》亦著录，走为唐制，但今已失去。

玩古董者应具何种条件？此亦一问题也。或曰：其人应极旧，如是则表里统一，可以养性；或曰：其人须极新，如是则世间谅解，可以免骂。此二说恐怕都有道理，不佞不能速断。但是，如果二说成立其一，于不佞皆大不利，无此资格而玩古董，不佞亦自知其不可矣。

古怪的植物名

中国植物有许多奇怪的名字，很是好玩，也非常有意思，可是其唯一的条件，是中国话讲得通的。例如鹅儿不食草，婆婆针线包，以及最近看见打破碗花花，均是。若是表面上看去是中国话，实际上汉字讲不通，那或者是记载方音，这就要差一等了，有如蒲公英，一作白鼓钉，似是这三字的转讹，只能姑且存疑罢了。还有一种是鲁迅所说的日本名的汉字，顶是古怪了，在《小约翰》的译本有说明道：

> 但那大辞典（指植物大辞典）上的名目，虽然都是中国字，有许多其实乃是日本名。日本的书上确也常用中国的旧名，而大多数是他们的话，无非写成汉字。倘若照样搬来，结果即等于没有。我以为是不大妥当的。

鲁迅所说是杜亚泉的大辞典，出版于一九一八年，早已陈旧不复有参考价值，但是新出的书里也照样搬来，其不大妥当更不必说了。

第一个例是"筱悬木"。这名字于中国无意义，但在日本是有的，"筱悬"是一种修道者所穿的麻衣，以防竹筱上的露水的，因为衣上有巨大的纽扣，形似植物的花朵，故有此名，这又一名纽扣树。在中国因为系由外国输入，在上海地方用作街道树，因为叶子像梧桐，俗名洋梧桐，又称法国梧桐。这可以称为阔叶树，原文的意思是"宽阔"，比较切实可用。

128

第二例是"金梅×"，这里缺的一个字乃是日本自造的汉字，从竹字头，下加世界的世字，是《康熙字典》所无，也是铅字所没有的。这字训作小竹，言其形似竹叶而有金边罢。日本辞典中常把这与"仙茅"解作一物，那应可能是一类。

　　第三例是"敦盛草"和"小敦盛草"，这是完全不能通用的名称。敦盛是日本历史上的人名，在日本因为谣曲传说的关系，很是有名，中国只好比作吕布罢。十二世纪末，源平两族争霸，终于平家覆没，敦盛是平氏贵公子，年只十六，与源氏宿将熊谷力战而死，熊谷因此也有感出家云。这花系是兰科，唇片圆大，状如小将所背有盖的箭壶，因以为名，但在中国便毫无意义了。

　　以上只举了最显著的三个例，其余因为麻烦，便都从略了。在这方面还须学者努力，给我们查出轻便适用的俗名，来替代这些古怪名称。

园里的植物

　　园里的植物，据《朝花夕拾》上所说，是皂荚树、桑葚、菜花、何首乌和木莲藤、覆盆子。皂荚树上文已说及，桑葚本是很普通的东西，但百草园里却是没有，这出于大园之北小园之东的鬼园里，那里种的全是桑树，枝叶都露出在泥墙上面。传说在那地方埋葬着好些死于太平军的尸首，所以称为鬼园，大家都觉得有点害怕。木莲藤缠绕上树，长得很高，结的莲房似的果实，可以用井水揉搓，做成凉粉一类的东西，叫作木莲豆腐，不过容易坏肚，所以不大有人敢吃。何首乌和覆盆子都生在"泥墙根"，特别是大小园交界这一带，这里的泥墙本来是可有可无的，弄坏了也没有什么关系。据医书上说，有一个姓何的老人，因为常吃这一种块根，头发不白而黑，因此就称为何首乌，当初不一定要像人形的。《野菜博录》中说他可以救荒，以竹刀切作片，米泔浸经宿，换水煮去苦味，大抵也只当土豆吃罢了。覆盆子的形状，像小珊瑚珠攒成的小球，这句话形容得真像，他同洋莓那么整块的不同，长在绿叶白花中间，的确是又中吃又中看，俗名"各公各婆"，不晓得什么意思，字应当怎么写的。儿歌里有一首，头一句是"节节梅官拓"，这也是两种野果，只仿佛记得官拓像是枣子的小颗，节节梅是不是覆盆子呢，因为"各公各婆"亦名"各各梅"，可能就是同一样东西罢。

　　在野草中间去寻好吃的东西，还有一种野苎麻可以举出来，他虽是麻类，而纤维柔脆，所以没有用处，但开着白花，里面有一点蜜水，小孩们常去和黄蜂抢了吃。他的繁殖力很强，客室小园关闭几时，便茂生

130

满院，但在北方却未曾看见。小孩所喜欢的野草此外还有蛐蛐草，在斗蟋蟀时有用，黄狗尾巴是象形的。芣苢见于《国风》，医书上叫作车前，但儿童另有自己的名字，叫他作官司草，拿他的茎对折互拉，比赛输赢，有如打官司云。蒲公英很常见，那轻气球似的白花很引人注目，却终于不知道他的俗名，蒲公英与白鼓钉等似乎都只是音译，要附会地说，白鼓钉比蒲公英还可以说是有点意义罢。

关于红姑娘

日前校阅《银茶匙》，看到前编二十四节讲庙会里玩具的地方，觉得很有意思。特别是红姑娘，这是一种野草的果实，生得很好玩，是儿童所喜爱的东西。据说在《尔雅》中已经说及，但是普通称为酸浆，最初见于《本草》。陶隐居曾说明过他的形状，《本草衍义》里寇宗奭却讲得更详细一点，今引用于下：

> 酸浆，今天下皆有之，苗如天茄子，开小白花，结青壳，熟则深红。壳中子大如樱，亦红色，樱中复有细子，如落苏之子，食之有青草气。

明周宪王《救荒本草》也说得好：

> 姑娘菜，俗名灯笼儿，又名挂金灯，《本草》名酸浆，一名醋浆，生荆楚川泽及人家田园中，今处处有之。草高一尺余，苗似水茛而小，叶似天茄儿叶窄小，又似人觅叶颇大而尖。开白花，结房如囊，似野西瓜，蒴形如撮口布袋，又类灯笼样，囊中有实如樱桃大，赤黄色，味酸。

鲍山《野菜博录》卷中所记大旨相同，唯云一名红灯笼儿。此外异名甚多，《本草纲目》卷十六李时珍说明之曰：

酸浆，以子之味名也。苦葴、苦耽，以苗之味名也。灯笼、皮弁，以果之形名也。王母、洛神珠，以子之形名也。

红姑娘之名盖亦由于果实之形与色，此在元代已有之。张心泰著《宦海浮沉录》中有《塞外鸟兽草木杂识》十一则，其第一则云：

《天禄识余》引徐一夔《元故宫记》云：棕毛殿前有野果，名红姑娘，外垂绛囊，中含赤子如珠，酸甜可食，盈盈绕砌，与翠草同芳。今京师人家多种，红姑娘之名不改也。乔中丞《萝摩亭杂记》卷八：北方有草，其实名红姑娘，见明萧洵《故宫遗录》，今北方名豆姑娘者是也。噂县赵志：红姑娘一名王母珠，俗名红梁梁，囊作绛黄色，中空，有子如红珠，可医喉痛。《归绥志略》云：即《尔雅》所谓葴也。

吴其浚《植物名实图考》卷十一"酸浆"条案语中引《元故宫记》，又云：

燕赵彼姝，披其橐鄂，以簪于髻，渥丹的的，俨然与火齐木难比丽。

元乃贤诗："忽见一枝常十八，摘来插在帽檐前。"则以为常十八亦即是红姑娘，不知确否。富察敦崇著《燕京岁时记》作于清末，中有云：

每至十月，市肆之间则有赤包儿、斗姑娘等物。赤包儿蔓生，形如甜瓜而小，至初冬乃红，柔软可玩。斗姑娘形如小茄，赤如珊瑚，圆润光滑，小儿女多爱之，故曰斗姑娘。

133

案，赤包儿即栝楼，斗姑娘当初不明白是什么植物，看上文豆姑娘的名称，可见这就是酸浆，虽然其意义仍不可解，豆与斗二字不知哪个是对的（或当作逗？）。综结各种说法看来，大概酸浆的用处除药料以外，其一是玩，其二是吃，现今斗姑娘这名称之外普通还称作豆腐粘。但是在日本，儿童或者说妇孺爱酸浆的原因，第一还是在于玩，就是拿来吹着玩耍。据有些用汉文写的日本书籍来引用，如《本朝食鉴》卷四云：

酸浆，田园家圃皆种之，草不过二三尺，叶如药匙头而薄，四五月开小花，黄白色，紫心白蕊，状如中华之杯，无瓣但有五尖。结一铃壳，凡五棱，一枝一两颗，下悬如灯笼之状，夏青，至秋变赤，壳中一颗如金橘而深红，作珊瑚色。女儿爱玩，去瓤核吹之，嚼之而鸣作草蛙之声。或盐渍藏封，为冬春之用，以为庖厨之供，或贮夏土用（案，土用者土王用事，在夏中即伏天也）之井水，渍连赤壳之酸浆子，至冬春而外壳如纱，露中间之红子，似白纱灯笼中之火，若过秋不换水则易败也。

又《和汉三才图会》卷九十四上云：

案，酸浆五月开小花纯白，盖亦白色，蒂青，武州江户、丰后平家山、河州茨田郡多出之，宿根自生。小儿除去中白子为虚壳，含之于舌上，压吹则有声，复吹扩则似提灯。其外皮五棱，生青熟赤，似绛囊，纹理如蜻蛉翅而不柔脆。盐渍可久贮。

这里特别注意细密，如说白纱灯笼中之火，又说纹理如蜻蛉翅膀，都很有趣味。又一特色则说到儿童怎样吹酸浆子，盖平常一提到酸浆，第一联想便是如上文所说的鸣作草蛙之声，据说原语"保保豆岐"意思即是鼓颊，虽然这在言语学者或者还未承认。吹酸浆子是中流以下妇女的事情，小女孩却是别无界限，她们将壳剥开，挑选完全无疵的酸浆子，先用手指徐徐揉捏，待至全个柔软了，才把蒂摘去，用心将瓤核一点点地挤出，单剩外皮，这样就算成功了，放在嘴里使他充满空气，随后再咬下去，就会勾勾地作响。不过这也需要技术，不是随便咬就行的。小林一茶有一句俳句，大意云：〔咬〕酸浆的嘴相是阿姊的指教呀。这里如《草与艺术》的著者金井紫云所说，并无什么奇拔之处，也没有一茶那一路的讽刺与飘逸，可是实情实景，老实地写出。这样用的酸浆普通有两种，一稍大而色红，日本名丹波酸浆，即中国的红姑娘；一小而青，名千成酸浆，意云繁生，中国不知何名，姑称为小酸浆。此外有海酸浆，那就不是植物的果实了。辛亥年若月紫兰著有《东京年中行事》二卷，卷上有一节讲卖酸浆的文章，说及酸浆的种类云：

在店头摆着的酸浆种类很多，丹波酸浆不必说，海酸浆部门内有长刀、达磨、南京、倒生、吹火汉等等，因形状而定的种种名称。有一时曾经流行过很怪相的朝鲜酸浆，现在却全然不行了。近时盛行的有做成茄子、葫芦、鸽子这些形状的橡皮酸浆。所有这种酸浆，染成或红或紫各种颜色，排列在店头，走近前去就闻到一阵海酸浆的清新的海滩的香味，觉得说不出的愉快。闻了这气味，看了这店面，不论东京的太太们或是小姑娘，不问是四十岁的中年女人，都想跑上前去，说给我一个罢。

海酸浆从前说是鲨鱼的蛋，后来经人订正，云都是海螺类的蛋壳，拿来开一孔，除去内容，色本微黄，以梅醋浸染，悉成红色，有各种形象，随意定名，本系胶质，比植物性的自更耐久，唯缺少雅趣耳。橡皮酸浆更是没有意思，气味殊恶劣，不及海酸浆犹有海的气息，而且又出于人为，即使做得极精，亦总是化学胶质的玩具一类而已。

两 株 树

我对于植物比动物还要喜欢，原因是因为我懒，不高兴为了区区视听之娱一日三餐地去饲养照顾，而且我也有点相信"鸟身自为主"的迂论，觉得把他们活物拿来做囚徒当奚奴，不是什么愉快的事。若是草木便没有这些麻烦，让他们直站在那里便好，不但并不感到不自由，并且还真是生了根地不肯再动一动哩。但是要看树木花草，也不必一定种在自己的家里，关起门来独赏，让他们在野外路旁，或是在人家粉墙之内也并不妨，只要我偶然经过时能够看见两三眼，也就觉得欣然，很是满足的了。

树木里边我所喜欢的第一种是白杨。小时候读"古诗十九首"，读过"白杨何萧萧，松柏夹广路"之句，但在南方终未见过白杨，后来在北京才初次看见。谢在杭著《五杂俎》中云：

> 古人墓树多植梧楸，南人多种松柏，北人多种白杨。白杨即青杨也，其树皮白如梧桐，叶似冬青，微风击之辄淅沥有声，故古诗云"白杨多悲风，萧萧愁杀人"。予一日宿邹县驿馆中，甫就枕即闻雨声，竟夕不绝，侍儿曰：雨矣。予讶之曰：岂有竟夜雨而无檐溜者？质明视之，乃青杨树也。南方绝无此树。

《本草纲目》卷三五下引陈藏器曰："白杨北土极多，人种墟墓间，树大皮白，其无风自动者乃杨栌，非白杨也。"又寇宗奭云："风才至，叶如大雨声，谓无风自动则无此事，但风微时其叶孤极处则往往独摇，以其蒂长叶重大，势使然也。"王象晋《群芳谱》则云："杨有二种，一白杨，一青杨，白杨蒂长，两两相对，遇风则簌簌有声，人多植之坟墓间。"由此可知白杨与青杨本自有别，但"无风自动"一节却是相同。在史书中关于白杨有这样的两件故事：

《南史·萧惠开传》："惠开为少府，不得志，寺内斋前花草甚美，悉铲除，别植白杨。"

《唐书·契苾何力传》："龙翔中司稼少卿梁脩仁新作大明宫，植白杨于庭，示何力曰：'此木易成，不数年可芘。'何力不答，但诵'白杨多悲风，萧萧愁杀人'之句。脩仁惊悟，更植以桐。"

这样看来，似乎大家对于白杨都没有什么好感。为什么呢？这个理由我不大说得清楚，或者因为他老是簌簌地动的缘故罢。

听说苏格兰地方有一种传说，耶稣受难时所用的十字架是用白杨木做的，所以白杨自此以后就永远在发抖，大约是知道自己的罪孽深重。但是做钉的铁却似乎不曾因此有什么罪，黑铁这件东西在法术上还总有点位置的，不知何以这样地有幸有不幸。（但吾乡结婚时忌见铁，凡门窗上铰链等悉用红纸糊盖，又似别有缘故。）我承认白杨种在墟墓间的确很好看，然而种在斋前又何尝不好，他那瑟瑟的响声第一有意思。我在前面的院子里种了一棵，每逢夏秋有客来斋夜话的时候，忽闻淅沥声，多疑是雨下，推户出视，这是别种树所没有的佳处。梁少卿怕白杨的萧萧改种梧桐，其实梧桐也何尝一定吉祥，假如要讲迷信的话，吾乡有一句俗谚云"梧桐大如斗，主人搬家走"，所以就是别庄花园里也很少种梧桐的。这实在是一件很可惜的事，梧桐的枝干和叶子真好看，且不提那一叶落知天下秋的兴趣了。在我们的后院里却有一棵，不知已经有若干年了，我至今看了他十多年，树干还远不到五合的粗，看他大有黄杨木的神气，虽不厄闰也总长得十分缓慢呢。——因此我想到避忌梧桐大约只是南方的事，在北方或者并没有这句俗谚，在这里梧桐想要如斗大恐怕不是容易的事罢。

第二种树乃是乌桕，这正与白杨相反，似乎只生长于东南，北方很少见。陆龟蒙诗云"行歇每依鸦舅影"，陆游诗云"乌桕赤于枫，园林二月中"，又云"乌桕新添落叶红"，都是江浙乡村的景象。《齐民要术》卷十列"五谷果蓏菜茹非中国物产者"，下注云"聊以存其名目，记其怪异耳，爰及山泽草木任食非人力所种者，悉附于此"，其中有"乌臼"一项，引《玄中记》云："荆阳有乌臼，其实如鸡头，迸之如胡麻子，其汁味如猪脂。"《群芳谱》言："江浙之人，凡高山大道溪边宅畔无不种。"此外则江西安徽盖亦多有之。关于他的名字，李时珍说："乌喜食其子，因以名之。……或曰，其木老则根下黑烂成臼，故得此名。"我想这或曰恐太迂曲，此树又名鸦舅，或者与乌不无关系，乡间冬天卖野味有柏子鸟（读如呆鸟字），是道墟地方名物，此物殆是乌类乎，但是其味颇佳，平常所谓鸟肉几乎便指此鸟也。

柏树的特色第一在叶，第二在实。放翁生长稽山镜水间，所以诗中常常说及柏叶，便是那唐朝的张继《寒山寺诗》所云"江枫渔火对愁眠"，也是在说这种红叶。王端履著《重论文斋笔录》卷九论及此诗，注云："江南临水多植乌桕，秋叶饱霜，鲜红可爱，诗人类指为枫，不知枫生山中，性最恶湿，不能种之江畔也。此诗江枫二字亦未免误认耳。"范寅在《越谚》卷中"柏树"项下说："十月叶丹，即枫，其子可榨油，农皆植田边。"就把两者误合为一。罗逸长《青山记》云："山之麓朱村，盖考亭之祖居也，自此倚石啸歌，松风上下，遥望木叶着霜如渥丹，始见怪以为红花，久之知为乌桕树也。"《蓬窗续录》云："陆子渊《豫章录》言，饶信间柏树冬初叶落，结子放蜡，每颗作十字裂，一丛有数颗，望之若梅花初绽，枝柯诘曲，多在野水乱石间，远近成林，真可作画。此与柿树俱称美荫，园圃植之最宜。"这两节很能写出柏树之美，他的特色仿佛可以说是中国画的，不过此种景色自从我离了水乡的故国，已经有三十年不曾看见了。

柏树子有极大的用处，可以榨油制烛，《越谚》卷中"蜡烛"条下注曰："卷芯草干，熬柏油拖蘸成烛，加蜡为皮，盖紫草汁则红。"汪曰桢著《湖雅》卷八中说得更是详细：

> 中置烛心，外裹乌柏子油，又以紫草染蜡盖之，曰柏油烛。用棉花子油者曰青油烛，用牛羊油者曰荤油烛。湖俗祀神祭先必燃两炬，皆用红柏烛。婚嫁用之曰喜烛，缀蜡花者曰花烛，祝寿所用曰寿烛，丧家则用绿烛或白烛，亦柏烛也。

日本寺岛安良编《和汉三才图会》五八引《本草纲目》语云"烛有蜜蜡烛虫蜡烛牛脂烛柏油烛"，后加案语曰：

> 案，唐式云少府监每年供蜡烛七十挺，则元以前既有之矣。有数品，而多用木蜡牛脂蜡也。有油桐子、蚕豆、苍耳子等为蜡者，火易灭。有鲸鲲油为蜡者，其焰甚臭，牛脂蜡亦臭。近年制精，去其臭气，故多以牛蜡伪为木蜡，神佛灯明不可不辨。

但是近年来蜡烛恐怕已是倒了运，有洋人替我们造了电灯，其次也有洋蜡洋油，除了拿到妙峰山上去之外，大约没有他的什么用处了。就是要用蜡烛，反正牛羊脂也凑合可以用得，神佛未必会得见怪，——日本真宗的和尚不是都要娶妻吃肉了么？那么柏油并不再需要，田边水畔的红叶白实不久也将绝迹了罢。这于国民生活上本来没有什么关系，不过在我想起来的时候总还有点怀念。小时候喜读《南方草木状》《岭表录异》和《北户录》等书，这种脾气至今还是存留着，秋天买了一部大版的《本草纲目》，很为我的朋友所笑，其实也只是为了这个缘故罢了。

秋虫的鸣声

虫类的嘴是不会发声的，但是我们平常总说他是在叫，古来有"以虫鸣秋"这句话，这些虫就称之为秋虫。小时候在乡下知道得最多，绩缭婆婆官名络纬，蛐蛐在《诗经》上称蟋蟀，或称促织，此外有油唧呤、叫咕咕、蛐蛐儿、金铃子、油蛉和竹蛉，都是相当地会叫的，但是在北京却不大听见。现在夜中人静的时候，在窗外低吟的也只是盐一种罢了。

因了秋虫的鸣声引起来的感想，第一就是秋天来了，仿佛是一种警告。蟋蟀虽是斗虫，可是他独自深夜微吟时实在很有点悲哀，所以对于听的人多发生类似的感觉。乡下的小孩们解释他的歌词是"浆浆洗洗，纽襻依依"，依字读去声，意思是说装上去，这与促织的意味相合，不过不是织布做新衣，只是修补旧衣预备御寒罢了。陆元格在《毛诗草木虫鱼疏》中有"促织鸣懒妇惊"之谚，可见此种传说在三国吴时早已有了，大抵在民歌儿歌中警游情的意思很是常见，要讲句旧话，可以说是正与《国风》相通的罢。乡下有关于蝉鸣的儿歌云：知了喳喳叫，石板两头翘，懒惰女客困盰觉。这里说的是三伏天气，石板都晒得"乔"（微弯）了，但是在城乡里，除懒惰的男女客以外，没有人睡午觉的。这歌即以为刺，至于单举出女客来，那或者由于作者或加工者是男性的缘故罢。

鸟　声

　　古人有言："以鸟鸣春。"现在已过了春分，正是鸟声的时节了，但我觉得不大能够听到，虽然京城的西北隅已经近于乡村。这所谓鸟当然是指那飞鸣自在的东西，不必说鸡鸣咿咿鸭鸣呷呷的家奴，便是熟番似的鸽子之类也算不得数，因为他们都是忘记了四时八节的了。我所听见的鸟鸣只有檐头麻雀的啾啁，以及槐树上每天早来的啄木的干笑——这似乎都不能报春，麻雀的太琐碎了，而啄木又不免多一点干枯的气味。

　　英国诗人那许（Nash）有一首诗，被录在所谓《名诗选》（*Golden Tressury*）的卷首。他说，春天来了，百花开放，姑娘们跳着舞，天气温和，好鸟都歌唱起来。他列举四样鸟声：

　　　　Cuckoo，jug－jug，pee－wee，to－witta－woo！

　　这九行的诗实在有趣，我却总不敢译，因为怕一则译不好，二则要译错。现在只抄出一行来，看那四样是什么鸟。第一种是鹈鸪，书名鳲鸠，他是自呼其名的，可以无疑了。第二种是夜莺，就是那林间的"发痴的鸟"，古希腊女诗人称之曰"春之使者，美音的夜莺"，他的名贵可想而知，只是我不知道他到底是什么东西。我们乡间的黄莺也会"翻叫"，被捕后常因想念妻子而急死，与他西方的表兄弟相同，但他要吃小鸟，而且又不发痴地唱上一夜以至于呕血。第四种虽似异怪，乃是猫

142

头鹰。第三种则不大明了，有人说是蚊母鸟，或云是田凫，但据斯密士的《鸟的生活与故事》第一章所说系小猫头鹰。倘若是真的，那么四种好鸟之中猫头鹰一家已占其二了。斯密士说这二者都是褐色猫头鹰，与别的怪声怪相的不同，他的书中虽有图像，我也认不得这是鸱是鸮还是流离之子，不过总是猫头鹰之类罢了。几时曾听见他们的呼声，有的声如货郎的摇鼓，有的恍若连呼"掘洼"（dzhuehuoang），俗云不祥，主有死丧，所以闻者多极懊恼，大约此风古已有之。查检观颊道人的《小演雅》，所录古今禽言中不见有猫头鹰的话。然而仔细回想，觉得那些叫声实在并不错，比任何风声箫声鸟声更为有趣，如诗人谢勒（Sheller）所说。

现在，就北京来说，这几样鸣声都没有，所有的还只是麻雀和啄木鸟。老鸹，乡间称云乌老鸦，在北京是每天可以听到的，但是一点风雅气也没有，而且是通年噪聒，不知道他是哪一季的鸟。麻雀和啄木鸟虽然唱不出好的歌来，在那琐碎和干枯之中到底还含一些春气。唉唉，听那不讨人欢喜的乌老鸦叫也已够了，且让我们欢迎这些鸣春的小鸟，倾听他们的谈笑罢。

"啾唧，啾唧！"

"嘎嘎！"

谈 养 鸟

李笠翁著《闲情偶寄·颐养部·行乐第一》，"随时即景就事行乐之法"下有"看花听鸟"一款云：

> 花鸟二物，造物生之以媚人者也。既产娇花嫩蕊以代美人，又病其不能解语，复生群鸟以佐之，此段心机竟与购觅红妆，习成歌舞，饮之食之，教之诲之以媚人者，同一周旋之至也。而世人不知，目为蠢然一物，常有奇花过目而莫之睹，鸣禽阅耳而莫之闻者。至其捐资所买之侍妾，色不及花之万一，声仅窃鸟之绪余，然而睹貌即惊，闻歌辄喜，为其貌似花而声似鸟也。噫，贵似贱真，与叶公之好龙何异。予则不然。每值花柳争妍之日，飞鸣斗巧之时，必致谢洪钧，归功造物，无饮不奠，有食必陈，若善士信妪之佞佛者。夜则后花而眠，朝则先鸟而起，唯恐一声一色之偶遗也。及至莺老花残，辄怏怏如有所失，是我之一生可谓不负花鸟，而花鸟得予亦所称一人知己死可无恨者乎。

又郑板桥著《十六通家书》中，《潍县署中与舍弟墨第二书》末有"书后又一纸"云：

> 所云不得笼中养鸟，而予又未尝不爱鸟，但养之有道耳。

144

欲养鸟莫如多种树，使绕屋数百株，扶疏茂密，为鸟国鸟家，将旦时睡梦初醒，尚辗转在被，听一片啁啾，如云门咸池之奏。及披衣而起，颒面漱口啜茗，见其扬翚振彩，倏往倏来，目不暇给，固非一笼一羽之乐而已。大率平生乐处欲以天地为囿，江汉为池，各适其天，斯为大快，比之盆鱼笼鸟，其巨细仁忍何如也。

李郑二君都是清代前半的明达人，很有独得的见解，此二文也写得好。笠翁多用对句八股调，文未免甜熟，却颇能畅达，又间出新意奇语，人不能及。板桥则更有才气，有时由透彻而近于夸张，但在这里二人所说关于养鸟的话总之都是不错的。近来看到一册笔记抄本，是乾隆时人秦书田所著的《曝背余谈》，卷上也有一则云：

盆花池鱼笼鸟，君子观之不乐，以囚锁之象寓目也。然三者不可概论。鸟之性情唯在林木，樊笼之与林木有天渊之隔，其为犴狴固无疑矣。至花之生也以土，鱼之养也以水，江湖之水水也，池中之水亦水也，园圃之上土也，盆中之上亦土也，不过如人生同此居第少有广狭之殊耳，似不为大拂其性。去笼鸟而存池鱼盆花，愿与体物之君子细商之。

三人中实在要算这篇说得顶好了，朴实而合于情理，可以说是儒家的一种好境界。我所佩服的《梵网戒疏》里贤首所说"鸟身自为主"乃是佛教的，其彻底不彻底处正各有他的特色，未可轻易加以高下。抄本在此条下却有朱批云：

此条格物尚未切到，盆水蓄鱼，不繁易涤，亦大拂其性。且玩物丧志，君子不必待商也。

145

下署名曰于文叔。查《余谈》又有论种菊一则云：

　　李笠翁论花，于莲菊微有轩轾，以艺菊必百倍人力而始肥大也。余谓凡花皆可借以人力，而菊之一种止宜任其天然。盖菊，花之隐逸者也，隐逸之侣正以萧疏清癯为真，若以肥大为美，则是李勣之择将，非左思之招隐矣，岂非失菊之性也乎。东篱主人，殆难属其人哉，殆难属其人哉。

其下有于文叔的朱批云：

　　李笠翁、金圣叹何足称引，以昔人代之可也。

于君不赞成盆鱼不为无见，唯其他思想颇谬，一笔抹杀笠翁、圣叹，完全露出正统派的面目，至于随手抓住一句玩物丧志的咒语便来胡乱吓唬人，尤为不成气候，他的态度与《余谈》的作者正立于相反的地位，无怪其总是格格不入也。秦书田并不闻名，其意见却多很高明，论菊花不附和笠翁固佳，论鱼鸟我也都同意。十五年前我在西山养病时写过几篇《山中杂信》，第四信中有一节云：

　　游客中偶然有提着鸟笼的，我看了最不喜欢。我平常有一种偏见，以为做不必要的恶事的人比为生活所迫不得已而作恶者更为可恶，所以我憎恶蓄妾的男子，比那卖女为妾——因贫穷而吃人肉的父母，要加几倍。对于提鸟笼的人的反感也是出于同一的渊源。如要吃肉，便吃罢了。（其实飞鸟的肉于养生上也并非必要。）如要赏玩，在他自由飞鸣的时候可以尽量地看或听，何必关在笼里，擎着走呢？我以为这同喜欢缠足一样地是痛苦的赏鉴，是一种变态的残忍的心理。（十年七月十四日信）

那时候的确还年轻一点，所以说得稍有火气，比起上边所引的诸公来实在惭愧差得太远，但是根本上的态度总还是相近的。我不反对"玩物"，只要不大违反情理。至于"丧志"的问题我现在不想谈，因为我干脆不懂得这两个字是怎么讲，须得先来确定他的界说才行，而我此刻却又没有工夫去查十三经注疏也。

金　鱼

　　我觉得天下文章共有两种，一种是有题目的，一种是没有题目的。普通做文章大都先有意思，却没有一定的题目，等到意思写出了之后，再把全篇总结一下，将题目补上。这种文章里边似乎容易出些佳作，因为能够比较自由地发表，虽然后写题目是一件难事，有时竟比写本文还要难些。但也有时候，思想散乱不能集中，不知道写什么好，那么先定下一个题目，再做文章，也未始没有好处，不过这有点近于赋得，很有做出试帖诗来的危险罢了。偶然读英国密伦（A. A. Milnc）的小品文集，有一处曾这样说，有时排字房来催稿，实在想不出什么东西来写，只好听天由命，翻开字典，随手抓到的就是题目。有一回抓到金鱼，结果果然有一篇《金鱼》收在集里。我想这倒是很有意思的事，也就来一下子，写一篇《金鱼》试试看，反正我也没有什么非说不可的大道理要尽先发表，那么来做赋得的咏物诗也是无妨，虽然并没有排字房催稿的事情。

　　说到金鱼，我其实是很不喜欢金鱼的，在豢养的小动物里边，我所不喜欢的，依着不喜欢的程度，其名次是巴儿狗、金鱼、鹦鹉。鹦鹉身上穿着大红大绿，满口怪声，很有野蛮气。巴儿狗的身体固然太小，还比不上一只猫（小学教科书上却还在说，猫比狗小，狗比猫大！），而鼻子尤其耸得难过。我平常不大喜欢耸鼻子的人，虽然那是人为地暂时地把鼻子耸动，并没有永久地将他缩作一堆。人的脸上固然不可没有表情，但我想只要淡淡地表示就好，譬如微微一笑，或者在眼光中露出一种感情——自然，恋爱与死等可以算是例外，无妨有较强烈的表示，但也似乎不必那样掀起鼻子，露出牙齿，仿佛是要咬人的样子。这种嘴脸只好放到影戏里去，反正与我没有关系，因为二十年来我不曾看电影。然而金鱼恰好兼有巴儿狗与鹦鹉二者的特点，他只是不用长绳子牵了在贵夫人的裙边跑，所以减等发落，不然这第一名恐怕准定是他了。

我每见金鱼一团肥红的身体，突出两只眼睛，转动不灵地在水中游泳，总会联想到中国的新嫁娘，身穿红布袄裤，扎着裤腿，拐着一对小脚伶俜地走路。我知道自己有一种毛病，最怕看真的，或是类似的小脚。十年前曾写过一篇小文曰《天足》，起头第一句云："我最喜欢看见女人的天足。"曾蒙友人某君所赏识，因为他也是反对"务必脚小"的人。我倒并不是怕做野蛮，现在的世界正如美国洛威教授的一本书名，谁都有"我们是文明么"的疑问，何况我们这道统国，剐呀割呀都是常事，无论个人怎么努力，这个野蛮的头衔休想去掉，实在凡是稍有自知之明，不是夸大狂的人，恐怕也就不大有想去掉的这种野心与妄想。小脚女人所引起的另一种感想乃是残废，这是极不愉快的事，正如驼背或脖子上挂着一个大瘤，假如这是天然的，我们不能说是嫌恶，但总之至少不喜欢看总是确实的了。有谁会赏鉴驼背或大瘤呢？金鱼突出眼睛，便是这一类的现象。另外有叫作绯鲤的，大约是他的表兄弟罢，一样地穿着大红棉袄，只是不开衩，眼睛也是平平地装在脑袋瓜儿里边，并不比平常的鱼更为鼓出，因此可见金鱼的眼睛是一种残疾，无论碰在水草上时容易戳瞎乌珠，就是平常也一定近视得了不得，要吃馒头末屑也不大方便罢。照中国人喜欢小脚的常例推去，金鱼之爱可以说宜乎众矣，但在不佞实在是两者都不敢爱，我所爱的还只是平常的鱼而已。

想象有一个大池，——池非大不可，须有活水，池底有种种水草才行，如从前碧云寺的那个石池，虽然老实说起来，人造的死海似的水洼都没有多大意思，就是三海也是俗气寒碜气，无论这是哪一个大皇帝所造，因为皇帝压根儿就非俗恶粗暴不可。假如他有点儿懂得风趣，那就得亡国完事，至于那些俗恶的朋友也会亡国，那是另一回事。如今话又说回来，一个大池，里边如养着鱼，那最好是天空或水的颜色的，如鲫鱼，其次是鲤鱼。我这样地分等级，好像是以肉的味道为标准，其实不然。我想水里游泳着的鱼应当是暗黑色的才好，身体又不可太大，人家从水上看下去，窥探好久，才看见隐隐的一条在那里，有时或者简直就在你的鼻子前面，等一忽儿却又不见了。这比一件红冬冬的东西渐渐地近摆来，好像望那西湖里的广告船（据说是点着红灯笼，打着鼓），随后又渐渐地远开去，更为有趣得多。鲫鱼便具备这种资格，鲤鱼未免个儿太大一点，但他是要跳龙门去的，这又难怪他。此外有些白鲦，细长银白的身体游来游去，仿佛是东南海边的泥鳅龙船，有时候不知为什么事出了惊，拨拉地翻身即逝，银光照眼，也能增加水界的活气。在这样地方，无论是金鱼，就是平眼的绯鲤，也是不适宜的。红袄裤的新嫁娘，如其脚是小的，那只好就请她在炕上趴或坐着，即使不然，也还是坐在房中，在油漆气芸香或花露水气中，比较地可以得到一种调和。所以金鱼的去处还是富贵人家的绣房，浸在五彩的瓷缸中，或是玻璃的圆球里，去和巴儿狗与鹦鹉做伴侣罢了。

几个月没有写文章，天下的形势似乎已经大变了，有志要做新文学的人，非多讲某一套话不容易出色。我本来不是文人，这些时势的变迁，好歹于我无干，但以旁观者的地位看去，我倒是觉得可以赞成的。为什么呢？文学上永久有两种潮流，言志与载道。二者之中，则载道易而言志难。我写这篇赋得金鱼，原是有题目的文章，与帖括有点相近，盖已少言志而多载道欤。我虽未敢自附于新文学之末，但自己觉得颇有时新的意味，故附记于此，以志作风之转变云耳。

虱　　子

偶读罗素所著《结婚与道德》，第五章讲中古时代思想的地方，有这一节话：

> 那时教会攻击洗浴的习惯，以为凡使肉体清洁可爱好者皆有发生罪恶之倾向。肮脏不洁是被赞美，于是圣贤的气味变成更为强烈了。圣保拉说，身体与衣服的洁净，就是灵魂的不净。
>
> 虱子被称为神的明珠，爬满这些东西是一个圣人的必不可少的记号。

我记起我们东方文明的选手故辜鸿铭先生来了，他曾经礼赞过不洁，说过相仿的话，虽然我不能知道他有没有把虱子包括在内，或者特别提出来过。但是，即是辜先生不曾有什么颂词，虱子在中国文化历史上的位置也并不低，不过这似乎只是名流的装饰，关于古圣先贤还没有文献上的证明罢了。晋朝的王猛的名誉，一半固然在于他的经济的事业，他的捉虱子这一件事恐怕至少也要居其一半。到了二十世纪之初，梁任公先生在横滨办《新民丛报》，那时有一位重要的撰述员，名叫扪虱谈虎客，可见这个还很时髦，无论他身上是否真有那晋朝的小动物。

洛威（R. H. Lowie）博士是旧金山大学的人类学教授，近著一本很有意思的通俗书《我们是文明么》，其中有好些可以供我们参考的地方。第十章讲衣服与时装，他说起十八世纪时妇人梳了很高的髻，有些矮的女子，她的下巴颏儿正在头顶到脚尖的中间。在下文又说道：

宫里的女官坐车时只可跪在台板上，把头伸在窗外，她们跳着舞，总怕头碰了挂灯。重重扑粉厚厚衬垫的三角塔终于满生了虱子，很是不舒服，但西欧的时风并不就废止这种时装。结果发明了一种象牙钩钗，拿来搔痒，算是很漂亮的。

第二十一章讲卫生与医药，又说到"十八世纪的太太们头上成群地养虱子"。又举例说明道：

一三九三年，一法国著者教给他美丽的读者六个方法，治她们的丈夫的跳蚤。一五三九年出版的一本书列有奇效方，可以除灭跳蚤、虱子、虱卵，以及臭虫。

照这样看来，不但证明"西洋也有臭虫"，更可见贵夫人的青丝上也满生过虱子。在中国，这自然更要普遍了。褚人获编《坚瓠集》丙集卷三有一篇《须虱颂》，其文曰：

王介甫、王禹玉同侍朝，见虱自介甫襦领直缘其须，上顾而笑，介甫不知也。朝退，介甫问上笑之故，禹玉指以告，介甫命从者去之。禹玉曰：未可轻去，愿颂一言。介甫曰：何如？禹玉曰：屡游相须，曾经御览，未可杀也，或曰放焉。众大笑。

我们的荆公是不修边幅的，有一个半个小虫在胡须上爬，原算不得是什么奇事，但这却令我想起别一件逸事来。据说徽宗在五国城，写信给旧臣道："朕身上生虫，形如琵琶。"照常人的推想，皇帝不认识虱子，似乎在情理之中，而且这样传说，幽默与悲感混在一起，也颇有意思，但是参照上文，似乎有点不大妥帖了。宋神宗见了虱子是认得的，到了徽宗反而退步，如果属实，可谓不克绳其祖武了。《坚瓠集》中又有一条"恒言"，内分两节如下：

> 张磊塘善清言，一日赴徐文贞公席，食鲳鱼鳢鱼。庖人误不置醋。张云：仓皇失措。文贞腰扪一虱，以齿毙之，血溅以上。张云：大率类此。文贞亦解颐。

> 清客以齿毙虱有声，妓哂之。顷妓亦得虱，以添香置炉中而爆。客顾曰：熟了。妓曰：愈于生吃。

这一条笔记是很重要的虱之文献，因为他在说明贵人清客妓女都有扪虱的韵致外，还告诉我们毙虱的方法。《我们是文明么》第二十一章中说：

> 正如老鼠离开将沉的船，虱子也会离开将死的人，依照冰地的学说。所以一个没有虱子的爱斯吉摩人是很不安的。这是多么愉快而且适意的事，两个好友互捉头上的虱以为消遣，而且随复庄重地将他们送到所有者的嘴里去。在野蛮世界，这种交互的服务实在是很有趣的游戏。黑龙江边的民族不知道有别的更好的方法，可以表示夫妇的爱情与朋友的交谊。在亚尔泰山及南西伯利亚的突厥人也同样地爱好这个玩意儿。他们的皮衣里满生着虱子，那妙手的土人便永远在那里搜查这些生物，捉到了的时候，咂一咂嘴儿把他们都吃下去。拉得洛夫博士亲自计算过，他的向导在一分钟内捉到八九十四。在原始民间故事里多讲到这个普遍而且有益的习俗，原是无怪的。

由此可见普通一般毙虱法都是同徐文贞公一样，就是所谓"生吃"的，只可惜"有礼节的欧洲人是否吞咽他们的寄生物查不出证据"，但是我想这总也可以假定是如此罢，因为世上恐怕不会有比这个更好的方法，不过史有阙文，洛威博士不敢轻易断定罢了。

但世间万事都有例外，这里自然也不能免。佛教反对杀生，杀人是四重罪之一，犯者波罗夷不共住，就是杀畜生也犯波逸提罪，他们还注意到水中土中几乎看不出的小虫，那么对于虱子自然也不肯忽略过去。《四分律》卷五十"房舍犍度法"中云：

> 于多人住处拾虱弃地，佛言不应尔。彼上座老病比丘数数起弃虱，疲极，佛言应以器，若氎，若劫贝，若敝物，若绵，拾着中。若虱走出，应作筒盛。彼用宝作筒，佛言不应用宝作筒，听用角牙，若骨，若铁，若铜，若铅锡，若竿蔗草，若竹，若苇，若木，作筒。虱若出，应作盖塞。彼宝作塞，佛言不应用宝作塞，应用牙骨乃至木作，无安处，应以缕系着床脚里。

小林一茶（一七六三——一八二七）是日本近代的诗人，又是佛教徒，对于动物同圣芳济一样，几乎有兄弟之爱。他的咏虱的诗句据我所见就有好几句，其中有这样一首，曾译录在《雨天的书》中，其词曰：

> 捉到一个虱子，将他捐死固然可怜，要把他舍在门外，让他绝食，也觉得不忍，忽然想到我佛从前给予鬼子母的东西，成此。
>
> 虱子啊，放在和我味道一样的石榴上爬着。

（注：日本传说，佛降伏鬼子母，给予石榴实食之，以代人肉，因石榴实味酸甜似人肉云。据《鬼子母经》说，她后来变为生育之神，

这石榴大约只是多子的象征罢了。)

这样的待遇在一茶可谓仁至义尽，但虱子恐怕有点觉得不合适，因为像和尚那么吃净素他是不见得很喜欢的。但是，在许多虱的本事之中，这些算是最有风趣了。佛教虽然也重圣贫，一面也还讲究——这称作清洁未必妥当，或者总叫作"威仪"罢，因此有些法则很是细密有趣，关于虱的处分即其一例，至于一茶则更是浪漫化了一点罢了。中国扪虱的名士无论如何不能到这个境界，也决作不出像一茶那样的许多诗句来，例如——

　　喂，虱子呵，爬罢爬罢，向着春天的去向。

实在译不好，就此打住罢。——今天是清明节，野哭之声犹在于耳，回家写这小文，聊以消遣，觉得这倒是颇有意义的事。

附记：

友人指示，周密《齐东野语》中有材料可取，于卷十六查得《嚼虱》一则，今补录于下：

　　余负日茅檐，分渔樵半席，时见山翁野媪扪身得虱，则致之口中，若将甘心焉，意甚恶之。然揆之于古，亦有说焉。应侯谓秦王曰：得宛临，流阳夏，断河内，临东阳，邯郸犹口中虱。

　　王莽校尉韩威曰：以新室之威而吞胡虏，无异口中蚤虱。陈思王著论亦曰：得虱者莫不劙之齿牙，为害身也。三人皆当时贵人，其言乃尔，则野老嚼虱亦自有典故，可发一笑。

我当推究嚼虱的原出，觉得并不由于"若将甘心"的意思，其实只因虱子肥白可口，臭虫固然气味不佳，蚤又太小一点了，而且放在嘴

155

里跳来跳去，似乎不大容易咬着。今见韩校尉的话，仿佛基督同时的中国人曾两者兼嚼，到得后来才人心不古，取大而舍小。不过我想这个证据未必怎么可靠，恐怕这单是文字上的支配，那么跳蚤原来也是一时的陪绑罢了。

关于蝙蝠

苦雨翁：

我老早就想写一篇文章论论这位奇特的黑夜行脚的蝙蝠君。但终于没有写，不，也可以说是写过的，只是不立文字罢了。

昨夜从苦雨斋谈话归来，车过西四牌楼，忽然见到几只蝙蝠沿着电线上面飞来飞去，似乎并不怕人。热闹市口他们这等游逛，说起来我还是第一次看见，岂未免有点儿乡下人进城乎。

"奶奶经"告诉我，蝙蝠是老鼠变的。怎样的一个变法呢？

据云，老鼠嘴馋，有一回口渴，错偷了盐吃，于是脱去尾巴，生上翅膀，就变成了现在的蝙蝠这般模样。这倒也十分自在，未免更上一层楼，从地上的活动，进而为空中的活动，飘飘乎不觉羽化而登仙。但另有一说，同为老鼠变的则一，同为口渴的也则一，这个则是偷吃了油。我佛面前长明灯，每晚和尚来添油，后来不知怎的，却发现灯盘里面的油，一到隔宿便涓滴也没有留存。和尚好生奇怪，有一回夜半，私下起来探视，却见一个似老鼠而又非老鼠的东西昏卧在里面。也许他正在蒙眬罢，和尚轻轻地捻起，蓦然间他惊醒了，不觉大声而疾呼："叽！叽！"

和尚慈悲，走出门，一扬手，喝道：

善哉——

有翅能飞，

157

有足能走。

于是蝙蝠从此遍天下。

生物学里关于蝙蝠是怎样讲法，现在也不大清楚了。只知道他是胎生的，怪别致的，走兽而不离飞鸟，生上这么两扇软翅，分明还记得，小时候读小学教科书（共和国的），曾经有过蝙蝠君的故事。唉，这太叫人什么了，想起那教科书，真未免对于此公有些不敬，仿佛说他是被厌弃者。走到兽群，兽群则曰：你有两翅，非我族类。走到鸟群，鸟群则曰：你是胎生，何与吾事。这似乎是因为蝙蝠君会有挑唆和离间的本事。究竟他和他的同辈争过怎样的一席长短，或者与他的先辈先生们有过何种利害冲突的关系，我俱无从知道，固然在事实上好像也找不出什么证据来。大抵这些都是由于先辈的一时高兴，任意赐给他的头衔罢。

然而不然，不见夫钟馗图乎，上有蝙蝠飞来，据说这就是"福"的象征呢。在这里，蝙蝠君倒又成为"幸运儿"了。本来么，举凡人世所谓拥护呀、打倒呀之类，压根儿就是个倚伏作用，孟轲不也说过吗，"赵孟之所贵，赵孟能贱之"。蝙蝠君自然还是在那里过他的幽栖生活。但使我担心的，不知现在的小学教科书或者儿童读物里面，还有这类不愉快的故事没有。

夏夜的蝙蝠，在乡村里面的，却有着另一种风味。日之夕矣，这一天的农事告完。麦粮进了仓房，牧人赶回猪羊，老黄牛总是在树下多歇一会儿，嘴里懒懒嚼着干草，白沫一直拖到地，照例还要去南塘喝口水才进牛栏的罢。长工几个人老是蹲在场边，腰里拔出旱烟袋在那里彼此对火，有时也默默然不则一声。场面平滑如一汪水，我们一群孩子喜欢再也没有可说的，有的光了脚在场上乱跑。这时不知从哪里来的蝙蝠，来来往往地只在头上盘旋，也不过是树头高罢，孩子们于是慌了手脚，跟着在场上兜转，性子急一点的未免把光脚乱跺。还是大人告诉我们的，脱下一只鞋，向空抛去，蝙蝠自会钻进里边来，就容易把他捉住了。然而蝙蝠君却在逗弄孩子们玩耍，倒不一定会给捉住的，不过我们跷一只脚在场上跳来跳去，实在怪不方便的，一不慎，脚落地，踏上满袜子土，回家不免要挨父亲瞪眼。有时在外面追赶蝙蝠直至更深，弄得一身土，不敢回家，等到母亲出门呼唤，才没精打采地归去。

年来只在外面漂泊，家乡的事事物物，表面上似乎来得疏阔，但精神上却也分外地觉得亲近。偶尔看见夏夜的蝙蝠，因而想起小时候听白发老人说"奶奶经"以及自己顽皮的故事，真大有不胜其今昔之感了。

关于蝙蝠君的故事，我想先生知道的要多许多，写出来也定然有趣。何妨也就来谈谈这位"夜行者"呢？

Grahame 的《杨柳风》（*The Wind in the Willows*）小书里面，不知曾附带提到这小动物没有，顺便地问一声。

七月二十日，启无

启无兄：

关于蝙蝠的事情我所知道的很少，未必有什么可以补充。查《和汉三才图会》卷四十二原禽类，引《本草纲目》等文后，案语曰：

> 伏翼身形色声牙爪皆似鼠而有肉翅，盖老鼠化成，故古寺院多有之。性好山椒，包椒于纸抛之，则伏翼随落，竟捕之。若所啮手指则难放，急以椒与之，即脱焉。其为鸟也最卑贱者，故俚语云，无鸟之乡，蝙蝠为王。

案，日本俗语"无鸟的乡村的蝙蝠"，意思就是矮子队里的长子。蝙蝠喜欢花椒，这种传说至今存在，如东京儿歌云：

> 蝙蝠，蝙蝠，
>
> 给你山椒罢，
>
> 柳树底下给你水喝罢。
>
> 蝙蝠，蝙蝠，

山椒的儿，

柳树底下给你醋喝罢。

北原白秋在《日本的童谣》中说：

我们做儿童的时候，吃过晚饭就到外边去，叫蝙蝠或是追
蝙蝠玩。我的家是酒坊，酒仓左近常有蝙蝠飞翔。而且蝙蝠喜
欢喝酒。我们捉到蝙蝠，把酒倒在碟子里，拉住他的翅膀，伏
在里边给他酒喝。蝙蝠就红了脸，醉了，或者老鼠似的吱吱地
叫了。

日向地方的童谣云：

酒坊的蝙蝠，给你酒喝罢。

喝烧酒么，喝清酒么？

再下一点来再给你喝罢。

有些儿童请他吃糟喝醋，也都是这个意思的变换。不过这未必全是
好意，如长野的童谣便很明白，即是想脱一只鞋向空抛去也。其词曰：

蝙蝠，来，

快来！

给你草鞋，快来！

雪如女士编《北平歌谣集》一〇三首云：

檐蝙蝠，穿花鞋，

你是奶奶我是爷。

160

这似乎是幼稚的恋爱歌，虽然还是说的花鞋。

蝙蝠的名誉我不知道是否系为希腊老奴伊索所弄坏，中国向来似乎不大看轻他的。他是暮景的一个重要的配色，日本《俳句辞典》中说：

无论在都会或乡村，薄暮的景色与蝙蝠都相调和，但热闹杂沓的地方其调和之度较薄。大路不如行人稀少的小路，都市不如寂静的小城，更密切地适合。看蝙蝠时的心情，也要仿佛感着一种萧寂的微淡的哀愁那种心情才好。从满腔快乐的人看去，只是皮相的观察，觉得蝙蝠在暮色中飞翔罢了，并没有什么深意，若是带了什么败残之憾或历史的悲愁那种情调来看，便自然有别种的意趣浮起来了。

这虽是《诗韵含英》似的解说，却也颇得要领。小时候读唐诗（韩退之的诗么？），有两句云："山石荦确行径微，黄昏到寺蝙蝠飞。"至今还觉得有趣味。会稽山下的大禹庙里，在禹王耳朵里做窠的许多蝙蝠，白昼也吱吱地乱叫，因为我们到庙时不在晚间，所以总未见过这样的情景。日本俳句中有好些咏蝙蝠的佳作，举其一二：

蝙蝠呀，
屋顶草长——
圆觉寺。
——亿兆子作

蝙蝠呀，
人贩子的船
靠近了岸。
——水乃家作

161

土牢呀，
卫士所烧的火上的
食蚊鸟。
　　——芋村作

Kakuidori，吃蚊子鸟，即是蝙蝠的别名。

格来亨的《杨柳风》里没有说到蝙蝠，他所讲的只是土拨鼠、水老鼠、獾、獭和癞蛤蟆。但是我见过一本《蝙蝠的生活》，很有文学的趣味，是法国 Charles Derennes 所著，Willcox 女士于一九二四年译成英文，我所见的便是这一种译本。

十九年七月二十三日，岂明

蚯　蚓

　　忽然想到，草木虫鱼的题目很有意思，抛弃了有点可惜，想来续写，这时候第一想起的就是蚯蚓，或者如俗语所云是曲蟮。

　　小时候每到秋天，在空旷的院落中，常听见一种单调的鸣声，仿佛似促织，而更为低微平缓，含有寂寞悲哀之意，民间称之曰曲蟮叹窠，倒也似乎定得颇为确当。案，崔豹《古今注》云：

> 蚯蚓一名蜿蟺，一名曲蟺，善长吟于地中，江东谓为歌
> 女，或谓鸣砌。

　　由此可见蚯蚓歌吟之说古时已有，虽然事实上并不如此。乡间有俗谚，其原语不尽记忆，大意云，蝼蛄叫了一世，却被曲蟮得了名声，正谓此也。

　　蚯蚓只是下等的虫豸，但很有光荣，见于经书。在书房里念四书，念到《孟子·滕文公下》论陈仲子处有云：

> 充仲子之操，则蚓而后可者也，夫蚓上食槁壤，下饮
> 黄泉。

　　这样他只少可以有被出题目做八股的机会，那时代圣贤立言的人们便要用了很好的声调与字面，大加以赞叹，这与蟹同是难得的名誉。后

来《大戴礼·劝学篇》中云：

蚓无爪牙之利，筋脉之强，上食埃土，下饮黄泉，用心一也。

又杨泉《物理论》云：

检身止欲，莫过于蚓，此志士所不及也。

此二者均即根据孟子所说，而后者又把邵武士人在《孟子正义》中所云但上食其槁壤之上，下饮其黄泉之水的事，看作理想的极廉的生活，可谓极端地佩服矣。但是现在由我们看来，蚯蚓固然仍是而且或者更是可以佩服的东西，他却并非陈仲子一流，实在乃是禹稷的一队伙里的，因为他是人类——农业社会的人类的恩人，不单是独善其身的廉士志士已也。这种事实在中国书上不曾写着，虽然"上食槁壤"这一句话也已说到，但是一直没有看出其重要的意义，所以只好往外国的书里去找。英国的怀德在《色耳彭的自然史》中，于一七七七年写给巴林顿第三十五信中曾说及蚯蚓的重大的工作，他掘地钻孔，把泥土弄松，使得雨水能沁入，树根能伸长，又将稻草树叶拖入土中，其最重要者则是从地下抛上无数的土块来，此即所谓曲蟮粪，是植物的好肥料。他总结说："土地假如没有蚯蚓，则即将成为冷，硬，缺少发酵，因此也将不毛了。"达尔文从学生时代就研究蚯蚓，他收集在一年中一方码的地面内抛上来的蚯蚓粪，计算在各田地的一定面积内的蚯蚓穴数，又估计他们拖下多少树叶到洞里去。这样辛勤地研究了大半生，于一八八一年乃发表他的大著《由蚯蚓而起的植物性壤土之造成》，证明了地球上大部分的肥土都是由这小虫的努力而做成的。他说："我们看见一大片满生草皮的平地，那时应当记住，这地面平滑所以觉得很美，此乃大半由于蚯蚓把原有的不平处所都慢慢地弄平了。想起来也觉得奇怪，这平地

164

的表面的全部都从蚯蚓的身体里通过，而且每隔不多几年，也将再被通过。耕犁是人类发明中最为古老也最有价值之一，但是在人类尚未存在的很早以前，这地乃实在已被蚯蚓都定期地耕过了。世上尚有何种动物，像这低级的小虫似的在地球的历史上，担任着如此重要的职务者，这恐怕是个疑问罢。"

蚯蚓的工作大概有三部分，即是打洞、碎土、掩埋。关于打洞，我们根据汤木孙的一篇《自然之耕地》，抄译一部分于下：

蚯蚓打洞到地底下深浅不一，大抵二英尺之谱。洞中多很光滑，铺着草叶。末了大都是一间稍大的房子，用叶子铺得更为舒服一点。在白天里洞门口常有一堆细石子，一块土或树叶，用以阻止蜈蚣等的侵入者，防御鸟类的啄毁，保存穴内的润湿，又可抵挡大雨点。

在松的泥土打洞的时候，蚯蚓用他身子尖的部分去钻。但泥土如是坚实，他就改用吞泥法打洞了。他的肠胃充满了泥土，回到地面上把他遗弃，成为蚯蚓粪，如在草原与打球场上所常见似的。

蚯蚓吞咽泥土，不单为打洞，他们也吞土为的是土里所有的腐烂的植物成分，这可以供他们做食物。在洞穴已经做好之后，抛出在地上的蚯蚓粪那便是为了植物食料而吞的土了，假如粪出得很多，就可推知这里树叶比较地少用为食物，如粪的数目很少，大抵可以说蚯蚓得到了好许多叶子。在洞穴里可以找到好些吃过一半的叶子，有一回我们得到九十一片之多。

在平时白天里蚯蚓总是在洞里休息，把门关上了。在夜间他才活动起来了，在地上寻找树叶和滋养物，又或寻找配偶。打算出门去的时候，蚯蚓便头朝上地出来，在抛出蚯蚓粪的时候，自然是尾巴在上边，他能够在路上较宽的地方或是洞底里打一个转身的。

碎土的事情很是简单，吞下的土连细石子都在胃里磨碎，成为细腻的粉，这是在蚯蚓粪可以看得出来的。掩埋可以分作两点。其上是把草叶树子拖到土里去，吃了一部分以外多腐烂了，成为植物性壤土，使得土地肥厚起来，大有益于五谷和草木。其二是从底下抛出粪上来把地面逐渐掩埋了。地平并未改变，可是底下的东西搬到了上边来。这是很好的耕田。据说在非洲西海岸的一处地方，每一方里面积每一年里有六万二千二百三十三吨的土搬到地面上来，又在二十七年中，二英尺深地面的泥土将颗粒不遗地全翻转至地上去。达尔文计算在英国平常耕地每一亩中平均有蚯蚓五万三千条，但如古旧休闲的地段，其数目当增至五十万。此一亩五万三千的蚯蚓在一年中将把十吨的泥土悉自肠胃通过，再搬至地面上。在十五年中此土将遮盖地面厚至三寸，如六十年即积一英尺矣。这样说起来，蚯蚓之为物虽微小，其工作实不可不谓伟大。古人云，民以食为天，蚯蚓之功在稼穑，谓其可以与禹稷或后稷相比，不亦宜欤。

末后还想说几句话，不算什么辟谣，亦只是聊替蚯蚓表明真相而已。《太平御览》九四七引郭景纯《蚯蚓赞》云：

蚯蚓土精，无心之虫，交不以分，淫于阜螽，触而感物，

无常雄。

又引刘敬叔《异苑》，云宋元嘉初有王双者，遇一女与为偶，后乃见是一青色白领蚯蚓，于时咸谓双暂同阜螽矣。案，由此可知，晋宋时民间相信蚯蚓无雄，与阜螽交配，这种传说后来似乎不大流行了，可是他总有一种特性，也容易被人误解，这便是雌雄同体这件事。怀德的《观察录》中昆虫部分有一节关于蚯蚓的，可以抄引过来当资料，其文云：

166

蚯蚓夜间出来躺在草地上，虽然把身子伸得很远，却并不离开洞穴，仍将尾巴末端留在洞内，所以略有警报就能急速地退回地下去。这样伸着身子的时候，凡是够得着的什么食物也就满足了，如草叶、稻草、树叶，这些碎片他们常拖到洞穴里去。就是在交配时，他的下半身也决不离开洞穴，所以除了住得相近互相够得着的以外，没有两个可以得有这种交际。不过因为他们都是雌雄同体的，所以不难遇见一个配偶，若是雌雄异体，则此事便很是困难了。

案，雌雄同体与自为雌雄本非一事，而古人多混而同之。《山海经·南山经》中云：

有兽焉，其状如狸而有髦，其名曰类，自为牡牝，食者不妒。

郝兰皋《疏》转引《异物志》云：

灵猫一体，自为阴阳。

又三《北山经》云"带山有鸟名曰鹐鸰，是自为牝牡"，亦是一例。

而王崇庆在释义中乃评云：

鸟兽自为牝牡，皆自然之性，岂特鹐鸰也哉。

此处唯理派的解释固然很有意思，却是误解了经文，盖所谓自者非谓同类而是同体也。郭景纯《类赞》云：

类之为兽，一体兼二，近取诸身，用不假器，窈窕是佩，不知妒忌。

说得很是明白。但是郭君虽博识，这里未免小有谬误，因为自为牝牡在事实上是不可能的，只有笑话中说说罢了，粗鄙的话现在也无须传述。《山海经》里的鸟兽我们不知道，单只就蚯蚓来说，他的性生活已由动物学者调查清楚，知道他还是二虫相交，异体受精的。瑞德女医师所著《性是什么》，书中第二章论动物间性，举水螅、蚯蚓、蛙、鸡、狗五者为例，我们可以借用讲蚯蚓的一小部分来做说明。据说蚯蚓全身约共有百五十节，在十三节有卵巢一对，在十及十一节有睾丸各两对，均在十四节分别开口。最奇特的是在九至十一节的下面左右各有二口，下为小囊，又其三二至三七节背上颜色特殊，在产卵时分泌液质作为茧壳。凡二虫相遇，首尾相反，各以其九至十三节一部分下面相就，输出精子入于对方的四小囊中，乃各分散。及卵子成熟时，背上特殊部分即分泌物质成筒形，蚯蚓乃缩身后退，筒身擦过十三四节，卵子与囊中精子均黏着其上，遂以并合成胎。蚓首缩入筒之前端，此端即封闭，及首退出后端，亦随以封固而成茧矣。以上所述因力求简要，说得很有欠明白的地方，但大抵可以明了蚯蚓生殖的情形，可知雌雄同体与自为牝牡原来并不是一件事。蚯蚓的名誉和我们本是风马牛不相及，也不必替他争辩，不过为求真实起见，不得不说明一番，目的不是写什么科学小品，而结果搬了些这一类的材料过来，虽不得已，亦是很抱歉的事也。

萤　火

　　近年多看中国旧书，因为外国书买不到，线装书虽也很贵，却还能入手，又卷帙轻便，躺着看时拿了不吃力，字大悦目，也较为容易懂。可是看得久了多了，不免会发生厌倦。第一是觉得单调，千年前后的人所说的话没有多大不同，有时候或者后人比前人还要糊涂点也不一定，因此第二便觉得气闷。从前看过的书，后来还想拿出来看，反复读了不厌的实在很少，大概只有《诗经》，其中也以《国风》为主，《陶渊明集》和《颜氏家训》而已。在这些时候，从书架上去找出尘土满面的外国书来消遣，也是常有的事。

　　前几天忽然想到关于萤火说几句闲话，可是最先记起来总是腐草化为萤以及丹鸟羞白鸟的典故，这虽然出在正经书里，也颇是新奇，却是靠不住，至少是不能通行的了。案，《礼记·月令》云："季夏之月，腐草为萤。"《逸周书·时训》解云："大暑之日，腐草化为萤。腐草不化为萤，谷实鲜落。"

　　这里说得更是严重，仿佛是事关化育，倘若至期腐草不变成萤火，便要五谷不登，大闹饥荒了。《尔雅》："萤火即炤。"郭璞注："夜飞，腹下有火。"这里并没有说到化生，但是后来的人总不能忘记《月令》的话。邢昺《尔雅疏》，陆佃《新义》及《埤雅》，罗愿《尔雅翼》，都是如此，邵晋涵《正义》不必说了，就是王引之《广雅疏证》也难免这样。《本草纲目》引陶弘景曰："此是腐草及烂竹根所化，初时如蛹，腹下已有光，数日变而能飞。"李时珍则详说之曰："萤有三种。

一种小而宵飞，腹下光明，乃茅根所化也，吕氏《月令》所谓腐草化为萤者也。一种长如蛆蠋，尾后有光，无翼不飞，乃竹根所化也。一名蟰，俗名萤蛆，《明堂》《月令》所谓腐草化为蟰者是也，其名宵行。茅竹之根夜视有光，复感湿热之气，遂变化成形尔。一种水萤，居水中，唐李子卿《水萤赋》所谓'彼何为而化草，此何为而居泉'，是也。"

钱步曾《百廿虫吟》中"萤"项下自注云："萤有金银二种。银色者早生，其体纤小，其飞迟滞，恒集于庭际花草间，乃宵行所化。金色者入夏季方有，其体丰腴，其飞迅疾，其光网烁不定，恒集于水际菱蒲及田塍丰草间，相传为牛粪所化。盖牛食草出粪，草有融化未净者，受雨露之沾濡，变而为萤，即《月令》腐草为萤之意也。余尝见牛溲坌积处飞萤丛集，此其验矣。"

又汪曰桢《湖雅》卷六"萤"下云："案，有化生，初似蛹，名蟰，亦名萤蛆，俗呼火百脚，后乃生翼能飞为萤。有卵生，今年放萤于屋内，明年夏必出细萤。"

案，以上诸说均主化生，唯郝懿行《尔雅义疏》反对《本草》陶李二家之说，云："今验萤火有二种，一种飞者，形小头赤，一种无翼，形似大蛆，灰黑色，而腹下火光大于飞者，乃诗所谓宵行。《尔雅》之即炤亦当兼此二种，但说者止见飞萤耳。又说茅竹之根夜皆有光，复感湿热之气，遂化成形，亦不必然。盖萤本卵生，今年放萤火于屋内，明年夏细萤点点生光矣。"寥寥百十字，却说得确实明白，所云萤之二种实即是雌雄两性，至断定卵生尤为有识，汪谢城引用其说，乃又模棱两可，以为卵生之外别有化生，未免可笑。唯郝君亦有格致未精之处，如下文云："《夏小正》，丹鸟羞白鸟。丹鸟谓丹良，白鸟谓蚊纳。《月令疏》引皇侃说，丹良是萤火也。"

罗端良在宋时却早有异议提出，《尔雅翼》卷二十六"萤"下云："《夏小正》曰，丹鸟羞白鸟。此言萤食蚊蚋。又今人言，赴灯之蛾以萤为雌，故误赴火而死。然萤小物耳，乃以蛾为雄，以蚊为粮，皆未可轻信。"

　　从中国旧书里得来的关于萤火的知识就是这些，虽然也还不错，可是披沙拣金，殊不容易，而且到底也不怎么精确，要想知道得更多一点，只好到外国书中去找寻了。专门书本是没有，就是引用了来也总是不适合，所以这里所说也无非只是普通的谈生物而有文学的趣味的几册小书而已。英国怀德以《色耳彭的自然史》著名于世，在这里边却未尝讲到萤火，但是《虫豸观察杂记》中有一则云："观察两个从野间捉来放在后园的萤火，看出这些小生物在十一二点钟之间熄灭他们的灯光，以后通夜间不再发亮。雄的萤火为蜡烛光所引，飞进房间里来。"这虽是短短的一两句话，却很有意思，都是出于实验，没有一点儿虚假。怀德生于千七百二十年，即清康熙五十九年，我查考《疑年录》，发现他比戴东原大三岁，比袁子才却还要小四岁，论时代不算怎么早，可是这样有趣味的记录在中国的乾嘉诸老辈的著作中却是很不容易找到，所以这不能不说是很可珍重的了。其次法国的法勃耳，在他的大著《昆虫记》中有一篇谈萤火的文章，告诉我们好些新奇的事情。最奇怪的是关于萤火的吃食，据他说，萤火虽然不吃蚊子，所吃的东西却比蚊子还要奇特，因为这乃是樱桃大小的带壳的蜗牛。若是蜗牛走着路，那是最好了，即使停留着，将身子缩到壳里去，脚部总有一点儿露出，萤火便上前去用他嘴边的小钳子轻轻地掰上几下。这钳子其细如发，上边有一道槽，用显微镜才看得出，从这里流出毒药来，注射进蜗牛身里去，其效力与麻醉药相等。法勃耳曾试验过，他把被萤火掰过四五下的蜗牛拿来检查，显已人事不知，用针刺他也无知觉，可是并未死亡，经过昏睡两日夜之后，蜗牛便即恢复健康，行动如常了。由此可知萤火所用的乃是全身麻醉的药，正如果蝇之类用毒针麻倒桑虫蚱蜢，存起来供幼虫食用，现在不过是现麻现吃，似乎与《水浒》里的下迷药比较倒更相近。萤火的身体很小，要想吃蚊子便已不大可能，如罗端良所怀疑的，现在却来吃蜗牛，可以说是大奇事。法勃耳在《萤火》一文中云："萤火并不吃，如严密地解释这字的意义。他只是饮，他喝那薄粥，这是他用了一种方法，令人想起那蛆虫来，将那蜗牛制造成功的。正如麻苍蝇的幼虫一样，他也能够先消化而后享用，他在将吃之前把那食物化成液体。"

《昆虫记》中有几篇讲金苍蝇麻苍蝇的文章，从实验上说明蛆虫食肉的情形，他们吐出一种消化药，大概与高级动物的胃液相同，涂在肉上，不久肉即消融成为流质。萤火所用的也就是这种方法，他不能咬了来吃，却可以当作粥喝，据说在好几个萤火畅饮一顿之后，蜗牛只是一个空壳，什么都没有余剩了。丹鸟羞白鸟，我们知道他不合理，事实上却是萤火吃蜗牛，这自然界的怪异又是谁所料得到的呢。

法勃耳生于一八二三年，即清道光三年，与李少荃是同年的，所以还是近时人，其所发现的事知道得不很多，但即使人家都知道了萤火吃蜗牛，也不见得会使他怎么有名。本来萤火之所以为萤火的乃别有在，即是他在尾巴上点着灯火。中国名称除萤火之外还有即炤、辉夜、景天、夜光、宵烛等，都与火光有关。希腊语曰阑普利斯，意云亮尾巴，拉丁文学名沿称为兰辟利思，英法则名之为发光虫。据《昆虫记》所说，在萤火腹中的卵也已有光，从皮外看得出来，及至孵化为幼虫，不问雌雄，尾上都点着小灯，这在郝兰皋也已经知道了。雄萤火蜕化生翼，即是形小头赤者，灯光并不加多，雌者却不蜕化，还是那大蛆的状态，可是亮光加上两节，所以腹下火光大于飞者了。这是一种什么物质，法勃耳说也并不是磷，与空气接触而发光，腹部有孔可开闭以为调节。法勃耳叙述夜中往捕幼萤，长仅五公厘，即中国尺一分半，当初看见在草叶上有亮光，但如误触树枝少有声响，光即熄灭，遂不可复见。迨及长成，便不如此，他曾在萤火笼旁放枪，了无闻知，继以喷水或喷烟，亦无甚影响，间有一二熄灯者，不久立即复燃，光明如旧。夜半以前是否熄灯，文中未曾说及，但怀德前既实验过，想亦当是确实的事。萤火的光据法勃耳说："其光色白，安静，柔软，觉得仿佛是从满月落下来的一点火花。可是这虽然鲜明，照明力却颇微弱。假如拿了一个萤火在一行文字上面移动，黑暗中可以看得出一个个的字母，或者整个的字，假如这并不太长，可是这狭小的地面以外，什么也都看不见了。这样的灯光会得使读者失掉耐性的。"

看到这里，我们又想起中国书里的一件故事来。《太平御览》卷九百四十五引《续晋阳秋》云："车胤，字武子，好学不倦，家贫不常得油，夏月则练囊盛数十萤火，以夜继日焉。"这囊萤照读成为读书人的美谈，流传很远，大抵从唐朝以后一直传诵下来，不过与上边《昆虫记》的话比较来看，很有点可笑。说是数十萤火，烛火能有几何，即使可用，白天花了工夫去捉，却来晚上用功，岂非徒劳，而且风雨时有，也是无法。

《格致镜原》卷九十六引成应元事统云："车胤好学，常聚萤火读书。时值风雨，胤叹曰：天不遣我成其志业耶。言讫，有大萤傍书窗，比常萤数倍，读书讫即去，其来如风雨至。"这里总算替车君弥缝了一点过来，可是已经近于志异，不能以常情实事论了。这些故事都未尝不妙，却只是宜于消闲，若是真想知道一点事情的时候，便济不得事。近若干年来多读线装旧书，有时自己疑心是否已经有点中了毒，像吸大烟的一样，但是毕竟还是常感觉到不满意，可见真想做个国粹主义者实在是大不容易也。

猫 头 鹰

陆玑《毛诗草木鸟兽虫鱼疏》卷下，"流离之子"条下云："流离，枭也，自关而西谓枭为流离。适长大还食其母，故张奂云鹎鵋食母，许慎云枭不孝鸟，是也。"赵佑《校正》案语云：

> 窃以鹎枭自是一物，今俗所谓猫头鹰，谓即古之鸮鸟，一名休鹠者，人常捕之。头似猫而翼尾似鹰，目昼昏夜明，故捕之常以昼，其鸣常以夜，如号泣。哺其子既长，母老不能取食以应子求，则挂身树上，子争啖之飞去。其头悬着枝，故字从木上鸟，而枭首之象取之。以其性贪善饿，又声似号，故又从号，而枵腹之义取之。

枭鸱害母这句话，在中国大约是古已有之。其实猫头鹰只是容貌长得古怪，声音有点特别罢了。除了依照肉食鸟的规矩而行动之外，并没有什么恶性，世人却很不理解他，不但十分嫌恶，还要加以意外的毁谤。中国文人不知从哪里想出来地说他啄母食母，赵鹿泉又从而说明之，好像是实验过的样子，可是那头挂得有点蹊跷，除非是像胡蜂似的咬住了树枝睡午觉。姚元之《竹叶亭杂记》卷六有一则云：

> 乙卯二月余在籍，一日喧传涤岑有大树自鸣，闻者甚众，至晚观者亦众。以爆驱之，声少歇，少顷复鸣，如此数夜。其

174

声若人长吟，乍高乍低，不知何怪，言者俱以为不祥，后亦无他异。有老人云，鸮鸟生子后即不飞，俟其子啄其肉以自哺。啄时即哀鸣，数日食尽则止。有人搜树视之，果然。可知少见多怪，天下事往往如是也。

还有一本什么人的笔记，我可惜忘了，里边也谈到这个问题，说枭鸟不一定食母，只是老了大抵被食，窠内有毛骨可以为证。这是说他未必不孝，不过要吃同类，却也同样地不公平，而且还引毛骨证明其事，尤其是莫须有的冤狱了。

英国怀德（Gilbert White）在《色耳彭自然史》中所说却很不同，这在一七七三年七月八日致巴林顿氏第十五信中：

　　讲到猫头鹰，我有从威耳兹州的绅士听来的一件事可以告诉你。他们正在挖掘一棵空心的大秦皮树，这里边做了猫头鹰的馆舍已有百十来年了，那是他在树底发现一堆东西，当初简直不知道是什么。略经检查之后，他看出乃是一大团的鼹鼠的骨头（或者还有小鸟和蝙蝠的），这都从多少代的住客的嗉囊中吐出，原是小团球，经过岁月便积成大堆了。盖猫头鹰将所吞吃的东西的骨头毛羽都吐出来，同那鹰一样。他说，树底下这种物质一共总有好几斗之多。

姚元之所记事为乾隆六十年，即西历一七九五，为怀德死后二年，而差异如此，亦大奇也。据怀德说，猫头鹰吞物而吐出其毛骨，可知啄母云云盖不可能。斯密士（R. B. Smith）著《鸟生活与鸟志》，凡文十章皆可读，第一章谈猫头鹰，叙其食鼠法甚妙：

　　驯养的白猫头鹰——驯者如此，所以野生者亦或如此——处分所捉到的一个鼹鼠的方法甚是奇妙。他衔住老鼠的腰约有一两分钟，随后忽然把头一摆，将老鼠抛到空中，再接住了，头在嘴里。头再摆，老鼠头向前吞到喉里去了，只剩尾巴拖在外边，经过一两分钟沉思之后，头三摆，尾巴就不见了。

上边又有一节讲他吐出毛骨的事，不辞烦琐，抄录在这里。引文文章也写得清疏，不但可为猫头鹰做辩护也。

　　他的家如在有大窟洞的树里的时候，你将时常发现在洞底里有一种软块，大约有一斗左右的分量，这当初是一个个的长圆的球，里边全是食物之不消化部分，即他所吞食的动物的毛羽骨头。这是自然的一种巧妙安排，使得猫头鹰还有少数几种鸟如马粪鹰及鱼狗凡是囫囵吞食物的，都能因了猛烈地接连地用力，把那些东西从嘴里吐出来。在检查之后，这可以确实地证明。就是猎场监督或看守人也都会明白，他不但很有益于人类，而且向来人家说他所犯的罪如杀害小竹鸡小雏鸡等事，他也完全没有。在母鸟正在孵蛋的树枝间或地上，又在她的忠实的配偶坐着看护着的邻近的树枝间，都可以见到这些毛团保存着完整的椭圆形。

　　这软而湿的毛骨小块里边，我尝找出有些甲虫或脏蜋的硬甲，这类食物从前不曾有人会猜想到是白猫头鹰所很爱吃的。德国人是大统计学家，德国博物学者亚耳通博士曾仔细地分析过许多猫头鹰所吐的毛团。他在住仓猫头鹰的七百零六个毛团里查出二千五百二十五个大鼠、鼹鼠、田鼠、臭老鼠、蝙蝠的残骨，此外只有二十二个小鸟的屑片，大抵还是麻雀。检查别种的猫头鹰，其结果也相仿佛。据说狗如没有骨头吃便要生病，故鼠类的毛骨虽然是不消化的东西，似乎在猫头鹰的消化作用上却是一种必要的帮助，假如专用去了毛骨的肉类饲养猫头鹰，他就将憔悴而死。

176

这末了的一句话是确实的，我在民国初年养过一只小猫头鹰，不过按年就死了，因为专给他好肉吃，实在也无从去捉老鼠来饲他。《一切经音义》七引舍人曰："狂一名茅鸱，喜食鼠，大目也。"中国古人说枭鸱说得顶好的恐怕要算这一节了罢。

中国关于动物的谣言向来很多，一直到现在没有能弄清楚。螟蛉有子的一件梁朝陶弘景已不相信，又有后代好些学者附议，可是至今还有好古的人坚持着化生之说的。事实胜于雄辩，然而观察不清，则实验也等于幻想，《酉阳杂俎》十六"广动植"中云：

> 蝉未蜕时名复育，相传言蛣蜣所化。秀才韦翾庄在社曲，尝冬中掘树根，见复育附于朽处，怪之，村人言蝉固朽木所化也。翾因剖一视之，腹中犹实烂木。

即其一例。姚元之以树中鸣声为老鸹被食，又有人以所吐毛骨为证，是同一覆辙。但在英国的乡下，绅士见之便不然了，他知道猫头鹰是吞食而又吐出毛骨的，这些又都是什么小动物的毛骨。中国学者如此格物，何能致知，科学在中国之不发达盖自有其所以然也。

谈土拨鼠

平白兄：

　　每接读手书，就想到《杨柳风》译本的序，觉得不能再拖延了，应该赶紧写才是。可是每想到后却又随即搁下，为什么呢？

　　第一，我写小序总想等到最后截止的那一天再看，而此书出版的消息杳然，似乎还不妨暂且偷懒几天。第二，——实在是写不出，想了一回只好搁笔。但是前日承令夫人光临面催，又得来信说书快印成了，这回觉得真是非写不可了。然而怎么写呢？

　　五年前在《骆驼草》上我曾写过一篇绍介《杨柳风》的小文，后来收在《看云集》里。我所想说的话差不多写在那里了，就是现在也还没有什么新的意思要说。我将所藏的西巴特（Sheppard）插画本《杨柳风》，兄所借给我的查麦士（Chalmers）著《格来亨传》，都拿了出来翻阅一阵，可是不相干，材料虽有而我想写的意思却没有。庄子云"日月出矣而爝火不息，其为光也不亦微乎"。《杨柳风》的全部译本已经出来了，而且译文又是那么流丽，只待人家直接去享受，于此又有何言说，是犹在俱胝和尚说法后去竖指头，其不被棒喝撵出去者，盖非是今年真好运气不可也。

　　这里我只想说一句话，便是关于那土拨鼠的。据传中说此书原名《芦中风》，后来才改今名，于一九〇八年出版。第七章《黎明的门前之吹箫者》仿佛是其中心部分，不过如我前回说过这写得很美，却也就太玄一点了，于我不大有缘分。他的别一个题目是"土拨鼠先生与他的伙伴"，这我便很喜欢。密伦（Milne）所编剧本名曰"癫施堂的癫施先生"，我疑心这是因为演戏的关系，所以请出这位癫蛤蟆来做主人翁，若在全书里最有趣味的恐怕倒要算土拨鼠先生。密伦序中有云：

> 有时候我们该把他想作真的土拨鼠，有时候是穿着人的衣服，有时候是同人一样的大，有时候用两只脚走路，有时候是四只脚。他是一个土拨鼠，他不是一个土拨鼠。他是什么？我不知道。而且，因为不是认真的人，我并不介意。

这话说得很好，这不但可以见他对于土拨鼠的了解，也可以见他的爱好。我们能够同样地爱好土拨鼠，可是了解稍不容易，而不了解也就难得爱好。我们固然可以像密伦那样当他不是一个土拨鼠，然而我们必须先知道什么是一个土拨鼠，然后才能够当他不是。那么什么是土拨鼠呢？据原文曰 mole，《牛津简明字典》注云：

> 小兽穿地而居，微黑的绒毛，很小的眼睛。

中国普通称云鼹鼠，不过与那饮河满腹的似又不是一样，《本草纲目》卷五十一下列举各家之说云：

> 弘景曰：此即鼢鼠也，一名隐鼠，形如鼠而大，无尾，黑色，尖鼻甚强，常穿地中行，讨掘即得。
>
> 藏器曰：隐鼠阴穿地中而行，见日月光则死，于深山林木下土中有之。
>
> 宗奭曰：鼹脚绝短，仅能行，尾长寸许，目极小，项尤短，最易取，或安竹弓射取饲鹰。
>
> 时珍曰：田鼠偃行地中，能壅土成坌，故得诸名。

寺岛良安编《和汉三才图会》卷三十九引《本纲》后云：

案，鼹状似鼠而肥，毛带赤褐色，颈短似野猪，其鼻硬白，长五六分，而下嘴短，眼无眶，耳无珥而聪，手脚短，五指皆相屈，但手大倍于脚。常在地中用手掘土，用鼻拨行，复还旧路，时仰食蚯蚓，柱础为之倾，根树为之枯焉。闻人音则逃去，早朝窥拨土处，从后掘开，从前穿追，则穷迫出外，见日光即不敢动，竟死。

这所说最为详尽，土拨鼠这小兽的情状大抵可以明白了，如此我们对于"土拨鼠先生"也才能发生兴趣，欢迎他出台来。但是很不幸平常我们和他缺少亲近，虽然韦门道氏著的《百兽图说》第二十八项云，"寻常田鼠举世皆有"，实际上大家少看见他，无论少年以至老年提起鼹鼠、鼢鼠、隐鼠、田鼠，或是土龙的雅号，恐怕不免都有点茫然，总之没有英国人听到摩耳（mole）或日本人听到摩悟拉（mogura）时的那种感觉罢。英国少见蝼蛄，称之曰 mole - cricket（土拨鼠蝼蛄）；若中国似乎应该呼土拨鼠为蝼蛄老鼠才行，准照以熟习形容生疏之例。那好些名称实在多只在书本上活动，土龙一名或是俗称，我却不明了，其中田鼠曾经尊译初稿采用，似最可取，但又怕与真的田鼠相混，在原书中也本有"田鼠"出现，所以只好用土拨鼠的名称了。这个名词大约是西人所定，查《百兽图说》中有几种的土拨鼠，却是别的鼠类，在什么书中把他对译"摩耳"，我记不清了。到得爱罗先珂的《桃色的云》出版，土拨鼠才为世所知，而这却正是对译"摩悟拉"的，现在的译语也就沿袭这条系统。他的好处是一个新名词，还有点表现力，字面上也略能说出他的特性。然而当然也有缺点，这表示中国国语的——也即是人的缺少对于"自然"之亲密的接触，对于这样有趣味的寻常小动物竟这么冷淡，没有给他一个好名字，可以用到国语文章里去，不能不说是一件大大的不名誉。人家给小孩讲土拨鼠的故事，"小耗子"（原书作者的小儿子的诨名）高高兴兴地听了去安安静静地睡，我们和那土拨鼠却是如此生疏，在听故事之先，还要来考究其名号角色，如此则听故事的乐趣究有几何可得乎，此不佞所不能不念之惘然者也。

兄命我写小序，而不佞大谈其土拨鼠，此正是文不对题也。

既然不能做切题的文章，则不切题亦复佳。孔子论《诗》云可以兴观群怨，末曰多识于草木鸟兽之名，我不知道《杨柳风》可以兴观群怨否，即有之亦非我思存，若其草木鸟兽，则我所甚欢喜者也。有人想引导儿童到杨柳中之风里去找教训，或者是正路也未可知。我总不赞一词，但不佞之意却希望他们于军训会考之暇去稍与癞蛤蟆水老鼠游耳，故不辞词费而略谈土拨鼠。若然，吾此文虽不合义法，亦尚在自己的题目范围内也。

中华民国二十四年十一月廿三日，在北平，知堂书记

补记：

《尔雅·释兽·鼠属》云："鼢鼠。"郭璞注云："地中行者。"陆佃《新义》卷十九云："今之犁鼠。"邵晋涵《正义》卷十九云："庄子《逍遥游》云，偃鼠饮河，不过满腹。今人呼地中鼠为地鼠，窃出饮水，如庄子所言，李颐注以偃鼠为鼷鼠，误矣。"郝懿行《义疏》下之六云："案，此鼠今呼地老鼠，产自田间，体肥而扁，尾仅寸许，潜行地中，起土如耕。"

以上三书均言今怎么样，当系其时通行的名称，但是这里颇有疑问。犁鼠或系宋时的俗名，现在已不用，不佞忝与陆农师同乡，鲁墟到过不少回数，可以证明不误者也。邵二云亦是同府属的前辈，乾隆去今还不能算很远，可是地鼠这名字我也不知道。

181

还有一层，照文义看去，这地鼠恐有误，须改作"偃鼠"二字才能够与"如庄子所言"接得上气。绍兴却也没有偃鼠的名称，正与没有犁鼠一样，虽然有一种小老鼠俗呼隐鼠，实际上乃是鼹鼠也。

郝兰皋说的地老鼠——看来只有这个俗名是靠得住的——这或者只是登莱一带的方言，却是很明白老实，到处可以通行。我从前可惜中国不给土拨鼠起个好名字，现在找到这个地老鼠，觉得可以对付应用了。对于记录这名称留给后人的郝君，我们也该表示感谢与尊敬。

二十五年一月十日记

赋 得 猫

我很早就想写一篇讲猫的文章。在我的《书信》里《与俞平伯君书》中有好几处说起，如廿一年十一月十三日云：

> 昨下午北院叶公过访，谈及索稿，词连足下，未知有劳山的文章可以给予者欤。不佞只送去一条穷裤而已，虽然也想多送一点，无奈材料缺乏，别无可做，久想写一小文以猫为主题，亦终于未着笔也。

叶公即公超，其时正在编辑《新月》。十二月一日又云：

> 病中又还了一件文债，即新印《越谚》跋文，此后拟专事翻译，虽胸中尚有一猫，盖非至一九三三年未必下笔矣。

但二十二年二月二十五日又云：

> 近来亦颇有志于写小文，仍有暇而无闲，终未能就，即一年前所说的猫亦尚任其屋上乱叫，不克捉到纸上来也。

如今已是一九三七，这四五年中信里虽然不曾再说，心里却还是记着，但是终于没有写成。这其实倒也罢了，到现在又来写，却为什么缘故呢？

当初我想写猫的时候，曾经用过一番功夫。先调查猫的典故，并觅得黄汉的《猫苑》二卷，仔细检读，次又读外国小品文，如林特（R. Lynd）、密伦（A. A. Milne）、郤贝克（K. Capek）等，公超又以路加思（E. V. Lucas）文集一册见赠，使我得见所著谈动物诸文，尤为可感。可是愈读愈糊涂，简直不知道怎样写好，因为看过人家的好文章，珠玉在地，不必再去摆上一块砖头，此其一。材料太多，贪吃便嚼不烂，过于踌躇，不敢下笔，此其二。大约那时的意思是想写《草木虫鱼》一类的文章，所以还要有点内容，讲点形式，却是不大容易写，近来觉得这也可以不必如此，随便说说话就得了，于是又拿起那个旧题目来，想写几句话交卷。这是先有题目而做文章的，故曰赋得，不过我写文章是以不切题为宗旨的，假如有人想拿去当作赋得体的范本，那是上当匪浅，所以请大家不要十分认真才好。

现在我的写法是让我自己来乱说，不再多管人家的鸟事。以前所查过的典故看过的文章幸而都已忘却了，《猫苑》也不翻阅，想到什么可写的就拿来用。这里我第一记得清楚的是一件老姨与猫的故事，出在弄园主人著的《夜谈随录》里。此书还是前世纪末读过，早已散失，乃从友人处借得一部检之，在第六卷中，是《夜星子》二则中之一。其文云：

> 京师某宦家，其祖留一妾，年九十余，甚老耄，居后房，上下呼为老姨。日坐炕头，不言不笑，不能动履，形似饥鹰而健饭，无疾病。尝畜一猫，与相守不离，寝食共之。宦一幼子尚在襁褓，夜夜啼号，至睡方辍，匝月不愈，患之。俗传小儿夜啼谓之夜星子，即有能捉之者。于是延捉者至家，礼待甚厚，捉者一半老妇人耳。是夕就小儿旁设桑弧桃矢，长大不过五寸，矢上系素丝数丈，理其端于无名之指而拈之。至夜半月色上窗，儿啼渐作，顷之隐隐见窗纸有影倏进倏却，仿佛一妇

184

人，长六七寸，操戈骑马而行。捉者摆手低语曰：夜星子来矣来矣！巫弯弓射之，中肩，唧唧有声，弃戈返驰，捉者起急引丝率众逐之。拾其戈观之，一搓线小竹签也。迹至后房，其丝竟入门隙，群呼老姨，不应，因共排闼燃烛入室，遍觅无所见。搜索久之，忽一小婢惊指曰：老姨中箭矣！众视之，果见小矢钉老姨肩上，呻吟不已，而所畜猫犹在胯下也，咸大错愕，巫为拔矢，血流不止。捉者命扑杀其猫，小儿因不复夜啼，老姨亦由此得病，数日亦死。

后有兰岩评语云：

怪出于老姨，诚不知其何为，想系猫之所为，老姨龙钟为其所使耳。卒乃中箭而亡，不亦冤乎。

同卷中又有《猫怪》三则，今悉不取，此处评者说是猫之所为亦非，盖这篇《夜星子》的价值重在是一件巫蛊案，猫并不是主，乃是使也。我很想知道西汉的巫蛊详情，可是没有工夫去查考，所以现在所说的大抵是以西欧为标准，巫蛊当作 witch – craft 的译语，所谓使即是 familiars 也。英国蔼堪斯泰因女士（lina Eckenstein）曾著《儿歌之研究》，二十年前所爱读，其遗稿《文字的咒力》（*A Spell of Word*，一九三二）中第一篇云《猫及其同帮》，于我颇有用处。第一章《猫或狗》中云：

在北欧古代，猫也算是神圣不可犯的，又用作牺牲。木桶里的猫那种残酷的游戏在不列颠一直举行，直至近代。这最好是用一只猫，在得不到的时候，那就用烟煤，加入桶中。

在法兰西比利时直至近代，都曾举行公开的用猫的仪式。圣约翰祭即中夏夜，在巴黎及各处均将活猫关在笼里，抛到火

185

堆里去。在默兹地方，这个习俗至一七六五年方才废除。比利时的伊不勒思及其他城市，在圣灰日即四旬斋的第一日举行所谓猫祭，将活猫从礼拜堂塔顶掷下，意在表示异端外道就此都废弃了。猫是与古代女神莪赖耶有系属的，据说女神尝跟着军队，坐了用许多猫拉着的车子。书上说现在伊不勒思尚留有遗址，原是献给一个女神的庙宇。

第二章《猫与巫》中又云：

　　猫在欧洲当作家畜，其事当直在母权社会的时代。猫是巫的部属，其关系极密切，所以巫能化猫，而猫有时亦能幻作巫形。兔子也有同样的情形，这曾被叫作草猫的。德国有俗谚云，猫活到二十岁便变成巫，巫活到一百岁时又变成一只猫。
　　一五八四年出版的巴耳温的《留心猫儿》中有这样的话，巫是被许可九次把她自己化为猫身。《罗米欧与朱丽叶》中谛巴耳特说：你要我什么呢？麦丘细阿答说：美猫王，我只要你九条性命之一而已。据英法人说，女人同猫一样也有九条性命，但在格伦绥则云那老太太有六条性命，正如一只黑猫。
　　又有俗谚云，猫有九条性命，而女人有九只猫的性命。（案，此即八十一条性命矣。）
　　巫可以变化为猫或兔，十七世纪的知识阶级还都相信这是可能的事。

烧猫的习俗，莪来则博士（J. C. Frazer）自然知道得最多，可惜我只有一册节本的《金枝》（*The Golden Bough*），只可简单地抄几句。在六十四章《火里烧人》中云：

　　在法国阿耳登思省，四旬斋的第一星期日，猫被扔到火堆里去，有时候残酷稍为醇化了，便将猫用长竿挂在火上，活活地烤死。他们说，猫是魔鬼的代表，无论怎么受苦都不冤枉。

他又解释烧诸动物的理由云：

我们可以推想，这些动物大约都被算作受了魔法的咒力的，或者实在就是男女巫。他们把自己变成兽形，想去进行他们的诡计，损害人类的福利。这个推测可以证实，只看在近代火堆里常被烧死的牺牲是猫，而这猫正是据说巫所最喜变的东西，或者除了兔以外。

这样大抵可以说明老姨与猫的关系。总之老姨是巫无疑了，猫是她的不可分的系属物。理论应该是老姨她自己变了猫去作怪，被一箭射中猫肩，后来却发现这箭是在她的身上。如散茂斯（M. Summers）在所著《僵尸》（*The Vampire*，一九二八）第三章《僵尸的特性及其习惯》中云：

这是在各国妖巫审问案件中常见的事，有巫变形为猫或兔或别的动物，在兽形时遇着危险或是受了损伤，则恢复原形之后在他的人身上也有着同样的伤或别的损害。

这位散茂斯先生著作颇多，此外我还有他的名著《变狼人》《巫术的历史》与《巫术的地理》，就只可惜他是相信世上有巫术的，这又是非圣无法故该死的，因此我有点不大敢请教，虽然这些题目都颇珍奇，也是我所想知道的事。吉忒勒其教授（G. L. Kittredge）的《旧新英伦之巫术》（*The Wiich - craft in Old and New England*，一九二九）第十章《变形》中亦云：

187

关于猫巫在兽形时受害，在其原形受有同样的伤，有无数的近代的例证。

在小注中列举书名出处甚多。吉忒勒支曾编订英国古民谣为我所记忆，今此书亦是我爱读的，其小序中有一节云：

有见于近时所出讲巫术的诸书，似应慎重一点在此声明，我并不相信黑术（案，即害他的巫术），或有魔鬼干预活人的日常生活。

由是可知，他的态度是与《僵尸》的著者相反的，我很有同感。可是文献上的考据还是一样，盖档案与大众信心固是如此，所谓泰山可移而此案难翻者也。

话又说了回来，老姨却并不曾变猫，所以不是属于这一部类的。这头猫在老姨只是一种使，或者可称为鬼使（familiar spirit）。茂来女士（M. A. Murray）于一九二一年著《西欧的巫教》（*Tlie Witch – cult in Western Europe*），辨明所谓巫术实是古代的原始宗教之余留，也是我所尊重的一部书，其第八章《论使与变形》是最有价值的论断。据她在这里说：

苏格兰法律家福布斯说过，魔鬼对于他们给予些小鬼，以通信息，或供使令，都称作古怪名字，叫着时他们就答应。这些小鬼放在瓦罐或是别的器具里。

大抵使有两种，一云占卜使，即以通信息，犹中国的樟柳神；一云畜养使，即以供使令，犹如蛊也。书中又云：

畜养使平常总是一种小动物，特别用面包牛乳和人血喂

188

养，又如福布斯所云，放在木匣或瓦罐里，底垫羊毛，这可以用了去对于别人的身体或财产使行法术，却决不用以占卜。吉法特在十六世纪时记述普通一般的所信云：巫有她们的鬼使，有的只一个，有的更多，自二以至四五，形状各不相同，或像猫、黄鼠狼、癞蛤蟆，或小老鼠，这些她们都用牛乳或小鸡喂养，或者有时候让他们吸一点血喝。

在早先的审问案件里，巫女招承自刺手或脸，将流出来的血滴给鬼使吃。但是在后来的案件里，这便转变成鬼使自己喝巫女的血，所以在英国巫女算作特色的那冗乳（案，即赘疣似的多余的乳头），普通都相信就是这样舐吮而成的。

吉忒勒其教授云：

一五五六年在千斯福特举行的伊里查白时代巫女大审问的第一案里，猫就是鬼使。这是一头白地有斑的猫，名叫撒旦，喝血吃。

恰好在茂来女士书里有较详的记载，我们能够知道这猫本来是法兰色斯从祖母得来的，后来她自己养了十五六年，又送给一位老太太华德好司，再养了九年，这才破案。因为本来是小鬼之流，所以又会转变，如那头猫后来就化为一只癞蛤蟆了。法庭记录（见茂来书中）说：

据该妪华德好司供，伊将该猫化为蟾蜍，系因当初伊用瓦罐中垫羊毛养放该猫，历时甚久，嗣因贫穷不能得羊毛，伊遂用圣父圣子圣灵之名祷告愿其化为蟾蜍，于是该猫化为蟾蜍，养放罐中，不用羊毛。

这是一个理想的好例，所以大家都首先援引，此外鬼使作猫形的还不少，茂来女士书中云：

> 一六二一年在福斯东地方扰害费厄法克思家的巫女中，有
> 五人都有畜养使的，惠忒的是一个怪相的东西，有许多只脚，
> 黑色，粗毛，像猫一样大。惠忒的女儿有一鬼使，是一只猫，
> 白地黑斑，名叫印及思。狄勃耳有一大黑猫，名及勃，已经跟
> 了她有四十年以上了。她的女儿所有鬼使是鸟形的，黄色，大
> 如鸦，名曰调呶。狄更生的鬼使形如白猫，名非利，已养了有
> 二十年。

由此可知猫的地位在那里是多么高的了。吉忒勒其教授书中（仍是
第十章）又云：

> 驯养的乡村的猫，在现今流行的迷信里，还保存着好些他
> 的魔性。猫会得吸睡着的小孩的气，这个意见在旧的和新的英
> 伦（案，即英美两国）仍是很普遍。又有一种很普遍的思想，
> 说不可令猫近死尸，否则会把尸首毁伤。这在我们本国（案，
> 即美国）变成了一种高明的说法，云：勿使猫近死人，怕他会
> 捕去死者的灵魂。我们记得，灵魂常从睡着的人的嘴里爬出
> 来，变成小老鼠的模样！

讲到这里我们可以知道老姨的猫是属于这一类的畜养使，无论是鬼
王派遣来，或是养久成了精，总之都是供老姨的使令用的，所以跨了当
马骑正是当然的事。到了后来时不利兮骓不逝，主人无端中了流矢，猫
也就殉了义，老姨一案遂与普通巫女一样的结局了。

我听人家所讲猫的故事里，还有一件很有意思的，即是猫替猴子伸
手到火炉里抓煨栗子吃，觉得十分好玩，想拿来做文章的主题，可是末
了终于决定借用这老姨的猫。为什么呢？这件故事很有意思，因为这与

190

中国的巫蛊和欧洲的巫术都有关系，虽然原只是一篇志异的小说。以汉朝为中心的巫蛊事情我很想知道，如上边所已说过，只是尚无这个机缘，所以我在几本书上得来的一点知识单是关于巫术的。那些巫、马披、沙满、药师等的哲学与科学，在我都颇有兴趣而且稍能理解，其荒唐处固自言之成理，亦复别有成就。克拉克教授在《西欧的巫教》附录中论一女所用飞行药膏的成分，便是很有趣的一例。其结论云：

> 我不能说是否其中那一种药会发生飞行的感觉，但这里使用乌头（aconite）我觉得很有意思。睡着的人的心脏动作不匀使人感觉突然从空中下坠，今将用了使人昏迷的莨菪与使心脏动作不匀的乌头配合成剂，令服用者引起飞行的感觉，似是很可能的事。

这样戳穿西洋镜似乎有点煞风景，不如戈那所画老少二女自身跨一扫帚飞过空中的好。我当然也很爱好这西班牙大匠的画，但是我也很喜欢知道这三个药方，有如打听得祝由科的几门手法或会党的几句口号，虽不敢妄希仙人的他心通，唯能多察知一点人情物理，亦是很大的喜悦。茂来女士更证明中古巫术原是原始的地亚那教（Diana – Cult）之国遗，其男神名地亚奴思，亦名那奴思（Janus），古罗马称正月即从此神名衍出，通行至今，女神地亚那之徒即所谓巫，其仪式乃发生繁殖的法术也。虽然我并不喜欢吃菜事魔，自然更没有骑扫帚的兴趣，但对于他们鬼鬼祟祟的花样却不无同情，深觉得宗教审问院的那些拷打杀戮大可不必。多年前我读英国克洛特（E. Clodd）的《进化论之先驱》与勒吉（W. E. H. Lecky）的《欧洲唯理思想史》，才对于中古的巫术案觉得有注意的价值，就能力所及略为涉猎，一面对那时政教的权威很生反感，一面也深感危惧，看了心惊眼跳，不能有隔岸观火之乐。盖人类原是一个，我们也有文字狱思想狱，这与巫术案本是同一类也。欧洲的巫术案，中国的文字狱思想狱，都是我所怕却也就常还想（虽然想了自然

191

又怕）的东西，往往互相牵引连带着，这几乎成了我精神上的压迫之一。想写猫的文章，第一挑到老姨，就是为这缘故。该姨的确是个老巫，论理是应该重办的，幸而在中国偶得免肆诸市朝，真是很难得的，但是拿来与西洋的巫术比较了看，也仍是极有意思的事。中国所重的文字狱思想狱是儒教的，——基督教的教士敬事上帝，异端皆非圣无法，儒教的文士诣事主君，犯上即大逆不道，其原因有宗教与政治之不同，故其一可以随时代过去，其一则不可也。我们今日且谈巫术，论老姨与猫，若文字狱等亦是很好题目，容日后再谈，盖其事言之长矣。

附记：

黄汉《猫苑》卷下引《夜谈随录》，云有李侍郎从苗疆携一苗婆归，年久老病，尝养一猫酷爱之，后为夜星子，与原书不合，不知何所本，疑未可凭信。

猫 打 架

现在时值阴历三月，是春气发动的时候，夜间常常听见猫的嚎叫声甚凄厉，和平时迥不相同，这正是"猫打架"的时节，所以不足为怪的。但是实在吵闹得很，而且往往是在深夜，忽然庭树间嚎的一声，虽然不是什么好梦，总之给他惊醒了，不是愉快的事情。这便令我想起"五四"前后初到北京的事情来，时光过得真快，这已是四十多年前的事了。我写过《补树书屋旧事》，第七篇叫作《猫》，这里让我把他抄一节罢：

> 说也奇怪，补树书屋里的确也不大热，这大概与那大槐树有关系，他好像是一顶绿的大日照伞，把可畏的夏日都给挡住了。这房屋相当阴暗，但是不大有蚊子，因为不记得用过什么蚊子香；也不曾买有蝇拍子，可是没有苍蝇进来，虽然门外面的青虫很有点讨厌。那么旧的屋里该有老鼠，却也并不是，倒是不知道哪里的猫常在屋上骚扰，往往叫人整半夜睡不着觉。在一九一八年旧日记里边便有三四处记着"夜为猫所扰，不能安睡"。不知道在鲁迅日记上有无记载，事实上在那时候大抵是大怒而起，拿着一支竹竿，搬了小茶几，到后檐下放好，他便上去用竹竿痛打，把他们打散，但也不长治久安，往往过一会儿又回来了。《朝花夕拾》中有一篇讲到猫的文章，其中有些是与这有关的。

193

说到《朝花夕拾》，虽然这是有许多人看过的书，现在我也找有关摘抄一点在这里：

要说得可靠一点，或者倒不如说不过因为他们配合时候的嚷叫，手续竟有这么繁重，闹得别人心烦，尤其是夜间要看书睡觉的时候。当这些时候，我便要用长竹竿去攻击他们。狗们在大道上配合时，常有闲汉拿了木棍痛打，我曾见大勃吕该尔的一张铜版画上也画着这样事，可见这样的举动是古今中外一致的。打狗的事我不管，至于我的打猫，却只因为他们嚷嚷，此外并无恶意。

可是奇怪得很，日本诗人们却对他很是宽大，特别是以松尾芭蕉为祖师一派俳人（做俳句的人），不但不嫌恶他，还收他到诗里去。我们仿大观园的傻大姐称之曰猫打架的，他们却加以正面的美称曰猫的恋爱，在《俳谐岁时记》中"春季"项下堂堂地登载着。俳句中必须有季题，这《岁时记》便是那些季题的集录，在《岁时记》"春季"的"动物"项下便有"猫的恋爱"这一种，解说道：

猫的交尾虽是一年有四回，但以春天为显著。时届早春，凡入交尾期的猫也不怕人，不避风雨，昼夜找寻雌猫，到处奔走，连饭也不好好地吃。常有数匹发疯似的争斗，用了极其迫切的叫声诉其热情。数日之后，憔悴受伤，遍身乌黑地回来，情形很是可怜。

这里诗人对于他们似乎颇有同情，芭蕉有诗云：

吃了麦饭，为了恋爱而憔悴了么，女猫。

194

比他稍后的召波则云：

爬过了树，走近前来调情的男猫啊。

但是高井几厘的句云：

滚了下去的声响，就停止了的猫的恋爱。

又似乎说滚得好，有点拿长竹竿的意思了。小林一茶说："睡了起来，打了一个大呵欠的猫的恋爱。"这与近代女流俳人杉田久女所说的"恋爱的猫，一步也不走进夜里的□（此字原刊脱漏）门"，大概只是形容他们的忙碌罢了。

《俳谐岁时记》是从前传下来的东西，虽然新的季题不断地增入，可是旧的却还是留着，这里"猫的恋爱"与"鸟雀交尾"总还是事实，有些空虚的传说却也罗列着，例如"田鼠化为鴽"以及"獭祭鱼"之类。大概这很受中国的《月令》里七十二候的影响，不过大雪节的三候中有"虎始交"，《岁时记》里却并不收，我想或者是因为难得看见老虎的缘故罢。虎猫本是同类，恐怕也是那么地嚷嚷的，但是不听见有人说起过，现代讲动物园的书有些描写他们的生活，也不曾见有记录。《七十二候图赞》里画了两只老虎相对，一只张着大嘴，似乎是吼叫的样子，这或者是仿那猫的作风而画的罢。赞曰："虎至季冬，感气生育，虎客不复，后妃乱政。"意思不很明白，第三句里似乎可能有刻错的字，但是也不知道正文是什么字了。

苍　蝇

苍蝇不是一件很可爱的东西，但我们在做小孩子的时候都有点喜欢他。我同兄弟常在夏天乘大人们午睡，在院子里弃着香瓜皮瓢的地方捉苍蝇。——苍蝇共有三种，饭苍蝇太小，麻苍蝇有蛆太脏，只有金苍蝇可用。金苍蝇即青蝇，小儿谜中所谓"头戴红缨帽，身穿紫罗袍"者是也。我们把他捉来，摘一片月季花的叶，用月季的刺钉在背上，便见绿叶在桌上蠕蠕而动。东安市场有卖纸制各色小虫者，标题云"苍蝇玩物"，即是同一的用意。我们又把他的背竖穿在细竹丝上，取灯芯草一小段，放在脚的中间，他便上下颠倒地舞弄，名曰"嬉棍"；又或用白纸条缠在肠上，纵使飞去，但见空中一片片的白纸乱飞，很是好看。倘若捉到一个年富力强的苍蝇，用快剪将头切下，他的身子便仍旧飞去。

希腊路吉亚诺思（Lukianos）的《苍蝇颂》中说："苍蝇在被切去了头之后，也能生活好些时光。"大约二千年前的小孩已经是这样地玩耍的了。

我们现在受了科学的洗礼，知道苍蝇能够传染病菌，因此对于他们很有种恶感。三年前卧病在医院时曾作有一首诗，后半云：

> 大小一切的苍蝇们，
> 美和生命的破坏者，
> 中国人的好朋友的苍蝇们呵，
> 我诅咒你的全灭，

用了人力以外的

最黑最黑的魔术的力。

但是实际上最可恶的还是他的别一种坏脾气，便是喜欢在人家的颜面手脚上乱爬乱舐，古人虽美其名曰"吸美"，在被吸者却是极不愉快的事。希腊有一篇传说，说明这个缘起，颇有趣味。据说苍蝇本来是一个处女，名叫默亚（Muia），很是美丽，不过太喜欢说话。她也爱那月神的情人恩迭米益（Endymion），当他睡着的时候，她总还是和他讲话或唱歌，弄得他不能安息，因此月神发怒，使她变成苍蝇。以后她还是纪念着恩迭米益，不肯叫人家安睡，尤其是喜欢搅扰年轻的人。

苍蝇的固执与大胆，引起好些人的赞叹。诃美洛思（Homeros）在史诗中常比勇士于苍蝇。他说，虽然你赶他去，他总不肯离开你，一定要叮你一口方才罢休。又有诗人云，那小苍蝇极勇敢地跳在人的肢体上，渴欲饮血，战士却躲避敌人的刀锋，真可羞了。我们侥幸不大遇见渴血的勇士，但勇敢地攻上来舐我们的头的却常常遇到。法勃耳（Fabre）的《昆虫记》里说有一种蝇，乘土蜂负虫入穴之时，下卵于虫内，后来蝇卵先出，把死虫和蜂卵一并吃下去。他说这种蝇的行为好像是一个红巾黑衣的暴客在林中袭击旅人，但是他的剽悍敏捷的确也可佩服，倘使希腊人知道，或者可以拿去形容阿迭修思（Odysseus）一流的狡狯英雄罢。

中国古来对于苍蝇也似乎没有什么反感。《诗经》里说："营营青蝇，止于樊。岂弟君子，无信谗言。"又云："非鸡则鸣，苍蝇之声。"据陆农师说，青蝇善乱色，苍蝇善乱声，所以是这样说法。传说里的苍蝇，即使不是特殊良善，总之决不比别的昆虫更为卑恶。在日本的俳谐中则蝇成为普通的诗料，虽然略带湫秽的气色，但很能表出温暖热闹的境界。小林一茶更为奇特，他同圣芳济一样，以一切生物为弟兄朋友，苍蝇当然也是其一。检阅他的俳句选集，咏蝇的诗有二十首之多，今举两首以见一斑。一云：

197

笠上的苍蝇，比我更早地飞进去了。

这诗有题曰"归庵"。又一首云：

不要打哪，苍蝇搓他的手，搓他的脚呢。

我读这一句，常常想起自己的诗觉得惭愧，不过我的心情总不能达到那一步，所以也是无法。《埤雅》云："蝇好交其前足，有绞蝇之象，……亦好交其后足。"这个描写正可做前句的注解。

又绍兴小儿谜语歌云，"像乌豇豆格乌，像乌豇豆格粗，堂前当中央，坐得拉胡须"，也是指这个现象。（"格"犹云"的"，"坐得"即"坐着"之意。）

据路吉亚诺思说，古代有一个女诗人，慧而美，名叫默亚，又有一个名妓也以此为名，所以滑稽诗人有句云："默亚咬他直达他的心房。"中国人虽然永久与苍蝇同桌吃饭，却没有人拿苍蝇作为名字，以我所知只有一二人被用为诨名而已。

关于禽言

无闷居士著《广新闻》四卷，有乾隆壬子序，只是普通志异的笔记罢了，卷四却有"家家好"一则云：

> 客某游中峰，时值亢旱，望雨甚切，忽有小鸟数十，黑质白章，啄如兔，鸣曰家家叫化，音了如人语。山中人哗曰，此旱怪也，竞奋枪网捕杀数头。天雨，明日此鸟仍鸣，听之变为家家好家家好矣。

这件故事我看了觉得很有意思，因为第一这是关于旱怪的民俗资料，其次是关于禽言的，这也是我所留意考察的一件事。

光绪初年侯官观颏道人著《小演雅》一卷，自称"摭百禽言"，其实也只有七十六项，里边还有可以归并的，有本是鸟声而非鸟言的，结算起来数目恐不很多，不过从来的记录总以这为最详备了。冯云鹏著《红雪词》乙集卷一中有禽言词二十二首，自序云：

> 凡作禽言者有诗无词，以古诗可任意为长短句，词多束缚也。予好为苟难，偶采杂记听方言，取鸟音与词音相叶者咏之。词令虽多，有首句不起韵者，有换韵者，有冗长者，揆诸禽言殊不相似，故寥寥也。间有从万红友上入作平处，断不能

以去作平平作仄用也。但俚而不文，朴而多讽，如坐桑麻间听齐东野语足矣。

所咏二十二禽言中，有"拆鸟窠儿晒"修破屋"叶贵了""锅里麦屑粥""半花半稻""桃花水滴滴"等六则皆新出，《小演雅》中亦未见。若"家家叫化"与"家中好"则诸书均未见著录，有人欲调查禽言者见之，自当大喜欢也。

晴雨不同的禽音最显著的是鸠鸣。据《埤雅》《尔雅翼》等书说，斑鸠性拙，不能营巢，天将雨即逐其雌，霁则呼而返，故俗语云"天将雨，鸠逐妇"。陆廷灿著《南村随笔》卷三"鸠逐妇"条云：

> 明秦人赵统伯辨"鸠逐妇"云，乃感天地之雨旸而动其雌雄之情。求，好逑也，非逐而去之之谓。

此逐字盖训作现今追逐之逐乎，说虽新颖，似亦未必然。《本草纲目》卷四十九，李时珍曰："或曰，雄呼晴，雌呼雨。"所说稍胜，只是尚未能证明，但晴雨时鸣声不同则系事实耳。《田家杂占》云："鸠鸣有还声者谓之呼妇，主晴；无还声者谓之逐妇，主雨。"吾乡称斑鸠曰野鹁鸪，又称步姑。钱沃臣著《蓬岛樵歌》注云，"俗谑善愁者曰鹁鸪"，宁绍风俗相同，盖均状其拙。鸣声有两种，在雨前曰渴杀鸪，或略长则曰渴杀者鸪，雨后曰挂挂红灯，此即所谓有还声者也。范寅著《越谚》卷上翻译禽音之谚第十五，共列十条，鸠亦在焉，分注曰呼雨呼晴。家家好虽不知是何等山禽，大约也是这类的东西罢。

《越谚》所举十条除鸠燕而外，唯姑恶鸟之姑恶，猫头鹰之掘注系常闻的禽音，余均转录不足取，如寒号虫尤近于志怪了。燕在诗文中虽常称"语"，但向来不列入禽言，《小演雅》列"意而"一条，亦有道

200

理，却别无意趣。越中小儿以方言替代燕子说话云：

弗借偌乃盐，弗借偌乃醋，只要偌乃高堂大屋让我住住。

"偌乃"即"你们的"，只要二字合音。寥寥数语，却能显出梁上呢喃之趣，且又表出此狷洁自好的小鸟的精神，自成一首好禽言，在文人集子里且难找得出也。

禽言亦有出自田夫野老者，唯大半系文士所定，故多田园诗气味，殊少有能反映出民间苦辛的。姑恶自东坡以来即传说妇以姑虐死，故其声云，可谓例外，是真能对于礼教的古井投一颗小石子的了。陆放翁《夜闻姑恶》诗虽非拟禽言，却是最好的一篇，难得能传出有许多幽怨而仍不能说之情也。又有婆饼焦者，《蓬岛樵歌》续编注云：

俗传幼儿失怙恃，养于祖母，岁饥不能得食，儿啼甚。祖母作泥饼煨于火给之，乃自经，而儿不知也，相继饿毙，化为此鸟，故其声如此。《情史》又云：人有远戍者，其妇从山头望之，化为鸟，时烹饼将为饷，使其子侦之，恐其焦不可食也，往见其母化此物，但呼婆饼焦也。

梅尧臣《四禽言》云：

婆饼焦，儿不食。尔父向何之，尔母山头化为石。山头化石可奈何，遂作微禽啼不息。

可见宋时已有此故事，与《情史》所说相近，但俗传却更能说明婆饼焦的意义，而亦更有悲哀的土气息泥滋味也。婆饼焦的叫声我不曾听见过，只在北平初夏常听到一种叫声，音曰 Hupopo，大约也是布谷之类，本地人就称之曰煳饽饽，正是很好的禽言，不必是婆饼焦，也可以算是同一类的罢。

水里的东西

　　我是在水乡生长的，所以对于水未免有点情分。学者们说，人类曾经做过水族，小儿喜欢弄水，便是这个缘故。我的原因大约没有这样远，恐怕这只是一种习惯罢了。

　　水，有什么可爱呢？这件事是说来话长，而且我也有点儿说不上来。我现在所想说的单是水里的东西。水里有鱼虾、螺蚌、茭白、菱角，都是值得记忆的，只是没有这些工夫来一记录下来，经了好几天的考虑，决心将动植物暂且除外。——那么，是不是想来谈水底里的矿物类么？不，决不。我所想说的，连我自己也不明白他是哪一类，也不知道他究竟是死的还是活的，他是这么一种奇怪的东西。

　　我们乡间称他作 Ghosychiu，写出字来就是"河水鬼"。他是溺死的人的鬼魂。既然是五伤之一——五伤大约是水、火、刀、绳、毒罢——但我记得又有虎伤似乎在内，有点弄不清楚了，总之水死是其一，这是无可疑的，所以他照例应"讨替代"。听说吊死鬼时常骗人从圆窗伸出头去，看外面的美景（还是美人?），倘若这人该死，头一伸时可就上了当，再也缩不回来了。河水鬼的法门也就差不多是这一类，他每幻化为种种物件，浮在岸边，人如伸手想去捞取，便会被拉下去，虽然看来似乎是他自己钻下去的。假如吊死鬼是以色迷，那么河水鬼可以说是以利诱了。他平常喜欢变什么东西，我没有打听清楚，我所记得的只是说变"花棒槌"，这是一种玩具，我在儿时听见，所以特别留意，至于所

203

以变这玩具的用意，或者是专以引诱小儿亦未可知。但有时候他也用武力，往往有乡人游泳，忽然沉了下去，这些人都是像蛤蟆一样地"识水"的，论理绝不会失足，所以这显然是河水鬼的勾当，只有外道才相信是由于什么脚筋拘挛或心脏麻痹之故。

照例，死于非命的应该超度，大约总是念经拜忏之类，最好自然是"翻九楼"，不过翻的人如不高妙，从七七四十九张桌子上跌了下来的时候，那便别样地死于非命，又非另行超度不可了。翻九楼或拜忏之后，鬼魂理应已经得度，不必再讨替代了，但为防万一危险计，在出事地点再立一石幢，上面刻南无阿弥陀佛六字，或者也有刻别的文句的罢，我却记不起来了。在乡下走路，突然遇见这样的石幢，不是一件很愉快的事，特别是在傍晚，独自走到渡头，正要下四方的渡船亲自拉船索渡过去的时候。

话虽如此，此时也只是毛骨略略有点悚然，对于河水鬼却压根儿没有什么怕，而且还简直有点儿可以说是亲近之感。水乡的住民对于别的死或者一样地怕，但是淹死似乎是例外，实在怕也怕不得许多。俗语云，瓦罐不离井上破，将军难免阵前亡，如住水乡而怕水，那么只好搬到山上去，虽然那里又有别的东西等着，老虎、马熊。我在大风暴中渡过几回大树港，坐在二尺宽的小船内，在白鹅似的浪上乱滚，转眼就可以沉到底去，可是像烈士那样从容地坐着，实在觉得比大元帅时代在北京还要不感到恐怖。还有一层，河水鬼的样子也很有点爱娇。普通的鬼保存他死时的形状，譬如虎伤鬼之一定大声喊阿唷，被杀者之必用一只手提了他自己的六斤四两的头之类，唯独河水鬼则不然。无论老的、小的、村的、俊的，一掉到水里去就都变成一个样子，据说是身体矮小，很像是一个小孩子，平常三五成群，在岸上柳树下"顿铜钱"，正如街头的野孩子一样，一被惊动便跳下水去，有如一群青蛙，只有这个不同，青蛙跳时"不东"地有水响，有波纹，他们没有。为什么老年的河水鬼也喜欢摊钱之戏呢？这个，乡下懂事的老辈没有说明给我听过，我也没有本领自己去找到说明。

我在这里便联想到了在日本的他的同类。在那边称作"河童"，读如 Kappa，说是 Kawawappa 之略，意思即是"川童"二字，仿佛芥川龙之介有过这样名字的一部小说，中国有人译为"河伯"，似乎不大妥帖。这与河水鬼有一个极大的不同，因为河童是一种生物，近于人鱼或海和尚。他与河水鬼相同要拉人下水，但也喜欢拉马，喜欢和人角力。他的形状大概如猿猴，色青黑，手足如鸭掌，头顶下凹如碟子，碟中有水时其力无敌，水涸则软弱无力。顶际有毛发一圈，状如前刘海，日本儿童有蓄此种发者至今称作河童发云。柳田国男在《山岛民谭集》（一九一四）中有一篇《河童驹引》的研究。冈田建文的《动物界灵异志》（一九二七）第三章也是讲河童的，他相信河童是实有的动物，引《幽明录》云，"水虺一名虺童，一名水精，裸形人身，长三五升，大小不一，眼耳鼻舌唇皆具，头上戴一盆，受水三五尺，只得水勇猛，失水则无勇力"，以为就是日本的河童。关于这个问题我们无从考证，但想到河水鬼特别不像别的鬼的形状，却一律地状如小儿，仿佛也另有意义，即使与日本河童的迷信没有什么关系，或者也有水中怪物的分子混在里边，未必纯粹是关于鬼的迷信了罢。

十八世纪的人写文章，末后常加上一个尾巴，说明寓意，现在觉得也有这个必要，所以添写几句在这里。人家要怀疑，即使如何有闲，何至于谈到河水鬼去呢？是的，河水鬼大可不谈，但是河水鬼的信仰以及有这信仰的人却是值得注意的。我们平常只会梦想，所见的或是天堂，或是地狱，但总不大愿意来望一望这凡俗的人世，看这上边有些什么人，是怎么想。社会人类学与民俗学是这一角落的明灯，不过在中国自然还不发达，也还不知道将来会不会发达。我愿意使河水鬼来做个先锋，引起大家对于这方面的调查与研究之兴趣。我想恐怕喜欢顿铜钱的小鬼没有这样力量，我自己又不能做研究考证的文章，便写了这样一篇闲话，要想去抛砖引玉实在有点惭愧，但总之关于这方面是"伫候明教"。

农历与渔历

　　人们习惯把我国的阴历叫作农历，其实如果真有农民所专用的那么一种历本的话，倒完全应该是现在所通行的阳历。因为大家知道，农民种田与气候的冷暖顶有关系，以节气为标准，而一年四季气候的变化乃是以太阳为依据的，因太阳和地面的远近而定出四时来，在这中间划分为二十四节气，这在阳历上都有差不多一定的日期，很是简便适用。

　　西洋历书上本来有春秋二"分"、冬夏二"至"的期日。把整年分为二十四节，这与古代的一年"七十二候"原来却是中国人民的智慧的创造，但比较起来，前者要更切实得多，因为他补充了二"分"二"至"中间的空隙，将全年平均分配，因此更多实用的价值。二十四节气的分配既然以太阳为依据，所以日期几乎是一定的，有时相差也不过一日。以前见过歌诀有云：

　　　　公历节气真好算，一月两节不改变。
　　　　上半年来五廿一，下半年来七廿三。

　　简单好记，农民使用起来是最方便的，可是，世间有一种误解，以为二十四节气是阴历特有的东西，所以就把阴历称为农历了。有些新日历以及报纸上，特地把节气改成阴历的日子揭载出来，这是违反常识的。

　　中国农民过去一直依靠节气作为耕作的标准，因为节气表示四时气候的变化，是正确可信的。可是，这根源虽然出于太阳，而当时中国使用的乃是阴历，所以只好把这"一月两节不改变"的二十四节分配给阴历年，结果不但是有时一年两头春，闰月中只有一个节气（或者应当倒过来说，把一月中只有一个节气的月份定为闰月），尤其是一年内节气的日期纷乱不堪，如果不拿出历本来查，这些日子就永远没法子来记了。

据我的看法，阳历二十四节根据太阳关系算出，最为准确，日期又有一定，容易记忆，最适宜于农民使用，所以这应该称为农历才对，不必再去拉扯阴历出来。

我并不是说阴历可以取消，这也是古代文化遗产之一，在历书中是可以容许他占一席地的。阴历以月亮为依据，每月一度月圆，看了也觉得有意思。至今不问东西国家，这年月的"月"字推究下去还是与月亮分不开的。此外在生活上，月亮也并不是全无影响。有人说这与妇女孕育有关，因为对于医学妇科是外行，不知道怎么样，但是海潮与月亮的关系是不成问题的。小时候生长海边，习闻"初一十五子午潮"的成语。上海解放的那年，我在横滨桥头寄住，每天在小楼上看河水应时随潮涨落，常使我想起唐人的"早知潮有信，嫁与弄潮儿"的两句诗来。

阴历现在对于我们住在城市的人没有多大用处了，但他在别一方面却有很大的作用，即是在海边生活的一群人，他们需要知道潮汐的时刻，准备躲避或是利用。从这一点来看，阴历实在乃是渔历，现今有人称他为农历，这是与事理不相符合的。

冬至九九歌

夏至冬至以后，皆有"九九"之说，计算寒暑的变化。不过夏天人家不大注意，让他一天天地过去就是了。冬天冷得难受，便要计较他，看他冷到怎样程度了。这情形在北方尤其突出。但北京的九九歌我找不着，姑且以苏州的为例，依照《清嘉录》里所载的录出如下：

> 一九二九，相唤勿出手。
> 三九廿七，篱头吹觱篥。
> 四九三十六，夜眠如露宿。
> 五九四十五，穷汉街头舞。
> 不要舞，不要舞，还有春寒四十五。
> 六九五十四，苍蝇躲屋次。
> 七九六十三，布衲两肩摊。
> 八九七十二，猫狗躺阴地。
> 九九八十一，穷汉受罪毕。
> 刚要伸脚眠，蚊虫虼蚤出。

这里应当有小小说明。"相唤勿出手"的"相唤"，似乎费解，难道互相呼唤要用手乱招的么？这"相唤"乃系古语，现在已不通行，见于《清嘉录》，可见本是吴语，但在宁波绍兴地方最近还是用着，直到近四十年遂归废弃了。这相唤的意思即是作揖。小说书中则称"唱喏"，盖当初见人作揖的时候，一面嘴里说一句什么话，或是叫一声，所以有此名称。有好古的人要写作"相欢"，实在无此必要。《老学庵笔记》说最初唱喏有声，后来不唱了，称曰"哑喏"。小说里有"唱肥喏"之说，那大约是指两臂作圈那一种拱揖式罢。

其次"八九"这一句里，用了一个替代字，写作"阴"字了，其实应读作去声的。此字本从三点水加一个"阿訇"的"訇"字，读作印。《世说新语》里说王家子弟作吴语，有这个字，意思是说凉而不寒，夏天就棋枰（大概是漆器）去靠肚皮，这一句最能表得出这种感觉。

苏州的这九九歌比别处都好，因为他最能代表穷汉的意思来。别本说"九九八十一，犁耙一齐出"，只表出农家的事情，这里却说"穷汉受罪毕，刚要伸脚眠，蚊虫虼蚤出"。与上文的"不要舞，还有春寒四十五"相同，表示出穷人的困难。这里虽然显然经过文人的加工，但表同情于穷汉，可见原来的平民的色彩也仍然保留着很多的了。

祝　　福

祝福的名称因了祥林嫂的故事而流通于中国全国了。但是在年底有这祝福的风俗的地方可能很不少，至于通月这祝福的名称的恐怕就不很多了罢。《越谚》卷中"风俗"部下云"作福"，注云："岁暮谢年祭神祖名此，开春致祭曰作春福。"乡下读祝字如竹，但这里特别读如作，不过这还是祝而不是作字，因为旧时婚礼于新夫妇拜堂时请老年人说几句吉语，如多福多寿多男子之类，亦称曰做寿，可以为证。至于为什么不称祝福而称祝寿，原因不明，或者由于与祭名重复，又或者那老人是代表南极仙翁的，所以着重在寿，也未可知。《清嘉录》卷十二有"过年"一项云：

> 择日悬神轴，供佛马，具牲醴糕果之属，以祭百神。神前开炉炽炭，俗呼圆炉炭，锣鼓敲动，街巷相闻，送神之时多放爆仗，谓之过年，云答一岁之安，亦名谢年。

注引《说文》云："冬至后三戌为腊，腊祭百神。"这是很对的，与《越谚》注的谢年说亦相合，但乡下称为祝福，则于报谢之外又重在将来的祈求了。

依照百草园的旧例，这事也由值年者主办，因为事关阖台门的六房，须得联合举行，所以规定每年一房轮值，职务是主持祝福，除夜接神，元旦送神，新正五天布施乞丐，到第六天就再也没有他的事了。大概在送灶之后，由值年房预先规定一天，通知各房，到那一天的午前托付工人砍取新竹筱，缚长竿上，掸扫大厅，那就是挂着"德寿堂"匾的地方。周氏旧称宁寿堂，什么时候改为德字虽不可知，总当在道光初年因为避讳之故罢。随后又取一两担水来，将地面冲洗干净，偏向檐口放上四张八仙桌，到了后半夜即是次日的时辰已到，各房把三牲鸡鹅肉加活鲤鱼搬来陈列了，香烛爆仗茶酒盐腐以及神马由值年房置备，各房男子齐集礼拜。照祭神的例，桌子须看木纹横摆，与祭祖相反，叫作横神直祖，拜时也与祭祖不同，却在神马后面向着外边行礼，只拜一遍，焚化元宝（这与太锭都只用于神祇，有金银两色，祭祖用的是银锭，用锡箔折成的名锞子），燃放爆仗，这祀典就算完成了。小孩参加的在家里可以吃到小碗鸡汤面，这是鼓励他半夜起来的东西，但这所谓小孩大抵也须得十多岁才行。

立春以前

我很运气，诞生于前清光绪甲申季冬之立春以前。甲申这一年在中国史上不是一个好的年头儿，整三百年前流寇进北京，崇祯皇帝缢死于煤山，六十年前有马江之役，事情虽然没有怎么闹大，但是前有咸丰庚申之烧圆明园，后有光绪庚子之联军入京，四十年间四五次的外患，差不多甲申居于中间，是颇有意思的一件事。我说运气，便即因为是生于此年，尝到了国史上的好些苦味，味虽苦却也有点药的效用，这是下一辈的青年朋友所没有得到过的教训，所以遇见这些晦气也就即是运气。我既不是文人，更不会是史家，可是近三百年的史事从杂书里涉猎得来，占据了我头脑的一隅，这往往使得我的意见不能与时势相合，自己觉得也很惶恐，可以说是给了我一种障碍。但是同时也可以说是帮助，因为我相信自己所知道的事理很不多，实在只是一部分常识，而此又正是其中之一分子，有如吃下石灰质去，既然造成了我的脊梁骨，在我自不能不加以珍重也。

其次我觉得很是运气的是，在故乡过了我的儿童时代。在辛丑年往南京当水兵去以前，一直住在家乡，虽然其间有过两年住在杭州，但是风土还是与绍兴差不多少，所以其时虽有离乡之感，其实仍与居乡无异也。本来已是破落大家，本家的景况都不大好，不过故旧的乡风还是存在，逢时逢节的行事仍旧不少，这给我留下一个很深的印象。自冬至春这一段落里，本族本房都有好些事要做，儿童们参加在内，觉得很有意思，书房放学，好吃好玩，自然也是重要的原因。这从冬至算起，祭灶，祀神，祭祖，过年拜岁，逛大街，看迎春，拜坟岁，随后跳到春分祠祭，再下去是清明扫墓了。这接连的一大串，很有点劳民伤财，从前讲崇俭的大人先生看了，已经要摇头，觉得大可不必如此铺张，如以现今物价来计算，一方豆腐四块钱，那么这靡费更是骇人听闻。幸而从前也还可以将就过去，让我在旁看学了十几年，着实给了我不少益处。简单地算来，对于鬼神与人的接待，节候之变换，风物之欣赏，人事与自然各方面之了解，都由此得到启示。我想假如那十年间关在教室里正式地上课，学问大概可以比现在多一点罢，然而这些了解恐怕要减少不少了。这一部分知识，在乡间花了很大的工夫学习来的，至今还是于我很有用处，许多岁时记与新年杂咏之类的书，我也还是爱读不置。

上边所说冬季的节候之中，我现在只提出立春来说，这理由是很简单的，因为我说诞生于立春以前，而现今也正是这时节，至于今年是甲申，我又正在北京，那还是不大成为理由的理由。说到这里，我想起别的附带的一个原因，这便是我所受的古希腊人对于春的观念之影响。这里又可以分开来说，第一是希腊春祭的仪式。我涉猎杂书，看中了莍来若博士、哈珄孙女士讲古代宗教的著作，其中有《古代艺术和仪式》一册小书，给我做希腊悲剧起源的参考，很是有用，其说明从宗教转变为艺术的过程又特别觉得有意义。话似乎又得说回去，《礼运》云："饮食男女，人之大欲存焉；死亡贫苦，人之大恶存焉。"古今中外人情都不相远，各民族宗教要求无不发生于此。哈理孙女士在《希腊神话论》的引言里说：

　　宗教的冲动单向着一个目的，即是生命之保存与发展。宗教用两种方法去达到这个目的，一是消极的，除去一切于生命有害的东西；一是积极的，招进一切于生命有利的东西。全世界的宗教仪式不出这两种，一是驱除的，一是招纳的。饥饿与无子是人生的最重要的敌人，这个他要设法驱逐他。食物与多子是他最大的幸福。希伯来语的福字原意即云好吃。食物与多子这是他所想要招进来的。冬天他赶出去，春夏他迎进来。

因此无论天上或地下是否已有天帝在统治着，代表生命之力的这物事在人民中间总是极被尊重，无论这是春、是地、是动植物，或是女人。西亚古文明国则以神人当之，叙利亚的亚陀尼斯、吕吉亚的亚帖斯、埃及的阿施利斯皆是，忒拉开的迭阿女索斯后起，却盛行于希腊。由此祭礼而希腊悲剧乃以发生，神人初为敌所杀，终乃复生，象征春天之去而复返，一切生命得以继续，故其礼式先号啕而后笑。

中国人民驱邪降福之意本不后人，唯宗教情绪稍为薄弱，故无此种大规模的表示，但对于春与阳光之复归则亦深致期待，只是多表现在节候上，看不出宗教的形式与意味耳。冬至是冬天的顶点，民间于祭祖之外又特别看重，语云"冬至大如年"，其前夕称为冬夜，与除夕相并，盖为其是季节转变之关摔也。立春有迎春之仪式，其意义与各民族之春祭相同，不过中国祀典照例由政府举办，民众但立于观众的地位，仪式已近于艺术化。而春官由乞丐扮演，末了有打板子脱晦气之说，则更流入滑稽。唯民间重视立春的感情也还是存在，如前一日特称之曰交春，又推排八字者定年份以立春为准则，假如生于新正而在立春之前，则仍不算是改岁。由此可知春的意义在中国也比新年为重大，老百姓念诵九九等候寒冬的过去，最后云"九九八十一，犁耙一齐出"，欢喜之情如见，此盖是农业国民之常情，不分今昔者也。但是乡间又有一句俗语云，春梦如狗屁。冬夜的梦特别有效验，一过立春便尔如此，殊不可解，岂以春气发动故，乱梦颠倒，遂悉虚妄不实欤。

希腊人对于春的观念我觉得喜欢的，第二是季节影响的道德观。这里恐怕没有绝对的真理，只是由环境而生的自然的结论。假如我们生在严寒酷暑，或一年一日夜的那种地方，感想当然另是一样，只有在中国或希腊，四时正确地迭代，气候平均地变化，这才感觉到他仿佛有意义，把他应用到人生上来。中国平常多讲五行，这个我很有点讨厌，但是如孔子所说，"四时行焉，百物生焉，天何言哉"，却觉得颇有意思。

由此引申出儒家的中庸思想来，倒也极是自然，这与希腊哲人的主张正相合，盖其所根据者亦相同也。人民看见冬寒到了尽头，渐复暖过来，觉得春天虽然死去，却总能复活，不胜欣喜。哲人则因了寒来暑往而发现盛极必衰之理，冬既极盛，春自代兴，以此应用于人生，故以节为至善，纵为大过，而以格言总之则曰勿为已甚。此在中国亦正可通用，大抵儒道二家于此意见一致，推之于民间一般莫不了解此义，由于教训之传达者半，由于环境之影响盖亦居其半也。老子曰："飘风不终朝，骤雨不终日。"鄙人甚喜此语，但是此亦须以经历为本，如或山陬海隅，天象有特殊者，则将不能理会，而其主张或将相反也未可料。昔者赫洛陀多斯著《史记》，记希腊波斯之战，波斯败绩，都迭台斯继之，记雅典斯巴达之战，雅典败绩，在史家之意皆以为由于犯了纵肆之过，初不外波斯而内雅典，特别有什么曲笔，此种中正的态度真当得"史家之父"的称号，若其意见不知学者以为如何，在鄙人则觉得殊有意趣，深与鄙怀相合者也。

上边的话说得有点凌乱，但总可以说明因了家乡以及外国的影响，对于春天我保有着农业国民共通的感情。春天与其力量何如，那是青年们所关心的问题，这里不必多说，在我只是觉得老朋友又得见面的样子，是期待也是喜悦，总之这其间没有什么恋爱的关系。天文家曰，春打六九头，冬至后四十五日是立春，反正一定的。这是正话，但是春天固然自来，老百姓也只是表示他的一种希望，田家谚云"五九四十五，穷汉街头舞"，是也。我不懂诗，说不清中国诗人对于春的感情如何，如有祈望春之复归说得如此深切者，甚愿得一见之，匆促无可考问，只得姑且搁起耳。

关于送灶

翻阅历书，看出今天已是旧历癸未十二月二十三日，便想起祭灶的事来。案，明冯应京《月令广义》云：

> 燕俗，图灶神镌于木，以纸印之，曰灶马，士民竞鬻，以腊月二十四日焚之，为送灶上天。别具小糖饼奉灶君，具黑豆寸草为秣马具，合家少长罗拜，祝曰：辛甘臭辣，灶君莫言。至次年元旦，又具如前，为迎灶。

刘侗《帝京景物略》云：

> 二十四日以糖剂饼黍糕枣栗胡桃炒豆祀灶君，以糟草秣灶君马。谓灶君翌日朝天去，白家间一岁事，祝曰：好多说，不好少说。记称灶老妇之祭，今男子祭，禁不令妇女见之。祀余糖果，禁幼女不得令啖，曰：啖灶余则食肥腻时口圈黑也。

《日下旧闻考》案语乃云：

> 京师居民祀灶犹仍旧俗，禁妇女主祭，家无男子，或迎邻里代焉。其祀期用二十三日，唯南省客户则用二十四日，如刘侗所称焉。

217

敦崇《燕京岁时记》云:

二十三日祭灶,古用黄羊,近闻内廷尚用之,民间不见用也。民间祭灶唯用南糖关东糖糖饼及清水草豆而已,糖者所以祀神也,清水草豆者所以祀神马也。祭毕之后,将神像揭下,与千张元宝等一并焚之,至除夕接神时再行供奉。是日鞭炮极多,俗谓之小年下。

震钧《天咫偶闻》、让廉《京都风俗志》均云二十三日送灶,唯《志》又云,祭时男子先拜,妇女次之,则似女不祭灶之禁已不实行矣。

南省的送灶风俗,顾禄《清嘉录》所记最为详明,可作为代表,其文云:

俗呼腊月二十四夜为念四夜,是夜送灶,谓之送灶界。比户以胶牙饧祀之,俗称糖元宝,又以米粉裹豆沙馅为饵,名曰谢灶团。祭时妇女不得预。先期僧尼分贻檀越灶经,至是填写姓氏,焚化禳灾。篝灯载灶马,穿竹箸作杠,为灶神之轿,舁神上天,焚送门外,火光如昼,拨灰中篝盘未烬者还纳灶中,谓之接元宝。稻草寸断,和青豆为神秣马具,撒屋顶,俗呼马料豆,以其余食之眼亮。

这里最特别的有神桥,与北京不同,所谓篝灯即是善富,同书云:

厨下灯檠,乡人削竹成之,俗名灯挂。买必以双,相传灯盘底之凹者为雌,凸者为雄。居人既买新者,则以旧灯糊红纸,供送灶之用,谓之善富。

218

《武林新年杂咏》中有《善富灯》一题，小序云：

> 以竹为之，旧避灯盏盏字音，锡名燃釜，后又为吉号曰善富。买必取双，俗以环柄微裂者为雌善富，否者为公善富。腊月送灶司，则取旧灯载印马，穿细薪作杠，举火望燎曰：灶司乘轿上天矣。

越中亦竹灯檠为轿，名曰各富，虽名义未详，但可知燃釜之解释殆不可凭。各富状如小儿所坐高椅，高约六七寸，背半圆形即上文所云环柄，以便挂于壁间，故有灯挂之名。中间有灯盘，以竹连节如杯盏处劈取其半，横穿斜置，以受灯盏之油滴。盏用瓦制者，置檠上，与锡灯台相同。小时候尚见菜油灯，唯已不用竹灯檠，故各富须于年末买新者用之，亦不闻有雌雄之说，但拾籛盘余烬纳灶中，此俗尚存，至日期乃为二十三日。又男女以次礼拜，均与吴中殊异，俗传二十三日平民送灶，堕贫则用二十四日，堕贫者越中贱民，民国后虽无此禁，仍不与齐民伍，但亦不知究竟真是二十四日否也。厉秀芳《真州竹枝词引》云：

> 二十三四日送灶，卫籍与民籍分两日，俗所谓军三民四夜。

无名氏《韵轩鹤杂著》卷下有《书茶膏阿五事》一篇，记阿五在元妙观前所谈，其一则云：

> 一日者余偶至观，见环而集者数十百人，寂寂如听号令。膏忽大言曰，有人戏嘲其友曰，闻君家以腊月廿五祀灶，有之乎？友曰，有之，先祖本用廿七，先父用廿六，及仆始用廿

五，儿辈已用廿四，孙辈将用廿三矣。闻者绝倒。余心惊之，盖因俗有官三民四，乌龟廿五之说也。

杂著笔谈各二卷，总名《皆大欢喜》，道光元年刊行，盖与顾铁卿之《清嘉录》差不多正是同时代也。

送灶所供食物，据记录似均系糖果素食，越中则用特鸡，虽然八月初三灶司生日以蔬食作供，又每月朔设祭亦多不用荤，不知于祖饯时以如此盛设，岂亦是不好少说之意耶？祭毕，仆人摘取鸡舌，并马料豆同撒厨屋之上，谓来年可无口舌。顾张思《土风录》卷一《祀灶》下引《白虎通》云，"祭灶以鸡"，又东坡《纵笔》云，"明日东家应祭灶，只鸡斗酒定燔吾"，似古时用鸡极为普通。又范石湖《祭灶》云："猪头烂肉双鱼鲜，则更益丰盛矣。"灶君像多用木刻墨印，五彩着色，大家则用红纸销金，如《新年杂咏注》所云者，灶君之外尚列多人，盖其眷属也。《通俗编》引《五经通义》谓灶神姓苏，名吉列，或云姓张，名单，字子郭，其妇姓王，名搏颊，字卿忌。《酉阳杂俎》谓神名隗，一字壤子，有六女，皆名察洽。此种调查不知从何处得来，但姑妄听之，亦尚有趣，若必信其姓张而不姓苏，大有与之联宗之意，则未免近于村学究，自可不必耳。关于灶的形式，最早的自然只有明器可考，如罗氏《明器图录》、滨田氏《古明器图说》所载，都是汉代的作品，大抵是长方形，上有二釜，一头生火，对面出烟，看这情形似乎别无可以供奉灶君的地方。现今在北京所看见的灶虽多是一两面靠墙，可是也无神座，至多墙上可以贴神马，罗列祭具的地位却还是没有。越中的灶较为复杂，恰好在汪辉祖《善俗书》中有一节说得很得要领，可以借抄。这是汪氏任湖南宁远知县时所作，其第四十二则曰"用鼎锅不如设灶"，有小引云："宁俗家不设灶，一切饮食皆悬鼎锅以炊，饭熟另鼎煮菜，兄弟多者娶妇则授以鼎锅，听其别炊。"文中劝人废鼎用炊，记造灶之法云：

余家于越，炊爨以柴以草，宁远亦然，是越灶之法，宁邑可通也。越中居人皆有灶舍，其灶约高二尺五六寸，宽二尺余，长六尺八尺不等。灶面着墙处，墙中留一小孔，以泄洗碗洗灶之水。设灶口三，安锅三口，小锅径宽一尺四寸，中锅径宽一尺六或一尺八，大锅径宽二尺或二尺二寸。于两锅相隔处旁留一孔，安砂锅一曰汤罐，三锅灶可安两汤罐，中人之家大概只用两锅灶。尺四之锅容米三升，如止食十余人，则尺六尺八一锅已足。锅用木盖，约高二尺，上狭下广。入米于锅，米上余水二三指，水干则饭熟矣。以薄竹编架，横置水面，肉汤菜饮之类，皆可蒸于架上，一架不足，则碗上再添一架，下架蒸生物，上架温熟物，饭熟之后，稍延片时，揭盖则生者熟，熟者温，饭与菜俱可吃，而汤罐之水可供洗涤之用，便莫甚焉。锅之外置石板一条，上砌砖块，曰灶梁，约高二尺余，宽一尺余，着墙处可奉灶神，余置碗盘等物。梁下为灶门，灶门之外拦以石条，曰灰床，饭熟则出灰与床，将满则迁之他处。灶神之后墙上盘砖为突，高于屋檐尺许，虚其中以出烟，曰烟熜，熜之半留一砖，可以启闭，积烟成煤，则启砖而扫去之，以防火患，法亦缜密。

这里说奉灶神处似可稍为补充，云靠墙为烟突，就烟突与灶梁上边平面成直角处做小舍，为灶王殿，高尺许，削砖为柱，半瓦做屋檐而已。舍前平面约高与人齐，即用作供几，又一段稍低，则置烛台香炉。右侧向锅处中虚，如汪君言可置盘碗，左侧石板上悬，引烟入突，下即灰床。李光庭《乡言解颐》卷四庖厨十事之一为煤炉，小引云：

乡用柴灶，京用煤灶。煤灶曰炉台，柴灶曰锅台，距地不及二尺，烹饪者须屈身，故久于厨役有致驼背者，今亦为小高灶，然终不若煤炉之便捷也。

李氏宝坻县人，所言足以代表北方情状，主张鼎烹，与汪氏之大锅饭菜异。大抵二者各有所宜，大灶唯大家庭合用，越中小户单门亦只以风炉扛灶供烹饪，不悉用双眼灶也。

七　夕

杭董浦著《订讹类编》卷五天文讹中，有七夕牛女相会不足信一条，引《学林新编》所论，历举《淮南子》、《荆楚岁时记》、周处《风土记》各说，皆怪诞不足信。子美诗曰"万古永相望，七夕谁见同"，亦不取世俗说也。杭氏加案云："案，《齐谐记》亦载渡河事，《艺苑雌黄》辨其无此事，亦引杜诗正之。杜公瞻注晋傅玄《拟天问》，亦谓此出流俗小说，寻之经史，未有典据。又《岁时记》引纬书云，牵牛娶织女，取天帝二万钱下礼，久不还，被驱在营室，此说更属无稽。"查陈元靓《岁时广记》，七夕一项至占三卷，《学林》《艺苑雌黄》《拟天问》注各条均在，略阅所征引杂书，似七夕之祭以唐宋时为最盛，以后则行事渐微而以传说为主矣。吾乡无七夕之称，只云七月七，是日妇女取木槿叶揉汁洗发，儿童汲井水置露天，次日投针水面，映日视其影以为占卜，曰丢巧针。市上卖巧果，为寻常茶食之一，《越谚》卷中云："七夕油炸粉果，样巧味脆，即乞巧遗意。"

此种传说，如以理智批判，多有说讹分子，学者凭唯理主义加以辨正，古今中外常有之，唯若以诗论，则亦自有其佳趣。谭仲修《复堂日记补录》，同治二年七月下云："初七日晚内子陈瓜果以祀天孙，千古有此一种传闻旧说，亦复佳耳。"此意甚好，其实不信牛女相会实有其事，原与董浦诸公一样，但他不过于认真，即是能把诗与真分别得清，故知七夕传说之趣味，若或牵涉现实而又不能祸世，即同一类型的故事如河伯娶妇，谭君亦必不能忍耐矣。

分　岁

除夕在乡下称为大年夜，亦称三十日夜，大人小孩都相当重视，不过大人要应付账目，重在经济方面，还是苦的分子为多，所以感觉高兴的也只有儿童罢了。这一天的行事大抵有三部分，一是拜像，二是辞岁，三是分岁。

拜像是筹备最长，从下午起就要着手，依照世代尊卑，把先人的神像挂在墙上，前面放好桌子，杯筷香炉蜡烛台，系上桌帏，这是第一段落。其次是于点上蜡烛之后，先上供菜九碗，外加年糕粽子，斟酒盛饭，末后火锅吱吱叫着端了上来，放在中间。这是最后的信号，家主就拿起香来点着，开始上香，继以行礼了。这行礼只有一次，也不奠酒，因为祖先要留在家里，供奉十八天，所以不举行奉送的仪式。神像是依世代分别供奉的，所以桌数相当地多，假如值年祭祀也都在本台门内，那么一总算起来共有五桌，在伯宜公去世后又多添了一桌了。这还是说的直系，有时候对于诚房的两代也要招呼，则仆仆亟拜，虽是小孩不大怕疲劳，却也够受的了。

这之后是辞岁，又是跪拜，而且这与拜年不同，似乎只限于小辈对尊长施礼，平辈的人大抵并不实行。压岁钱大概即是对于小辈辞岁的酬劳，但并不普遍，给的只是祖母和父母，最大的数目不过是板方大钱一百文而已。

分岁所有的饭菜与拜像用的祭菜一样，仍是十碗头，其中之一是火锅，称曰暖锅。暖锅里照例是三鲜什锦，此外特别的菜有鲞冻肉，碗面上一定搁上一个白鲞头，并无可吃的地方，却尊称之曰"有想头"，只看不吃。又有一碗煎鱼也是不吃的，称作"吃过有余"。处州的菉笋，米泔水久浸，油煎加酱醋煮，又藕切块，加白果、红枣、红糖煮熟，名为藕脯，却读若油脯，也是必要的，盖取"偶偶凑凑"之意云。最特殊的是年糕之外必配以粽子，义取"高中"，这种风俗为别府所无，说也奇怪，到了端午却并不吃粽子，这个道理我至今还不明白。粽子都是尖角的，有极细尖的称"尖脚粽"，又有一大一小或一大二小并裹在一起的叫作"抱儿粽"，儿读作倪，大抵纯用白米，不夹杂枣栗在内。

上 坟 船

　　《陶庵梦忆》在乾隆中有两种木刻本，一为砚云本，四十年乙未刻，一卷四十三则；一为王见大本，五十九年甲寅刻，百二十三则，分为八卷。砚云本虽篇幅不多，才及王见大本三分之一，但文句异同亦多可取处，第八则记越中扫墓事，今据录于下：

　　越俗扫墓，男女袨服靓妆，画船箫鼓，如杭州人游湖，厚人薄鬼，卒以为常。二十年前，中人之家尚用平水屋帻船，男女分两截坐，不座船，不鼓吹，先辈谑之曰，以结上文两节之意。后渐华靡，虽监门小户，男女必用两座船，必中，必鼓吹，必欢呼鬯饮。下午必就其路之所近，游庵堂寺院，及士夫家花园，鼓吹近城必吹海东青独行千里，锣鼓错杂。酒徒沾醉必岸帻嚣嚷，唱无字曲，或舟中攘臂与侪列厮打。自二月朔至夏至，填城溢国，日日如之。乙酉方兵，画江而守，虽鱼艒菱舠收拾略尽，坟垄数十里而遥，子孙数人挑鱼肉楮钱，徒步往返之，妇女不得出城者三岁矣。萧索凄凉，亦物极必反之一。

　　小序诗有云：

　　兹编载方言巷咏，嬉笑琐屑之事，然略经点染，便成至文。读者如历山川，如睹风俗，如瞻宫阙宗庙之丽，殆与采薇麦秀同其感慨，而出之以诙谐者与。

数语批评甚得要领，上文可以为证，但是我所觉得最有意思的还是在于如睹风俗这一点上，因为所说上坟情形有大半和我小时候所见者相同。据说乙酉以后妇女已有三年不得出城，似写文时当在丁亥之顷，那么所谓二十年前应该是天启丁卯以往，后渐华靡可见是崇祯间事也。平水屋帻船不知是何物，平水自然是地名，屋帻船则后来不闻此语，若是田庄船，容积不大，未必能男女分两截坐，疑不能明。座船大抵是三道船，亦名三明瓦，一船至多也只容七八人，因饭时用方桌坐八人便已很挤了，故不能再分两截而须分船，亦正是事势必然，华靡恐尚在其次。鼓吹后世仍用，普通称吹手或鼓手，有两种：一是乐户，世袭的堕民为之，品最低；二是官吹，原是平民，服务于协台衙门者，唯大家得雇用之。窃意此当本名鼓手，乐产是吹手，后来乃混为一称耳。上坟用官吹者，归途必令奏将军令，似为其特技，或乐户所不能者也，海东青等名目则未曾闻。大家丁口众多，遗有祭田者，上坟船之数，大率一房中男女各一只，鼓手船厨司船酒饭船各一只，酒饭船并备祭品，如干三牲、香蜡纸钱爆仗、锡五事、桌伸棕荐等，此其大较也。

顾铁卿《清嘉录》卷三"上坟"条下关于墓祭的事略有考证，兹不赘。绍兴墓祭在一年中共有三次，一在正月曰拜坟，实即是拜岁，一在十月曰送寒衣，别无所谓衣，亦只是平常拜奠而已。这两回都很简单，只有男子参与，亦无鼓吹。至三月则曰上坟，差不多全家出发，旧时女人外出时颇少，如今既是祭礼，并做春游，当然十分踊跃。儿歌有云，"正月灯，二月鹞，三月上坟船里看姣姣"，即指此。姣姣盖是昔时俗语，绍兴戏说白中多有之，弹词中常云美多姣，今尚存夜姣姣之俗名，谓夜开的一种紫茉莉也。上坟仪式各家多不相同，有时差得极远。吾家旧住东门内东陶坊，西邻甲姓仪注繁重，自进面盆手巾，进茶碗，以至罗拜毕焚帛，在坟头扮演故人生活须小半日之久。坊东端乙姓则只一二男子坐小船，至坟前祭奠，便即下船回城，怀中出数个火烧食之，亦不分享馂余，据划小船者说如此。二者盖是极端的例，普通的办法大抵如下。最先祀后土，墓左例设后土尊神之位，石碑石案，点香烛，陈小三牲果品酒饭，主祭者一人跪拜，有二人赞礼，读祝文，焚帛放爆竹双响者五枚。次为墓祭，祭品中多有看馔十品，余与后土相似，列石祭桌上，主祭者一人，成年男子均可与祭，但与祭大概只能备棕荐三列，分行辈排班，如人数过多则亦有余剩。祭献读祭文，悉由礼生引赞，献毕行礼，俟与祭者起，礼生乃与余剩的人补拜，其后妇女继之，拜后焚纸钱而礼毕。爆竹本以祀神，但墓祭亦有用者，盖以逐山魈也。回船后分别午餐，各船一桌，照例用"十碗头"，大抵六荤四素，在清末六百文已可用，若八百文则为上等，三鲜改用细十锦，亦称蝴蝶参，扣肉乃用反扣矣。范啸风著《越谚》卷中饮食类下列有六荤四素五荤五素名目，注云："此荤素两全之席，总以十碗头为一席，吉事用全荤，忏事用全素，此席用之祭扫为多，以妇女多持斋也。"此等家常酒席的菜与宴会颇不相同，如白切肉、扣鸡、醋熘鱼、小炒、细炒、素鸡、香菇鳝、金钩之类，皆质朴有味，虽出厨司之手，却尚少市气，故为可取。在"上坟酒"中还有一种食味，似特别不可少者，乃是熏鹅，据《越谚》注云系斗门镇名物，惜未得尝，但平常制品亦殊不恶，以醋和酱油蘸食，别有风味。其制法虽与烧鸭相似，唯鸭稍华贵，宜于红灯绿酒，鹅则更具野趣，在野外舟中啖之，正相称耳。孙彦清《寄龛丙志》卷四记孙月湖款待谭子敬："为设烧鹅，越常羞也，子敬食而甘之，谓是便宜坊上品，南中何由得此。盖状适相似，味实悬绝，鸬鹚者乃得此过情之誉，殊非意计所及。已而为质言之，子敬亦哑然失笑。"其实不佞倒是赞成鸬鹚者的，熏鹅固佳，别样的也好，反正不能统年都吃，虽然医书上说有发气不宜多食，也别无关系。大凡路远时下山即开船，且行且吃，若是路近，多就近地景色稍好处停船，如古家大庙旁，慢慢地进食，别不以游览为目的，与《梦忆》所云殊异。平常妇女进庙烧香，归途必游庵堂寺院，不知是何意义，民国以前常经历之，近来久不还乡里，未知如何。唯此类风俗大抵根底甚深，即使一时中绝，令人有萧索凄凉之感，不久亦能复兴，正如清末上坟与崇祯时风俗多近似处，盖非偶然也。

附记：

《癸巳类稿》卷十《书镇洋县志后》，《茶香室续钞》二十三"明人以食鹅为重"条，引王世贞《家乘》及《觚不觚录》，言其父以御史里居，宴客进于鹅必去其首尾，而以鸡首尾盖之，曰御史无食鹅例也。盖明清旧例，非上等馔不用鹅云。

关于祭神迎会

　　柳田国男氏所著《日本之祭》（译名未妥）是这一方面很有权威的书，久想一读，可是得来了很久，已有三个多月，才得有工夫通读一过，自己觉得是可喜的事。但是我虽然极看重日本民族的宗教性，极想在民间的祭祀上领会一点意义，而对于此道自己知道是整个的门槛外人，所以这回也不是例外，除了知悉好些事情之外，关于祭的奥义实在未能理解多少。我只简单地感到几点与中国特别殊异，觉得颇有意思。其一，日本祭神总须立一高竿，以为神所凭依降临之具，这在中国是没有的，据说满洲祀神典礼有神竿，或者有点相像。日本佛教一样地尊崇图像，而神道则无像设，神社中所有神体大抵是一镜或木石及其他，非奉祀神官不得见知。中国宗教不论神佛皆有像，其状如人，有希腊之风，与不拜偶像之犹太教系异，亦无神体之观念，所拜有木石之神，唯其像则仍是人形也。其二，祭字在日本据云原意是奉侍，故其事不只供奉食品，尤重在陪食分享，在中国似亦无此意义。盖日本宗教，求与神接近，以至灵气凭降，神人交融，而中国则务敬鬼神而远之，至少亦敬而不亲，以世间事为譬，神在日本于人犹祖称，在中国则官长也。日本俗称死者曰佛，又人死后若干年则祀为神，中国死人乃成罪犯，有解差押送，土地城隍等于州县，岳庙为皋司或刑部，死后生活黯淡极矣。二者历史不同，国体尤不同，其殊异随处可见，于此亦极显然也。日本神社祭赛，在都市间亦只是祭祀，演神乐，社内商贩毕集，如北京之庙会，乡间则更有神舆出巡，其势甚汹涌，最为特别。在本国内，亦稍见闻民间的迎神赛会，粗野者常有之，不甚骇异，唯见日本迎神舆者辄不禁惊惧，有与异文化直接之感，鄙人固素抱有宗教之恐怖，唯超理性的宗教情绪在日本特为旺盛，与中国殊异，此亦正是事实，即为鄙见所根据者也。

中国民间对于鬼神的迷信，或者比日本要更多，且更离奇，但是其意义大都是世间的，这如结果终出于利害打算，则其所根据仍是理性，其与人事相异只在于对象不同耳。大抵民众安于现世，无成神做佛的大愿，即顷刻间神灵附体，得神秘的经验，亦无此希求，宗教行事的目的非为求福则是免祸而已。神学神话常言昔时神人同居，后以事故天地隔绝，交通遂断，言语亦不能相通，唯有一二得神宠幸者，如巫觋若狂人，尚能降神或与相接，传授神意于人间耳。在中国正是道地如此，其神人隔绝殆已完遂，平时祭赛盖等于人世应酬，礼不可缺，非有病苦危急不致祈请，所用又多是间接方法，如圣珓签经，至直接地烦巫师跳神，在北方固常有之，则是出于萨门教，或是满洲朝鲜西伯利亚的流派，亦未可知。据个人的见闻经验，就故乡绍兴地方祭神迎会的情形，稍为记述，用作实例，可以见民间敬神习俗之一斑，持与日本相较，其间异同之迹盖显然可见矣。

外国祭神大抵都在神社，中国则有在庙里的，也有在家里的，如灶神不必说了，岁末的祝福，元旦的祀南朝圣众，祭火神用绿蜡烛，祭疫神用豆腐一作，称豆腐菩萨，皆是。外国敬神用礼拜赞颂，以至香花灯烛，中国则必有酒肉供品。平常祭神用方桌，木纹必须横列，谚曰"横神直祖"。香烛之外设三茶六酒，豆腐与盐各一碟，三牲为鸡鹅均整个，猪肉一方，乡人或用猪头，熟而荐之，上插竹筷数双，又鸡血一碗，亦蒸熟者。主人从桌后再拜，焚金银纸元宝，燃双响爆竹十枚送神如仪。这好像是在家里请客，若往庙去祭，有如携樽就教，设备未免要简单一点了，大抵是茶酒盐腐从略，三牲合装在大木盘里，鸡血与脏物仍旧，反正这也可以放在盘内的。绍兴神届祭祀最盛者，当推东岳、府县城隍、潮神张老相公，但是以我的经验比较地记忆最深的乃是别的两处，一是大桶盘湖边的九天玄女，一是南镇的会稽山神。老百姓到这两处祭祀的理由为何，我不知道，大约也还是求福罢，总之据我所亲见，那里致祭的人确实不少。这事情已在三四十年以前，但印象还很深刻明了。站在南镇内殿的廊下，看见殿内黑压压的一屋的人，真是无容膝之地，只要有这一点隙地，人就俯伏膜拜，红烛一封封地递上去，庙祝来不及点，至多也只焦一焦头而已。院子里人山人海，但见有满装鸡与肉的红白大木盘高举在顶上，在人丛中移动，或进或出，络绎不绝。大小爆竹夹杂燃放，如霹雳齐发，震耳成聋，人声嘈杂，反不得闻。虽然没有像《陶庵梦忆》记陶堰司徒庙上元设供、水物陆物、非时非地那么奢华，却也够得上说丰富，假如那馈赠送移在活人官绅家，也够说是苞苴公行，骇人听闻了。这虽是一句玩笑话，即此可见人民对于神明供奉还是全用世间法，这在外国宗教上不多见，或者与古希腊多神教相比，差相似耳。

诸神照例定期出巡，大约以夏秋间为多，名曰迎会，出巡者普通是东岳、城隍、张老相公，但有时也有佛教方面的，如观音菩萨。据《梦忆》卷四记枫桥杨神庙九月迎台阁，似在明季十分地热闹，但我所见是三百年后的事情，已经很简单了，特别是在城里。迎会之日，先挨家分神马，午后各铺户于门口设香烛以俟。会伙最先为开道的锣与头牌，次为高照即大纛，高可二三丈，用绸缎刺绣，中贯大猫竹，一人持之行，四周有多人拉纤或执叉随护，重量当有百余斤，而持者自若，时或游戏，放着肩际以至鼻上，称为嬉高照。有黄伞制亦极华丽，不必尽是黄色，但世俗如此称呼，此与高照同，无定数，以多为贵。次有音乐队，名曰大敲棚，木棚雕镂如床，上有顶，四周有帘幔，棚内四角有人舁以行，乐人在内亦且走且奏乐，乐器均缚置棚中也。昔时有马上十番，则未之见。有高跷，略与他处相同，所扮有滚凳，活捉张三，皆可笑。又有送夜头一场，一人持笼筛，上列烛台酒饭碗，无常鬼随之。无常鬼有二人，一即活无常，白衣高冠，草鞋持破芭蕉扇；一即死有分，如《玉历钞传》所记，民间则称之曰死无常，读如国音之喜无上。活无常这里

232

乃有家属，其一曰活无常嫂嫂，白衣敷脂粉，为一年轻女人；其二曰阿领，云是拖油瓶也，即再醮妇前夫之子，而其衣服容貌乃与活无常一律，但年岁小耳。此一行即不在街心演作追逐，只迤逦走过，亦令观者不禁失笑，老百姓之诙谐亦正于此可见。台阁饰小儿女扮戏曲故事，或坐或立，抬之而行，又有骑马上者，儿时仿佛听说叫塘报，却已记忆不真。《梦忆》记杨神庙台阁一则中有云：

> 十年前迎台阁，台阁而已，自骆氏兄弟主之，扮马上故事二三十骑，扮传奇一本，年年换，三日亦三换之。其人与传奇中人必酷肖方用，全在未扮时，一指点为某似某，非人人绝倒者不之用。

似骑者亦即是台阁，又其时皆以成人扮演，后来则只用少年男女，大抵多是吏胥及商家，各以衣服装饰相炫耀，世家旧族不肯为也。若出巡者为东岳或城隍，乃有扮犯人者。范寅《越谚》云："《梦粱录》，答赛戴枷锁，是也，越赛张大明王最久而盛。"则似张老相公出巡时亦有之，不知何意，岂民间以为凡神均管理犯罪事耶？随后是提炉队，多人着吏服提香炉，焚檀香，神像即继至，坐显轿，从者擎遮阳掌扇，两旁有人随行，以大鹅毛扇为神招风。神像过时，妇孺皆膜拜，老妪或念诵祈祷，余人但平视而已。其后有人复收神马去，殆将聚而焚送，至此而迎会之事毕矣。

以上所述是城里的事，若在水乡情形稍有不同，盖多汊港又路狭，神轿不能行走，会伙遂亦不能不有所改变，台阁等等多废置，唯着重于划龙船一事。《越谚》云：

> 划龙船始于吴王夫差与西施为水戏，继吊屈原为竞渡，隋炀帝画而不雕，与此异。

《元典章》云，挥掉龙船，江淮闽广江西皆有此戏，合移

233

各路禁治，然皆上巳端午而已。越则赛会辄划，暮春下浣陆曹安昌东浦各市，四月初六青田湖，六月初七章家弄桥，十四五六等日吴融小库皇甫庄等村，年共三十余会，不胜书。船头则昂竖龙首项，尾搬在舵上，金鳞彩旗锣鼓，扮故事。

这是记绍兴划龙船的很好的资料，鄙人不曾到过龙船上，只是小时候远远地看，所以不能比范君讲得更详细，实在大家对于龙船的兴味也就如此而已，我们所觉得更为有趣的乃别有在，这便是所谓泥鳅龙船是也。此船长可二丈，宽约二尺许，船首做龙头，末一人把舵，十余人执楫划船，船行如驶，泥鳅云者谓其形细长而行速也。行至河中水深处，辄故意倾侧，船立颠覆，划者在船下泅泳，推船前进，久之始复翻船戽水，登而划船如故。龙舟庄重华丽，泥鳅龙船剽悍洒脱，有丑角之风，更能得观众之欢喜，村中少年皆善游水，亦得于此大显其身手焉。神像坐一大船中，外有彩棚，大率用摇橹者四五人，船首二人执竹篙矗立。每巡行至一村，村中临河搭台演戏以娱神，神船向台暮进，距河岸约一二尺，咄嗟间二篙齐下，巨舟即稳定，不动分寸，此殆非有数百斤力者不办，语云"南人使船如马"，正可以此为例，执篙者得心应手，想亦必感到一乐也。未几神船复徐徐离岸，向别村而去。鄙人所见已是三十余年前事，近来如何所不能知，唯根据自己的见闻，在昔时有如此情形，则固十分的确，即今亦可保证其并无诳语在中者也。

看上文所记祭神迎会的习俗，可以明了中国民众对神明的态度，这或可以说礼有余而情不足的。本来礼是一种节制，要使得其间有些间隔有点距离，以免任情恣意而动作，原是儒家的精意，所谓敬鬼神而远之，亦即是以礼相待，这里便自不会亲密，非是故意疏远。有如郑重设宴，揖让而饮，自不能如酒徒哄笑，勾肩捋鼻，以示狎习也。中国人民之于鬼神正以官长相待，供张迎送，尽其恭敬，终各别去，洒然无复关系，故祭化迎赛之事亦只是一种礼节，与别国的宗教仪式盖迥不相同。故柳田国男氏在《祭礼与世间》第七节中所记云：

我幸而本来是个村童，有过在祭日等待神舆过来那种旧时感情的经验。有时候便听人说，今年不知怎的，御神舆是特别地发野呀。这时候便会有这种情形，仪仗早已到了十字路口了，可是神舆老是不见，等到看见了也并不一直就来，总是左倾右侧，抬着的壮丁的光腿忽而变而 Y 字，忽而变成 X 字，又忽而变成 W 字，还有所谓举起的，常常尽两手的高度将神舆高高地举上去。

这类事情在中国神像出巡的时候是绝没有的。日本国民富于宗教心，祭礼正是宗教仪式，而中国人是人间主义者，以为神亦是为人生而存在者，此二者之间正有不易渡越的壕堑。了解别国固是大难，而自己的事须要先弄清楚的亦复不少，兵荒马乱中虽似非急务，也如得有人注意，少少加以究明，亦为有益，未始不可为相互之福也。

关于扫墓

清明将到了，各处人民都将举行扫墓的仪式。中国社会向来是家族本位的，因此又自然是精灵崇拜的对于墓祭这件事便十分看得重要。明末张岱著《梦忆》卷一有《越俗扫墓》一则云：

> 越俗扫墓，男女袨服靓装，画船箫鼓，如杭州人游湖，厚人薄鬼，率以为常。二十年前，中人之家尚用平水屋帻船，男女分两截坐，不座船，不鼓吹，先辈谑之曰，以结上文两节之意。后渐华靡，虽监门小户男女必用两座船，必中，必鼓吹，必欢呼畅饮，下午必就其路之所近游庵堂寺院及士大夫家花园，鼓吹近城必吹海东青独行千里，锣鼓错杂，酒徒沾醉必岸帻嚣嚎，唱无字曲，或舟中攘臂与侪列厮打。自三月朔至夏至，填城溢国，日日如之。乙酉方兵，画江而守，虽鱼艘菱舠收拾略尽，坟垄数十里而遥，子孙数人挑鱼肉楮钱徒步往返之，妇女不得出城者三岁矣。萧索凄凉，亦物极必反之一。

清嘉庆时顾禄著《清嘉录》十二卷，其三月之卷中有记上坟者云：

> 士庶并出祭祖先坟墓，谓之上坟，间有婿拜外父母墓者。以清明前一日至立夏日止，道远则泛舟具馔以往，近则提壶担

236

盒而出。挑新土，烧楮钱，祭山神，奠坟邻，皆向来之旧俗也。凡新娶妇必挈以同行，谓之上花坟。新葬者又皆在社前祭扫，谚云：新坟不过社。

苏浙风俗本多相同，所以二书所说几乎一致，但是在同一东西却也不是全无差异，盖乡风之下又有不同的家风。如故乡东陶坊中西邻栋姓，上坟仪注极为繁重，自洗脸献茶烟以至三献，费半天的工夫，而东边桥头寿姓又极简单，据说只一人坐脚桨船至坟前焚香楮而回，自己则从袖中出"洞里火烧"数个当饭吃而已。明刘侗著《帝京景物略》卷二《春场》中云：

> 三月清明日男女扫墓，担提樽榼，轿马后挂楮锭，粲粲然满道也。拜者、酹者、哭者、为墓除草添土者，焚楮锭次，以纸钱置坟头，望中无纸钱则孤坟矣。哭罢，不归也，趋芳树，择园圃，列坐尽醉，有歌者，哭笑无端，哀往而乐回也。

清富察敦崇著《燕京岁时记》云：

> 清明即寒食，又曰禁烟节，古人最重之，今人不为节，但儿童戴柳，祭扫坟茔而已。世族之祭扫者，于祭品之外以五色纸钱制成幡盖，陈于墓左，祭毕子孙执于墓门之外而焚之，谓之佛多，民间无用者。

以上两则都是说北京的事，可是与苏浙相比又觉得相去不远，所不同者只是没有画船箫鼓罢了。上坟的风俗固然含有伦理的意义，有人很是赞成，就是当作诗画的材料也是颇好的，不过这似乎有点不能长保，是很可惜的事。盖扫墓非土著不可，如《景物略》记清明云："是日簪

237

柳，游高梁桥，曰踏青，多四方客未归者，祭扫日感念出游。"客只能踏青而已，何益于事哉。而近来人民以职业等等关系去其家乡者日益众多，归里扫墓之事很不容易了，欲四方客未归者上坟是犹劝饥民食肉糜也。至于民族扫墓之说，于今二年，鄙人则不大赞同，此事不很好说，但老友张溥泉君久在西北，当能知鄙意耳。

缘　日

　　到了夏天，时常想起东京的夜店。己酉庚戌之际，家住本乡的西片町，晚间多往大学前一带散步，那里每天都有夜店，但是在缘日特别热闹，想起来那正是每月初八本乡四丁目的药师如来罢。缘日意云有缘之日，是诸神佛的诞日或成道示现之日，每月在这一天寺院里举行仪式，有许多人来参拜。同则便有各种商人都来摆摊营业，自饮食用具，花草玩物，以至戏法杂耍，无不具备，颇似北京的庙会。不过庙会虽在寺院内，似乎已经全是市集的性质，又只以白天为限，缘日则晚间更为繁盛，又还算是宗教的行事，根本上就有点不同了。若月紫兰著《东京年中行事》卷上有《缘日》一则，前半云：

　　东京市中每日必在什么地方有毗沙门，或药师，或稻荷样等等的祭祀，这便是缘日。晚间只要天气好，就有各色的什么饮食店、粗点心店、旧家具店、玩物店，以及种种家庭用具店，在那寺院境内及其附近，不知有多少家，接连地排着，开起所谓露店来。其中最有意思的大概要算是草花店罢，将各样应节的花木拿来摆着，讨着无法无天的价目，等候寿头来上钩。他们所讨的既是无法无天的价目，所以买客也总是五分之一或十分之一地乱七八糟地还价。其中也有说岂有此理，拒绝不理的，但是假如看去这并不是闹了玩的，卖花的也等到差不多适当的价钱就卖给客人了。

239

寺门静轩著《江户繁昌记》初编中有《赛日》一篇，也是写缘日情形的，原用汉文，今抄录一部分如下：

古俚曲词云，月之八日茅场町，大师赛诣不动样，是可以证都中好赛为风之古。赛最盛于夏晚。各场门前街贾人争张露肆，卖器物者皆铺蒲席，并烧萨摩蜡烛，贾食物者必安床阁，吊鱼油灯火，陈果与蔬，烧团粉与明鲞（案，此应作鱿鱼），轧轧为鱼鲊，沸沸煎油馓。或列百物，价皆十九钱，随人择取，或拈阄合印，赌一货卖之于数人。卖茶娘必美艳，瀹水声自清凉。炫西瓜者照红笺灯，沽饧者张大油伞。灯笼儿（案，据旁训即酸浆）十头一串，大通豆一囊四钱。以硝子坛盛金鱼，以黑纱囊贮丹萤。近年麦汤之行，茶店大抵供汤，缘麦汤出葛汤，自葛汤出卵汤，并和以砂糖，其他殊雪紫苏，色色异味。其际橐驼师（案，即花匠）罗列盆卉种类，皆陈之于架上，闹花闲草，斗奇竞异，枝为屈蟠者，为气条者，叶有间色者，有间道者。钱蒲细叶者栽之以石，石长生作穿眼者以索垂之。若作托叶衣花，若树芦干挟枝。霸王树（案，即仙人掌）拥虞美人草，凤尾蕉杂麒麟角（原注云，汉名龙牙木）。百两金，万年青，珊瑚翠兰，种种殊趣。大夫之松，君子之竹，杂木骄植，萧森成林。林下一面，野花点缀，杜荣招客，如求自鬻，女郎花（原注云，汉名败酱）媚伴老少年。露滴泪断肠花，风飘芳燕尾香。鸡冠草皆拱立，凤仙花自不凡。领幽光牵牛花，妆闹色洛阳花。卷丹偏其，黄芹莠兮。桔梗簇紫色，欲夺他家之红，米囊花碎，散落委泥，夜落金钱往往可拾。新罗菊接扶桑花边，见佛头菊于曼陀罗花天竺花间。向此红碧绵绩丛间，夹以虫商，宫商皦如，徵羽绎如，狗蝇黄（案，和名草云雀，金铃子类）唱，纺绩娘和，金钟儿声应金琵琶，可恶为聒聒儿所夺。两担笼内，几种虫声，唧唧送韵，绣出武藏野当年荒凉之色，见之于热闹市中之今日，真奇观矣。

《江户繁昌记》共有六编，悉用汉文所写，而别有风趣。间亦有与中国用字造句绝异之处，略改一二，余仍其旧。初篇作于天保辛卯（一八三一），距今已一百十年，若月氏著上卷刊于明治辛亥（一九一一），亦在今三十年前，而二书相隔盖亦已有八十年之久矣。比较起来，似乎八十年的前后还没有什么大变化，本乡药师的花木大抵也是那些东西，只是多了些洋种，如鹤子花等罢了。近三十年的变化或者更大也未可料，虽然这并没有直接见闻，推想当是如此，总之西洋草花该大占了势力了罢。

北京庙会也多花店，只可惜不大有人注意，予以记录。《北平风俗类征》十三卷征引非不繁富，可是略一翻阅，查不到什么写花厂的文章，结果还只有敦礼臣所著的《燕京岁时记》，记《东西庙》一则下云：

西庙曰护国寺，在皇城西北定府大街正西，东庙曰隆福寺，在东四牌楼西马市正北，自正月起，每逢七八日开西庙，九十日开东庙。开会之日，百货云集，凡珠玉绫罗、衣服饮食、古玩字画、花鸟虫鱼，以及寻常日用之物、星卜杂技之流，无所不有，乃都城内之一大市会也。两庙花厂尤为雅观，夏日以茉莉为胜，秋日以桂菊为胜，冬日以水仙为胜，至于春花中如牡丹海棠丁香碧桃之流，皆能于严冬开放，鲜艳异常，洵足以巧夺天工，预支月令。

这里虽然语焉不详，但是慰情胜无，可以珍重。这种事情在有些人看来觉得没有意思，或者还是玩物丧志，要为道学家所呵斥，这者我也知道，向来没有人肯下笔记录，岂不就是为此么！但是我仍是相信，这都值得用心，而且还很有用处。要了解一国民的文化，特别是外国的，我觉得如单从表面去看，那是无益的事，须得着眼于其情感生活，能够了解几分对于自然与人生态度，这才可以稍有所得。从前我常想从文学美术去窥见一国的文化大略结局是徒劳而无功，后始省悟，自呼愚人不止，懊悔无及，如要卷土重来，非从民俗学入手不可。古今文学美术之菁华，总是一时的少数的表现，持与现实对照，往往不独不能疏通证明，或者反有抵牾亦未可知。如以礼仪风俗为中心，求得其自然与人生观，更进而了解其宗教情绪，那么这便有了六七分光，对于这国的事情可以有懂得的希望了。不佞不凑巧乃是少信的人，宗教方面无法入门，此外关于民俗却还想知道，虽是秉烛读书，不但是老学而且是困学，也不失为遣生之法，对于缘日的兴趣亦即由此发生，写此小文，目的与文艺不大有关系，恐难得人赐顾，亦正是当然也。

撒　　豆

秋风渐凉，王母暴已过，我年例常患枯草热，也就复发，不能做什么事，只好拿几种的小话选本消遣。日本的小话译成中国语当云笑话，笑话当然是消闲的最好材料，实际也不尽然，特别是外国的，因为风俗人情的差异，想要领解，往往须用相当的气力。可是笑话的好处就在这里，这点劳力我们岂能可惜。我想笑话的作用固然在于使人笑，但一笑之后还该有什么余留，那么这对于风俗人情之理解或反省大约就是罢。笑话、寓言与俗谚，是同样的外资料，不问本国或外国，其意味原无不同也。

小话集之一是宫崎三味编的《落语选》，庚戌年出版，于今正是三十年了。卷中引《座笑土产》有《过年》一则云：

> 近地全是各家撒豆的声音。主人还未回来，便吩咐叫徒弟去撒也罢。这徒弟乃是吃罢，抓了豆老是说，鬼鬼鬼。门口的鬼打着呵欠说，喊，是出去呢，还是进来呢？

案，这里所说是立春前夜撒豆打鬼的事情。村濑栲亭著《艺苑日涉》卷七《民间岁节》下云：

> 立春前一日谓之节分。至夕家家燃灯如除夜，炒黄豆供神佛祖先，向岁德方位撒豆以迎福，又背岁德方位撒豆以逐鬼，

243

谓之滩豆。老幼男女吹豆如岁数，加以一，谓之年豆。街上有驱疫者，儿女以纸包裹年豆及钱一文与之，则唱祝寿驱邪之词去，谓之疫除。

黄公度著《日本国志》，卷三十五《礼俗志》二中《岁时》一篇，即转录拷亭原书全文，此处亦同，查《日本杂事诗》各本，未曾说及，盖黄君于此似无甚兴味也。蜀山人《半日闲话》中云：

节分之夜，将白豆炒成黑，以对角方升盛之，再安放簸箕内，唱福里边两声，鬼外边一声，撒豆，如是凡三度。

这里未免说得太仪式化，但他本来是仪式，所以也是无可如可。森鸥外有一篇小说叫作《追傩》，收在小说集《涓滴》中，可以说是我所见的唯一艺术的描写，从前屡次想翻译，终于未曾着手。这篇写得极奇，追傩的事至多只占了全文十分之一，其余全是发的别的议论，与普通小说体裁绝不相似，我却觉得很喜欢。现在只将与题目有关的部分抄译于左：

这时候，与我所坐之处正为对角的西北隅的纸屏轻轻地开了，有人走进到屋里来。这是小小的干瘪的老太太，白头发一根根地排着，梳了一个双钱髻。而且她还穿着红的长背心。左手挟着升，一直走到房间中央。也不跪坐，只将右手的指尖略略按一下席子，和我行个礼。我呆呆地只是看着。

福里边，鬼外边！

老婆子撒起豆来了。北边的纸屏拉开，两三个使女跑出来，捡拾撒在席上的豆子。

老婆子的态度非常有生气，看得很是愉快。我不问而知这是新喜乐的女主人了。

隔了十几行便是结尾，又回过来讲到《追傩》，其文云：

追傩在昔时已有，但是撒豆大概是镰仓时代以后的事罢。很有意思的是，罗马也曾有相似的这种风俗。罗马人称鬼魂曰勒木耳，在五月间的半夜里举行赶散他们的祭礼。在这仪式里，有拿黑豆向背后抛去一节。据说我国的撒豆最初也是向背后抛去，到后来才撒向前面的。

鸥外是博识的文人，他所说当可信用，镰仓时代大约是西历十三世纪，那么这撒豆的风俗至少也可以算是有了六百年的历史了罢。

好些年前我译过一册《狂言十番》，其中有一篇也说及撒豆的事，原名"节分"，为通俗起见却改译为"立春"了。这里说有蓬莱岛的鬼于立春前夜来到日本，走进人家去，与女主人调戏，被女人乘隙用豆打了出来，只落得将隐身笠隐身蓑和招宝的小褂都留下在屋里了。有云：

女　唉，正好时候了，撒起豆来罢。
　　"福里边，福里边！
　　鬼外边，鬼外边！"（用豆打鬼）
鬼　这可不行。
女　"鬼外边，鬼外边！"

案，狂言盛行于室町时代，则是十四世纪也。嵩山禅师居中（一二七七至一三四五）曾两度入唐求法，为当时五山名僧，著有《少林一曲》一卷，今不传。卜幽轩著《东见记》卷上载其所作诗一首，题曰"节分夜吃炒豆"：

粒粒冷灰爆一声，年年今夜发威灵。

暗中信手轻抛散，打着诸方鬼眼睛。

　　江户时代初期儒者林罗山著《庖丁书录》中亦引此诗，解说稍不同，盖传闻异词也：

　　古人诗中，咏除夜之豆云"暗中信手频抛掷，打着诸方鬼眼睛"，盖撒大豆以打瞎鬼眼也。

　　《类聚名物考》卷五引《万物故事要诀》，谓依古记所云，春夜撒豆起于宇多天皇时，正是九世纪之末，又云：

　　炒三石三斗大豆，以打鬼目，则十六只眼睛悉被打瞎，可捉之归。

　　此虽是毗沙门天王所示教，恐未足为典据，故宁信嵩山诗为撒豆做证，至于福内鬼外的祝语已见于狂言，而年代亦难确说。据若月紫兰著《东京年中行事》卷上云，此语见于《卧云日件录》，案，此录为五山僧瑞溪周风所作，生于十五世纪上半，比嵩山要迟了一百年，但去今亦有五百年之久矣。

　　傩在中国古已有之，《论语》里的乡人傩是我们最记得的一例，时日不一定，大抵是季节的交关罢。《后汉书·礼仪志》云"先腊一日大傩，谓之逐疫"，《吕氏春秋季冬纪》高氏注云"今人腊岁前一日击鼓驱疫，谓之逐除"。据《南部新书》及《东京梦华录》，唐宋大傩都在除夕。日本则在立春前夜，与中国殊异，唯其用意则并无不同。民间甚重节分，俗以立春为岁始，春夜的意义等于除夕，笑话题云"过年"，即是此意，二者均是年岁之交界，不过一依太阳，一依太阴历耳。中国推算八字亦以立春为准，如生于正月而在立春节前，则仍以旧年干支论，此通例也。避凶趋吉，人情之常，平时忍受无可如何，到得岁时告

246

一段落，想趁这机会用点法术，变换个新场面，这便是那些仪式的缘起。最初或者期待有什么效用，后来也渐渐地淡下去，成为一种行事罢了。谭复堂在日记上记七夕祀天孙事，结论曰："千古有此一种传闻旧说，亦复佳耳。"对于追傩，如应用同样的看法，我想也很适当罢。

日本的衣食住

我留学日本还在民国以前，只在东京住了六年，所以对于文化云云够不上说什么认识，不过这总是一个第二故乡，有时想到或是谈及，觉得对于一部分的日本生活很有一种爱着。这里边恐怕有好些原因，重要的大约有两个，其一是个人的性分，其二可以说是思古之幽情罢。我是生长于东南水乡的人，那里民生寒苦，冬天屋内没有火气，冷风可以直吹进被窝来，吃的通年不是很咸的腌菜也是很咸的腌鱼，有了这种训练去过东京的下宿生活，自然是不会不合适的。我那时又是民族革命的一信徒，凡民族主义必含有复古思想在里边，我们反对清朝，觉得清以前或元以前的差不多都好，何况更早的东西。听说夏穗卿、钱念劬两位先生在东京街上走路，看见店铺招牌的某文句或某字体，常指点赞叹，谓犹存唐代遗风，非现今中国所有。冈千侧著《观光纪游》中亦记杨惺吾回国后事云：

惺吾杂陈在东所获古写经，把玩不置曰：此犹晋时笔法，宋元以下无此真致。

这种意思在那时大抵是很普通的。我们在日本的感觉，一半是异域，一半却是古昔，而这古昔乃是健全地活在异域的，所以不是梦幻似的空假，而亦与高丽安南的优孟衣冠不相同也。

248

日本生活中多保存中国古俗，中国人好自大者反讪笑之，可谓不察之甚。《观光纪游》卷二《苏杭游记》上，记明治甲申（一八八四）六月二十六日事云：

晚与杨君赴陈松泉之邀，会者为陆云孙、汪少符、文小坡。杨君每谈日东一事，满坐哄然，余不解华语，痴坐其旁。因以为我俗席地而坐，食无案桌，寝无卧床，服无衣裳之别，妇女涅齿、带广、蔽腰围等，皆为外人所诃者。而中人辫发垂地，嗜毒烟甚食色，妇女约足，人家不设厕，街巷不容车马，皆不免陋者，未可以内笑外，以彼非此。

冈氏言虽未免有悻悻之气，实际上却是说得很对的。以我浅陋所知，中国人记述日本风俗最有理解的要算黄公度，《日本杂事诗》二卷成于光绪五年己卯，已是五十六年前了，诗也只是寻常，注很详细，更难得的是意见明达。卷下《夫子房屋》的注云：

室皆离地尺许，以木为板，借以莞席，入室则脱屦户外，袜而登席。无门户窗楹，以纸为屏，下承以槽，随意开合，四面皆然，宜夏而不宜冬也。室中必有阁以度物，有床笫以列器皿陈书画。（室中留席地，以半掩以纸屏，架为小阁，以半悬挂玩器，则缘古人床笫之制而亦仍其名。）楹柱皆以木而不雕漆，昼常掩门而夜不扃钥。寝处无定所，展屏风，张帐幕，则就寝矣。每日必洒扫拂拭，洁无纤尘。

又一则云：

坐起皆席地，两膝据地，伸腰危坐，而以足承尻后。若跌坐，若蹲踞，若箕踞，皆为不恭。坐必设褥，敬客之礼有敷数

249

重席者。有君命则设几，使者宣诏毕，亦就地坐矣。皆古礼也。因考《汉书·贾谊传》"文帝不觉膝之前于席"，《三国志·管宁传》"坐不箕股，当膝处皆穿"，《后汉书》"向栩坐板，坐积久板乃有膝踝足指之处"。朱子又云："今成都学所存文翁礼殿刻石诸像，皆膝地危坐，两跧隐然见于坐后帷裳之下。"今观之东人，知古人常坐皆如此。（《日本国志》成于八年后丁亥，所记稍详，略有不同，今不重引。）

    这种日本式的房屋我觉得很喜欢，这却并不由于好古。上文所说的那种坐法实在有点弄不来，我只能胡坐，即不正式的跌跏，若要像管宁那样，则无论敷了几重席也坐不到十分钟就两脚麻痹了。我喜欢的还是那房子的适用，特别便于简易生活。《杂事诗注》已说明屋内铺席，其制编稻草为台，厚可二寸许，蒙草席于上，两侧加麻布黑缘，每席长六尺、宽三尺，室之大小以席计数，自两席以至百席，而最普通者则为三席、四席半、六席、八席，学生所居以四席半为多。户窗取明者用格子糊以薄纸，名曰障子，可称纸窗；其他则两面浓暗色厚纸，用以间隔，名曰唐纸，可云纸屏耳。阁原名户棚，即壁橱，分上下层，可分贮做褥及衣箱杂物。床笫原名"床之间"，即壁龛而大，下宿不设此，学生租民房时可利用此地堆积书报，几乎平白地多出一席地也。四席半一室面积才八十一方尺，比维摩斗室还小十分之二，四壁萧然，下宿只供给一副茶具，自己买一张小几放在窗下。再有两三个坐褥，便可安住。坐在几前读书写字，前后左右凡有空地，都可安放书卷纸张，等于一大书桌。客来遍地可坐，客六七人不算拥挤，倦时随便卧倒，不必另备沙发。深夜从壁橱取被摊开，又便即正式睡觉了。昔时常见日本学生移居，车上载行李只铺盖衣包小几或加书箱，自己手拿玻璃洋油灯在车后走而已。中国公寓住室多在方丈以上，而板床桌椅箱架之外无多余地，令人感到局促，无安闲之趣。大抵中国房屋与西洋的相同，都是宜于华丽而不宜于简陋，一间房子造成，还是行百里者半九十，非是有相当的器具陈设不能算完成。日本则土木功毕，铺席糊窗，即可居住，别无一点不足，而且还觉得清疏有致。从前在日本旅行，在吉松高锅等山村住宿，坐在旅馆的朴素的一室内凭窗看山，或着浴衣躺席上，要一壶茶来吃，这比向来住过的好些洋式中国式的旅舍都要觉得舒服，简单而省费。这样房屋自然也有缺点，如《杂事诗注》所云宜夏而不宜冬，其次是容易引火，还有或者不大谨慎，因为槽上拉动的板窗木户易于偷启，而且内无扃钥，贼一入门便可各处自在游行也。

关于衣服，《杂事诗注》只讲到女子的一部分，卷二云：

宫装皆披发垂肩，民家多古装束，六八岁时丫髻双垂，尤为可人。长，耳不环，手不钏，髻不花，足不弓鞋，皆以红珊瑚为管。出则携蝙蝠伞。带宽腿尺，围腰二三匝，复倒卷而直垂之，若褪负者。衣袖尺许，襟广微露胸，肩脊亦不尽掩，傅粉如面然，殆《三国志》所谓丹朱纷身者耶。

又云：

女子亦不着裤，里有围裙，《礼》所谓中单，《汉书》所谓中裙，深藏不见足，舞者回旋偶一露耳。五部洲唯日本不着裤，闻者惊怪。今案《说文》：裤，腔衣也；《逸雅》：裤，两股各跨别也。裤即今制，三代前固无。张萱《疑耀》曰：裤即裤，古人皆无裆，有裆起自汉昭帝时上官宫人。考《汉书·上官后传》：宫人使令皆为穷裤。服虔曰，穷裤前后有裆，不得交通。是为有裆之裤所缘起。唯《史记》叙屠岸贾有置其裤中语，《战国策》亦称韩昭侯有敝裤，则似春秋战国既有之，然或者尚无裆耶。

这个问题其实本很简单。日本上古有裤，与中国西洋相同，后受唐代文化衣冠改革，由筒管裤而转为灯笼裤，终乃裤脚益大，裤裆渐低，今礼服之裤已几乎是裙了。平常着裤，故里衣中不复有裤类的东西，男子但用犊鼻裤裈，女子用围裙，就已行了。迫后民间平时可以衣而不裳，遂不复着，但用作乙种礼服，学生如上学或访老师则和服之上必须着裤也，现今所谓和服实即古时之所谓"小袖"，袖本小而底圆，今则甚深广，有如口袋，可以容手中笺纸等，与中国和尚所穿的相似，西人称之曰 Kimono，原语云"着物"，实只是衣服总称耳。日本衣裳之制大抵根据中国而逐渐有所变革，乃成今状，盖与其房屋起居最适合，若以现今和服住洋房中，或以华服住日本房，亦不甚适也。《杂事诗注》又有一则关于鞋袜的云：

> 袜前分歧为二靫，一靫容拇趾，一靫容众趾。屐有如兀字者，两齿甚高，又有作反凹者。织蒲为苴，皆无墙有梁，梁作人字，以布缠或纫蒲系于头，必两趾间夹持用力乃能行，故袜分作两歧。考《南史·虞玩之传》"一履着三十年，蒉断以芒接之"，古乐府"黄桑柘履蒲子履，中央有丝两头系"，知古制正如此也，附注于此。

这个木履也是我所喜欢着的，我觉得比广东用皮条络住脚背的还要好，因为这似乎更着力可以走路。黄君说必两趾间夹持用力乃能行，这大约是没有穿惯，或者因中国男子多裹脚，脚趾互叠不能衔梁，衔亦无力，所以觉得不容易，其实是套着自然着力，用不着什么夹持的。去年夏间我往东京去，特地到大震灾时没有毁坏的本乡去寄寓，晚上穿了和服木履，曳杖，往帝国大学前面一带去散步，看看旧书店和地摊，很是自在，若是穿着洋服就觉得拘束，特别是那么大热天。不过我们所能穿的也只是普通的"下驮"，即所谓反凹字形状的一种，此外名称"日和下驮"底做开字形而不很高者从前学生时代也曾穿过，至于那两齿甚高

252

的"足驮"那就不敢请教了。在民国以前，东京的道路不很好，也颇有雨天变酱缸之概，足驮是雨具中的要品，现代却可以不需，不穿皮鞋的人只要有日和下驮就可应付，而且在实际上连这也少见了。

《杂事诗注》关于食物说得最少，其一云：

> 多食生冷，喜食鱼，聂而切之，便下箸矣，火熟之物亦喜寒食。寻常茶饭，萝卜竹笋而外，无长物也。近仿欧罗巴食法，或用牛羊。

又云：

> 自天武四年因浮屠教禁食兽肉，非饵病不许食。卖兽肉者隐其名曰药食，复曰山鲸。所悬望子，画牡丹者豕肉也，画丹枫落叶者鹿肉也。

讲到日本的食物，第一感到惊奇的事的确是兽肉的稀少。二十多年前我还在三田地方看见过山鲸（这是野猪的别号）的招牌，画牡丹枫叶的却已不见。虽然近时仿欧罗巴法，但肉食不能说很盛，不过已不如从前以兽肉为秽物禁而不食，肉店也在"江都八百八街"到处开着罢了。平常鸟兽的肉只是猪牛与鸡，羊肉简直没处买，鹅鸭也极不常见。平民的下饭的菜到现在仍旧还是蔬菜以及鱼介。中国学生初到日本，吃到日本饭菜那么清淡枯槁，没有油水，一定大惊大恨，特别是在下宿或分租房间的地方。这是大可原谅的，但是我自己却不以为苦，还觉得这有别一种风趣。吾乡穷苦，人民努力日吃三顿饭，唯以腌菜臭豆腐螺蛳为菜，故不怕咸与臭，亦不嗜油若命，到日本去吃无论什么都不大成问题。有些东西可以与故乡的什么相比，有些又即是中国某处的什么，这样一想就很有意思。如味噌汁与干菜汤，金山寺味噌与豆板酱，福神渍与酱咯哒，牛蒡独活与芦笋，盐鲑与勒鲞，皆相似的食物也。又如大德

253

寺纳豆即咸豆豉，泽庵渍即福建的黄土萝卜，蒟蒻即四川的黑豆腐，刺身即广东的鱼生，寿司（《杂事诗》作寿志）即古昔的鱼鲊，其制法见于《齐民要术》，此其间又含有文化交通的历史，不但可吃，也更可思索。家庭宴集自较丰盛，但其清淡则如故，亦仍以菜蔬鱼介为主，鸡豚在所不废，唯多用其瘦者，故亦不油腻也。近时社会上亦流行中国及西洋菜，试食之则并不佳，即有名大店亦如此，盖以日东手法调理西餐（日本昔时亦称中国为西方）难得恰好，唯在赤坂一家云"酉"者吃中餐极佳，其厨师乃来自北平云。日本食物之又一特色为冷，确如《杂事诗注》所言。下宿供膳尚用热饭，人家则大抵只煮早饭，家人之为官吏教员公司职员工匠学生者皆裹饭而出，名曰"便当"，匣中盛饭，别一格盛菜，上者有鱼，否则梅干一二而已。傍晚归来，再煮晚饭，但中人以下之家便吃早晨所余，冬夜苦寒，乃以热苦茶淘之。中国人惯食火热的东西，有海军同学昔日为京官，吃饭恨不热，取饭锅置坐右，由锅到碗，由碗到口，迅疾如暴风雨，乃始快意，此固是极端，却亦是一好例。总之对于食物，中国大概喜热恶冷，所以留学生看了"便当"恐怕无不头痛的。不过我觉得这也很好，不但是故乡有吃"冷饭头"的习惯，说得迂腐一点，也是人生的一点小训练。希望人人都有"吐斯"当晚点心，人人都有小汽车坐，固然是久远的理想，但在目前似乎刻苦的训练也是必要。日本因其工商业之发展，都会文化渐以增进，享受方面也自然提高，不过这只是表面的一部分，普通的生活还是很刻苦，此不必一定是吃冷饭，然亦不妨说是其一。中国平民生活之苦已甚矣，我所说的乃是中流的知识阶级应当学点吃苦，至少也不要太讲享受。享受并不限于吃"吐斯"之类，抽大烟娶姨太太打麻将是中流享乐思想的表现，此一种病真真不知道如何才救得过来，上文云云只是姑妄言之耳。

六月九日《大公报》上登载梁实秋先生的一篇论文，题曰"自信力与夸大狂"，我读了很是佩服，有关于中国的衣食住的几句话可以引用在这里。梁先生说中国文化里也有一部分是优于西洋者，解说道：

我觉得可说的太少，也许是从前很多，现在变少了。我想来想去只觉得中国的菜比外国的好吃，中国的长袍布鞋比外国的舒适，中国的宫室园林比外国的雅丽，此外我实在想不出有什么优于西洋的东西。

梁先生的意思似乎重在消极方面，我们却不妨当作正面来看，说中国的衣食住都有些可取的地方。本来衣食住三者是生活中最重要的部分，因其习惯与便利，发生爱好的感情，转而成为优劣的辨别，所以这里边很存着主观的成分，实在这也只能如此，要想找一根绝对平直的尺度来较量，盖几乎是不可能的。固然也可以有人说："因为西洋人吃鸡蛋，所以兄弟也吃鸡蛋。"不过在该吃之外还有好吃问题，恐怕在这一点上未必能与西洋人一定合致，那么这吃鸡蛋的兄弟对于鸡蛋也只有信而未至于爱耳。因此，改变一种生活方式很是烦难，而欲了解别种生活方式亦不是容易的事。有的事情在事实并不怎么愉快，在道理上显然看出是荒谬的，如男子拖辫，女人缠足，似乎应该不难解决了，可是也并不如此。民国成立已将四半世纪了，而辫发未绝迹于村市，士大夫中爱赏金莲步者亦不乏其人，他可知矣。谷崎润一郎近日刊行《摄阳随笔》，卷首有《阴翳礼赞》一篇，其中说漆碗盛味噌汁（以酱汁做汤，蔬类做料，如茄子萝卜海带，或用豆腐）的意义，颇多妙解，至悉归其故于有色人种，以为在爱好上与白色人种异其趣，虽未免稍多宿命观的色彩，大体却说得很有意思。中日同是黄色的蒙古人种，日本文化古来又取资中上，然而其结果乃或同或异，唐时不取太监，宋时不取缠足，明时不取八股，清时不取鸦片，又何以嗜好迥殊耶。我这样说似更有阴沉的宿命观，但我固深钦日本之善于别择，一面却亦仍梦想中国能于将来荡涤此诸染污，盖此不比衣食住是基本的生活，或者其改变尚不至于绝难欤。

我对于日本文化既所知极浅，今又欲谈衣食住等的难问题，其不能

255

说得不错，盖可知也。幸而我预先声明，这全是主观的，回忆与印象的一种杂谈，不足以知日本真的事情，只足以见我个人的意见耳。大抵非自己所有者不能深知，我尚能知故乡的民间生活，因此亦能于日本生活中由其近似而得理会，其所不知者当然甚多，若所知者非其真相而只是我的解说，那也必所在多有而无可免者也。日本与中国在文化的关系上本犹罗马之与希腊，及今乃成为东方之德法，在今日而谈日本的生活，不撒有"国难"的香料，不知有何人要看否，我亦自己怀疑。但是，我仔细思量日本今昔的生活，现在日本叫"非常时"的行动，我仍明确地看明白日本与中国毕竟同是亚细亚人，兴衰祸福目前虽是不同，究竟的命运还是一致，亚细亚人岂终将沦于劣种乎，念之偶然。因谈衣食住而结论至此，实在乃真是漆黑的宿命论也。

华侨与绍兴人

　　华侨与绍兴人，这是两个怎样不能相连贯的名词呀。因为在华侨里边决不可能去找出一两个绍兴人来，——除非这是在三百年前，有朱舜水在日本，但这乃是亡命的志士，而且他是余姚县人，严格地说来已经不是以真正老牌绍兴人自居的旧山阴会稽的两县人民了。话虽如此，这两者之间却有共通之点，便是说绍兴人里面有些性质很与华侨相同，这是什么呢？简单地说，就是绍兴人的冒险性与爱乡心。

　　说起绍兴人的冒险性，这摆在惯于"乘长风破万里浪"的闽广同胞面前，诚然不免是小巫见大巫，但究竟还是个小巫，他到处乱钻的本领，确实还不算小呢。我引用两句俗语为证，这比我自己胡诌更有点根据，光绪四年出版的范寅的《越谚》卷上载有俗谚云：

　　　　麻鸟（俗语称麻雀如此，鸟读都了切，如《水浒传》中
　　常见的"咬我鸟"的"鸟"字）豆腐绍兴人。

原本有注云：

　　　　此三者不论异域殊方皆有。

又其一云：

长江无六月。

原本注云：

> 越人皆有四方之志，不敢偷安家居，无六月者言其通气风凉，虽暑天亦可长征也。

这两节的确说得很得要领，可以替我省得许多话。

绍兴人做酒，卖给普天下的客官喝，我想这是他们遍处钻的第一缘故，有如徽州朝奉的带了茶叶去遍天下一样。绍兴儿歌有云："老酒糯米做，吃得变 nio nio。"

这末一句是儿童的话，意思即是猪猡，是嘲笑醉汉的歌谣，说一个人酒醉了，便像猪似的咕咕地打鼾。绍兴酒醉了要变得猪一样，不是什么好东西，但变成猪八戒，那还有点可爱，若是威士忌或金酒沉醉之后，要像外国的水兵一样，会变成《西游记》里的妖怪，想吃唐僧的肉，那就更可怕了。绍兴人做酒之外还会造酱，北方一带的酱园都说是由绍兴分设的，其他酱豆腐、糟豆腐及臭霉豆腐，还有霉干菜，虽然绍兴人只称"干菜"，不加"霉"字，其起源的地方也是绍兴，大概当初这些东西也由他们专卖的，那么影响之大盖可想而知了。

下面所说的不是可吃可用的东西，实用还是无益有害也还说不定，但是最初大约也是由于必要，所以输入了。我所说的便是前清时代的绍兴师爷和部书，民国以来还有一大部势力的机要秘书和佐治科员，这到了解放以后才算连根拔掉了。讲到"师爷"，我便想连带地说及第二问题了。看的人会要奇怪，难道绍兴师爷特别有爱乡心么？这未必然，但是他们的一口难懂的"乡谈"，那总是实有其事的罢。绍兴话并不特别难懂，他只是吴语的东边的一支，但与普通话总差得很多，在大多数人听去很是别扭的罢。而且他们偏要强调这个，对于来请教他的东家特别非说老绍兴腔不可，或者懂得几句蓝青官话，这时候反而收起来不用了。这种标准的师爷我曾亲眼看见过，见同乡打官话，对外省人说绍兴话，可是这种人于今已是一去不复返了。（关于绍兴部书，张岱在《琅嬛文集》卷三中，有一篇《五异人传》，其第一人瑞阳公描写得颇好。）现在代之而起的是新兴艺术的越剧，他的名誉实在要超过酒酱糟豆腐而上之，更不用提那刑名钱谷的一辈的人了，而且他的人选据说特别是要非正统的，即是嵊县诸暨这些外县的女性，也就是广义的正式的绍兴人了。

讲起爱乡心这一特性，其实是与守旧的心理是分不开的。会稽郡山水之美，自昔著称，所谓"千山竞秀，万壑争流"，其实也不过是那一回事，只因中朝人士久居北方，没有看过南方风景，白东晋南渡这才看见，所以赏识起来罢了。绍兴人觉得什么都是绍兴第一，山水倒没有提及，偏是那师爷们卖弄的绍兴土话，倒觉得十分珍贵，这有事实为证。他们称外地口音叫作"拗声"，那么可见只有自己的话是正音了，可是绍兴话的重浊黏滞，便是我自己说绍兴话的人也无法否认的。至于风俗习惯也无一不是如此，而以关于食物为尤甚。鲁迅说阿 Q 进城去很看不起那里的人，就因为城里将长凳称为板凳，而且煎鱼用葱丝，不用葱花的缘故。这是一种滑稽的说法，用于小说中而已，其实是一天吃三顿饭乃是真正自夸的事，至少足以夸示于杭州人的。他们虽是省城的人士，但是早上吃的是"汤泡饭"（用开水煮前日的剩饭），不但有寒酸气，也实在足以表示晏起的坏习惯的。绍兴人的确是"黎明即起"，就走往市场买菜，回来再吃早饭，其勤于工作的精神确是值得称赞的。游手好闲，不务正业，破落的台门子弟也是多有，早上有一碗"麻花粥"（一根油条配粥，只要三四文钱）到口，已经很是不错，但一天三顿饭现煮来吃，是普通的成规，在一般士农工商总觉得是非如此不可的了。

此外习惯行事，不管好坏大小，也都不肯轻易改变，仍旧走到哪里带到哪里去。譬如祭祀一事，大约最不容易改革，而且赞否也最成问题，所以很是明显。鲁迅有一回，还是民初的事情，他路过上海，到蝉隐书庐去买些旧书，看见主人在祭祖先，仍照旧式四跪四拜的。这本来没有什么可笑，但那时已是民国三四年光景，主人不但袍子马褂，而且还是拖着辫子，在主人本是所谓遗老，这也不足为怪，但在洋场上有此怪相，所以时时引作谈柄罢了。还有一件事，乃是许寿裳的侄儿所说，他在北京大学化学系毕了业，派到奉天（当时还没有改作沈阳）去办事，一天在街上闲走，忽然地听见一句很熟习的话吆喝过来，不觉愕然吃惊四顾。这乃是从路旁一爿小店出来，显得是男主人所说的，其词曰："拨我驮呼筱来"。翻译成普通话便是说"给我拿竹枝来"。这却不是平常的竹枝，乃是专为打小孩用的，大约多至二三条，长约二尺，使用起来很是柔软，打着皮肤有点疼痛，而不伤筋骨，据说是顶有道理，大约古时的所调夏楚，也是这一类东西罢。关于这样一种细微的东西来费笔墨，不是我的本意，但是绍兴人为得在奉天要打小孩，却要特别做成"呼筱"（筱读若笑），或者从本地带了出来，这件事就有一说的价值了。我说"或者"从本地带来，其实这里的疑问可是不必要的，因为这种竹枝除了是天生的竹筱，便是从竹扫帚上拆了下来的，在奉天的小店里未必用得着竹扫帚（在北京现在竹扫帚在家庭里也没有，只用于扫大街罢了），那么这是移家时带来是无可疑的了。我从前跟随师爷出门往外埠去，行李中间有一个小木箱，中藏锡制溺壶，这或者只是智识阶级的一种排场，不是普通一般的习惯，只好算作一个特例罢了。

我上面引用阿Q来做例子，或者这对于绍兴人有点失敬，因为阿Q的确是绍兴籍，但总是小说里的人物，故意地写得滑稽，有许多逗人家哄笑的地方。好罢，我现在来引一位近代名人来做实例罢。此人非别人，即是鼎鼎大名的李越缦——说到这里，我的话似乎岔了开去了。这里李越缦和华侨有什么关系呢？的确别无关系，我不过在这里要借了他把绍兴人来总结一回罢了。我们说到绍兴人，总是对于他有一肚皮的不合适，要想说他几句，虽然各人有各人的看法不同，而在绍兴人的自己却最为不满。唯有绍兴人才能够看彻绍兴人的缺点，但或者反以此自豪

260

的也会有罢？李越缦的装病装穷的名士气，《孽海花》有过描写，这也罢了，他的最大特色据我看来乃是在于他的"溪刻"。我曾有一首打油诗，编在《往昔四续》之四，其词曰：

往昔论乡人，吾爱李越缦。
诗语所不晓，文喜杂骈散。
日记颇可读，小文记游览。
一卷《萝庵志》，书斋足清玩。
流派虽不同，风味比《文饭》。
惜哉性褊急，往往堕我慢。
益甫与景孙（赵之谦与平步青），粗语恣月旦。
瞋目骂季眈（周星诒），只是由私怨。
岂因山川气，溪刻成疾患。
喜得披遗编，胜于生对面。

这里让我来说明几句。李越缦的诗我是不懂，不敢瞎说乱道，但是他的骈体文和有些散文，我却是很喜欢的，《越缦堂骈体文》共五卷的木刻本，至今还在我的手头。我恭维他可以比得上王谑庵的《文饭》，那是因为趁韵说的，其实谑庵不会做那种骈体文，那味道全是两样的。我这里重复地说他溪刻，因为这是他给我的印象如此。从前鲁迅很讨厌三吴的滑头子弟，形容他们小头锐面道："他们刻薄到自己的嘴脸上去了。"（大意是如此，说因为刻薄把自己脸上的肉也削掉了。）溪刻的人并不一定都瘦，但是精神上的瘦削也就使人望之生畏了。像李越缦的这种人仿佛有点像周濂溪所说莲花罢，只该远远地看而不宜于近玩的。绍兴过去出了一大班的师爷，也出了好几个文人，看来特色是一样的，这究竟是好是坏的，我想须得由绍兴以外的人来加以批评了。

绍兴人虽有华侨的具体而微的性质，却不能那么地成功，这便因为

261

缺少那种善于团结人的纯厚，所以做不出闽广华侨那样的大事业来。但这到底是从前的事情了，新的绍兴人跟新的绍兴一样，也该有他另一番新的面貌了。

谈 胡 俗

萧伯玉《春浮园偶录》，在"崇祯三年庚午七月二十二日"条下有一则云：

> 读范石湖《吴船》《骖鸾》诸录，虽不能如放翁《入蜀记》之妙，然真率之意犹存，故自可读。唯近来诸游记正苏公所谓杜默之歌，如山东学究饮村酒食瘴死牛肉，醉饱后所发也。

《入蜀记》多记杂事，有《老学庵笔记》的风格，故读之多兴趣，如卷四记过黄州时事，"八月二十一日"条下云：

> 过双柳夹，回望江上远山重复深秀，自离黄虽行夹中，亦皆旷远。地形渐高，多种菽粟荞麦之属。晚泊杨罗袱。大堤高柳，居民稠众，鱼贱如土，百钱可饱二十口，又皆巨鱼，欲觅小鱼饲猫不可得。

又卷一之"金山寺榜示，赛祭猪头例归本庙"，卷五之"王百一以一招头得丧，遂发狂赴水几死"，诸事皆有意思，更多为人所知。石湖记行诸录自较谨严，故风趣或亦较少。唯在三录中我读《揽辔录》却

263

更有所感，这是乾道六年八月使金的记事，元本二卷，今只存寥寥数页，盖是节本，不及楼攻媿的《北行日录》之详，但因此得见那时北地的情形，是很有意义的。八月丁卯即二十日至旧东京，记其情状云：

> 新城内大抵皆墟，至有犁为田处，旧城内粗布肆，皆苟活而已。四望时见楼阁峥嵘，皆旧宫观寺宇，无不颓毁，民亦久习胡俗，态度嗜好与之俱化，最甚者衣装之类，其制尽为胡矣。自过淮以北皆然，而京师尤甚，唯妇人之服不甚改，而戴冠者绝少。

案，《北行日录》卷上记乾道五年十二月九日入东京城，十日条下有云：

> 承应人各与少香茶红果子，或跪或唱，跪者胡礼，唱者犹是中原礼数，语音亦有微带燕音者，尤使人伤叹。

自二帝北狩至乾道初才四十年，中原陷没入金，民间服色行动渐染胡风，观二书所言可知其概，唯民情则仍未变。《北行日录》记十二月八日至雍丘即杞县，有云：

> 驾车人自言姓赵，云向来不许人看南使，近年方得纵观。我乡里人善，见南家有人被掳过来，都为藏了，有被军子搜得，必致破家，然所甘心也。

又《老学庵笔记》卷二云：

> 故都李和炒栗名闻四方，他人百计效之终不可及。绍兴中

> 陈福公及钱上阁恺出使虏庭，至燕山，忽有两人持炒栗各十裹
> 来献，三节人亦人得一裹，自赞曰：李和儿也。挥涕而去。

习俗转移，民间亦难免，但别方面复自有其不变者在，此在放翁、石湖、攻娩诸君亦当察知，而深以引为慰者也。

两年前的秋天我写过一篇文章，题曰"汉文学的前途"，后边附记里有这样的一节话：

> 中国民族被称为一盘散沙，自他均无异辞，但民族间自有维系存在，反不似欧人之易于分裂，此在平日视之或亦甚寻常，唯乱后思之，正大可珍重。我们翻史书，见永乐定都北京，安之若故乡，数百年燕云旧俗了不为梗。又看报章杂志之记事照相，东至宁古塔，西至乌鲁木齐，市街住宅种种色相，不但基本如一，即琐末事项有出于迷信敝俗者，亦多具有，常令览者不禁苦笑。反复一想，此是何物在时间空间中有如是维系之力，思想文字语言礼俗，如是而已。

当时我是这样想，中国幸亏有汉字这种通用文字，又有以汉字能写下来的这种国语，得以彼此达意，而彼此又大抵具有以儒家为主的现实思想，所以能够互相维系着，假如用了一种表音的文字，那么言语逐渐隔绝，恐怕分裂也就不可免了罢。这个意见现在还是如此，虽然在欧洲民族里也尽有言语宗教以至种族相同的，却仍然与同族分离，倒去和别民族合组国家，有如比利时等，可见这例在西洋也不能普遍地应用。但在中国这总是联系的一部分原因，又一部分则或者是民众的特殊性格，即是所谓一盘散沙性罢。这句话想不出更好的说法，说来似乎很有语病或是矛盾，实在却是真的。因为中国人缺少固执的黏性，所以不分裂与不团结是利弊并存的。有权力的或想割据，讲学问的也要立门户，一个

个的小团结便形成一块块的小分裂，民众并无此兴趣，但也无力反抗，只得等他们日久坍台，那时还是整个的民众。这正如一个沙堆，有人拿木板来隔作几段并不大难，可是板一拿开了，沙还混作一堆，不像黏土那么难分开，分开之后将板拿去也还留下一道裂痕。或者说是沙还不如用水来比喻，水固然也可以被堤所隔绝，但防川不易正如古人所说，水总要流动，要朝宗于海是他无目的之目的，中国人民的目的也正是如此，倾向着整个的中国动着。德国性学大家希耳息菲耳特在东方讲学旅行记《男人与女人》里，拿中国与印度比较，说中国的统一和复兴要容易很多，因为他没有印度那样的社会阶级与宗教派别的对立。这话很增加我们的勇气，同时也是对于中国的一句警告，关于治病的宜忌指示得很明白。

上边这趟野马跑得有点远了，现在还是回过头来谈范石湖他们所说的胡俗罢。当时他们从临安走来，看见过淮北衣装异制，或语音微改，不禁伤叹，正是当然的，但是我们来切实地一查考，这些习俗的余留似乎也很是有限。诸人记行中所记是南宋初期的事，去今已远，又都在开封一带，我们不曾到过，无从说起。且以北京为例，少加考察。燕云十六州自辽迄元历时四百四十年，沦陷最久，至满清又历二百七十年，建为首都，其受影响应当很深了。但自民国成立，辫发与翎顶同时消除，普通衣服虽本出胡制，而承袭利用，亦如古来沿用之着靴着裤，垂脚而坐，便而安之，不复计较其原始矣。清末革命运动勃兴，其目标殆全在政治，注意礼俗方面者绝少，唯章太炎先生或可以说是唯一的人。太炎先生于民国二年秋入北京，便为袁世凯所羁留，前后幽居龙泉寺及钱粮胡同者四年，其间曾作《嘤伦文》，对于北方习俗深致笑骂，可以考见其意见之一斑。此文似未曾发表，亦本是游戏之作，收在《文录》卷二中，寒斋所有一本乃是饼斋手录见贻者，前有小序曰：

民国二年，北军南戍金陵，间携家累，水土相失，多成疾

266

疫，弥年以来，夭婚相继。昔览《洛阳伽蓝记》，载梁陈庆之北聘染疾，杨元慎水噀其面而为之辞，今广其义而噀之。

案，杨元慎原文见《洛阳伽蓝记》卷二，严铁桥编《全后魏文》中未收，嘲弄吴儿语虽刻薄，却亦多隽，可谓排调文之杰作。太炎先生被幽于北京，对于袁氏及北洋政府深致憎恶，故为此文以寄意，而语多诙谐，至为难得。如云：

　　大缠辫发，宽制衣裳。呷啜卵蒜，唛嗍羊肠。手把雀笼，鼻嗅烟黄。

又云：

　　眙目侈口，瓮项大瘤。毡袍高屦，胡坐辕辀。梆子起舞，二黄发讴。

关于妇女有云：

　　高髻尺余，方胜峨然。燕支拥面，权辅相连。身揳两当，大屁如船。长襦拂地，烟管指天。

这里所说乃是旗装妇女的形状，现在全已不见，只有旗袍通行于南北，旗女的花盆底则悉化为软底鞋矣。民初尚存大辫，至张勋败亡后此种胡俗亦已消灭，只吃灌肠一事或者还可以算得，其他不过是北方习俗，不必出于胡人也。我们翻阅敦崇所著《燕京岁时记》，年中行事有打鬼出自喇嘛教，点心有萨齐玛是满洲制法，此外也还多是古俗留遗，不大有什么特殊的地方。由此可知就是在北京地方，真的胡俗并没有什么，虽然有些与别处不同的生活习惯，只是风土之偶异而已。明永乐是个恶人，尝斥名之曰朱棣，但他不怕胡俗之熏染，定北京为首都，在百无可取之中，此种眼光与胆力实亦不能不令人佩服，彼盖亦知道中国民情之可信托耶。

墟集与庙会

程鹤西的《农业管窥》里有一节话，说农谚与气象和社会有关系的，觉得很有意思，抄录于下：

> 如广西的谚语"一日东风三日雨，三日东风无米煮"，和有些地方的"云往东，一场空，云往西，雨沥沥"，则不但表现一些气象学上的事实，也还给我们看出一点的社会情形来。我们知道中国东南临海，而西北是大陆高原，所以东风时常挟湿气而俱来，再遇到北来冷气，结而成雨，所以每每东风是欲雨的先兆。至于何以三日东风就会连米也没得呢？因为广西好多地方是三日一墟，而有许多人家是在墟场上买米吃的，如果连日多雨，不好趁墟，无人卖米，自然有断炊之虞了。

宋长白的《柳亭诗话》卷一有一则云：

> 柳河东诗："青箬裹盐归洞客，绿荷包饭趁墟人。"洞谓穴居，墟乃市集之所，非身历天南者，不能悉其风景。

有人指出过，这里把"洞"训为"穴居"是错误的，"洞"在广西土语中乃指山峡中的平地，田宅均在其中，"归洞"是回自己的村里。但由此可知趁墟之俗却是古已有之，盖即日中为市而有定期者。这在解

269

放之后，习惯当已有变更。旧曰农谚未必适用，俗语所谓"吃甜茶，说苦话""三日东风无米煮"的话，也成为过去的旧话了。

这一类趁墟或赶集的方法，各地多有存留，或称作"庙会"，于一定的庙宇中聚集，北京有名的东西庙会就是。现今东庙即隆福寺已改为人民商场，只剩下西城的白塔寺及护国寺两处，每逢三至六日在白塔寺，七日至二日在护国寺，是日游人云集，热闹如上海的城隍庙一样。但是这与普通墟集有一样不同的地方，即墟集大都是日用所需的杂物，而在这庙会上所有的却是百货，换句话说，"柴米油盐酱醋茶"开门七件事在这里是不见的，这与广西的墟便大有不同，所以即使多日下雨，不能开庙会，也不会影响到煮不成饭的。

拂子和麈尾

中国有许多服用器物，古今异制，至今已几乎消灭了，幸亏在小说戏文里保存着一点，留存下来还可认得。有如笏这东西，只有戏中尚可看到，此外则"朝笏糕干"，在乡下也还有这名称。又如拂子，俗称仙帚，是仙人和高僧所必携的物事，民间也尚有留存，当作赶苍蝇的东西。末了还有麈尾，除了"挥麈"当典故之外，没有人看见过是什么形状。《康熙字典》引《名苑》云："鹿大者曰麈，群鹿随之，视麈尾所转而往，古之谈者挥焉。"照他的解释，似乎所挥的该是整个的尾，这乃是望文生义的解说，还不如陆佃《埤雅》里所说"其尾辟尘"之明白，虽然或仍未能将他的形状弄清楚。

《世说新语》有好几处讲起麈尾的地方，其一云："王夷甫妙于谈玄，恒手捉白玉柄麈尾，与手都无分别。"那么这是有"柄"的。又云："孙安国往殷中军许共论，往反精苦，客主无间，左右进食，冷而复暖者数四，彼我奋掷，麈尾悉脱落，满餐饭中，宾主遂至暮忘食。"那么这尾毛又是要脱落的。从这里看来，这麈尾未必是整个的尾巴，或是拂子似的东西，因为这无论如何用力挥舞，尾毛决不会掉下来，更何至满餐饭中呢？须得看他实物的照相，这疑问便立可解决。

中国本国似乎没有这东西了，但在日本正仓院里还有一两把，大约是唐朝以前的遗物。麈尾是掌扇似的东西，柄用白玉或是犀象牙角，上下两根横档，中间横列麈尾，形状像是一个篦箕，可以拂尘，这就是

271

"辟尘"说之所由起。照相里一把是完整的，一把是破了，麈尾大半脱落了，可以想见那主客所用的多少与这相像。

　　手捉麈尾谈玄，与拿拂子讲经，在现在说来别无多大关系，但把古人生活的一节弄清楚了，也还不是没有意思的事。

笔与筷子

　　中国筷子的起源，这同许多日用杂物的起源一样，大抵已不可考了，史称殷的纣王始造象箸，不过说他奢侈，开始用象牙做筷子，而不是开始用筷子。要说谁开始使用，那恐怕是燧人氏时代的人罢。为什么呢？因为上古"茹毛饮血"，还是吃生肉的时候，用不着文绉绉地使用什么食具。这一定知道用火了，烤熟煮熟的东西要分撕开来的时候，需要什么东西来做帮助，首先发明手指一般的叉，随后再进一步才是筷子。筷子为什么说是比叉要进步呢？叉像三个手指头拿东西，而筷子则是两个，手指愈少愈不好拿，使用起来也更需要更高明的技术了。

　　在用青铜器的时代，似乎还不使用筷子，因为后世发现青铜器，于钟鼎之外，还没有发现铜箸这类东西。那么这是什么时候起来的呢？这问题须得让考古学家来解决，我不过提出一个意见，觉得可能这与使用毛笔是同时发生的也未可知罢。强调由于食物之不同，粒食的吃饭与粉食的吃面包，未必能说明用筷子与用叉的必要，现在的世界上有许多实例证明这个不确。若用毛笔来做说明，似乎倒有几分可能。中国毛笔始于何时，也没有确说，但秦时蒙恬造笔，总是一说罢。毛笔的使用方法，与筷子可以相通，正如外国人用刀叉的手势，与用钢笔很是相像。举实例来说，朝鲜、日本、越南各国，过去能写汉字，固然由于汉文化之熏习，一部分也由于吃饭拿筷子的习惯，使他们容易拿笔，我想这是可能的。蒙恬造了毛笔，中国字体也由篆变隶，进了一大步，与甲骨文

273

的粗细一致，大不相同。上面我说倒了一件事，似乎大家写字，从执笔学会了拿筷，事实上是不可能如此，正因为拿两支独立的竹枝，学得操纵笔管的方法，因此应用到笔法上去的。世界上用筷子的大约只有汉民族，正如那样执笔的也只有这一民族罢。

澡豆与香皂

古时中国洗手，常用澡豆，在古书上看见，不晓得是什么东西，特别是在《世说新语》见到王敦吃澡豆的故事，尤为费解。《世说》卷下《纰漏篇》中云：

> 王敦初尚主，如厕，见漆箱盛干枣，本以塞鼻，王谓厕上亦下果，食遂至尽。既还，婢擎金澡盘盛水，琉璃碗盛澡豆，因倒着水中而饮之，谓是干饭。群婢莫不掩口而笑之。

这里说王敦有点像"刘姥姥进大观园"，或者过甚其词，也说不定。但可见六朝时候，一般民家已经不知澡豆了，大约在阔人家还是用着罢。不过说也奇怪，在唐朝的医书上却又看见，孙思邈的《千金要方》里载有澡豆的方子，用白芷、清木香、甘松香、藿香各二两，冬葵子、栝楼人各四两，零陵香二两，毕豆面三升，大豆黄面亦得，右八味捣筛，用如常法。看他多用香药，不是常人所用得起的。六朝时或者要简单得多，只是一种粉末，因为假如香料那么多，王敦恐怕也吃不下去了。这种洗面用豆面中国似乎失传了，但是流传在日本，至今称作"洗粉"，是化妆品的一种。不过我们在《红楼梦》第三十八回，说大家吃螃蟹的地方，有这样的话："又命小丫头们去取菊花叶儿桂花蕊熏的绿豆面子，预备着洗手。"这显然是一种澡豆，可见在乾隆时还有人用，不过没有这名称罢了。

"香皂"之称亦已见于《红楼梦》。查《千金要方》卷六，列举别种洗面药方，其中已有用皂荚三挺、猪胰五具者，但仍用毕豆面一升，大约诸品和在一起，团成应用，则与北京自制"胰子"相同。三十年前店家招牌，有书"引见鹅胰"者，盖是此物，当时算作上等品物。记得一笔记，记南宋事，皇帝居丧，特别用白木制御座椅子，有人入朝看见，疑为白檀所雕，宫人笑曰：丞相说近日宫中用胭脂皂荚太多，尚有烦言，怎么敢用白檀雕椅子呢？其时皇宫里尚不用胰子，却用皂荚，亦是奇事。这大概是南北习惯之不同，北方用猪（鹅）胰，所以俗称"胰子"，香皂亦称"香胰子"。南方习用皂荚，小时候尚看见过，长的用盐卤浸，捣烂使用，一种圆的，整个浸盐卤中，所以通称"肥皂"。但澡豆一名则早已忘记了。

不 倒 翁

　　不倒翁是很好的一种玩具，不知道为什么在中国不很发达。这物事在唐朝就有，用作劝酒的东西，名为"酒胡子"，大约是作为胡人的样子，唐朝是诸民族混合的时代，所以或者很滑稽地表现也说不定。三十三年前曾在北京古董店看到一个陶俑，有北朝的一个胡奴像，坐在地上弹琵琶，同生人一样大小。这是一个例子，可见在六朝以后，胡人是家庭中常见的。这酒胡子有多么大，现在不知道了，也不知道怎样用法，我们只从元微之的诗里，可以约略晓得罢了："遣闷多凭酒，公心只仰胡。挺心唯直指，无意独欺愚。"这办法传到宋朝，《墨庄漫录》记之曰："饮席刻木为人而锐其下，置之盘中左右欹侧，傲傲然如舞状，力尽乃倒，视其传筹所至，酌之以杯，谓之劝酒胡。"这劝酒胡是终于跌倒的，不过一时不容易倒，所以与后来的做法不尽相同，但于跌倒之前要利用他的重心，左右欹侧，这又同后来是相近的了。做成"不倒翁"以后，辈分是长了，可是似乎代表圆滑取巧的作用，他不给人以好印象，到后来与儿童也渐益疏远了。名称改为"扳不倒"，方言叫作"勃弗倒"，勃字写作正反两个"或"字在一起，难写得很，也很难有铅字，所以从略。

　　不倒翁在日本的时运要好得多了。当初名叫"起来的小和尚"，就很好玩。在日本狂言里便已说及，"狂言"系是一种小喜剧，盛行于十二三世纪，与中国南宋相当。后来通称"达摩"，因画作粗眉大眼，身穿绯衣，兜住了两脚，正是"画壁九年"的光景。这位达摩大师来至中国，建立禅宗，在思想史上确有重大关系，但与一般民**众**和妇孺却没有什么情分。在日本，一说及达摩，真是人人皆知，草木虫鱼都有以他为名的，有形似的达摩船，女人有达摩髻，从背上脱去外套叫作"剥达摩"。眼睛光溜溜的达摩，又是儿童多么热爱的玩具呀！达摩的"趺跏而坐"的坐法，特别也与日本相近，要换别的东西上去很容易，这又使"达摩"变化成多样的模型。从达摩一变而成"女达摩"，这仿佛是从"女菩萨"化出来的，又从女达摩一变而化作儿童，便是很顺当的事情了。名称虽是"达摩"，男的女的都可以有，随后变成儿童，就是这个缘故。日本东北地方寒冷，冬天多用草囤安放小孩，形式略同"猫狗窝"相似，小孩坐在里边，很是温暖。尝见鹤冈地方制作这一种"不倒翁"，下半部是土制的，上半部小孩的脸同衣服，系用洋娃娃的材料制成，这倒很有一种地方色彩。

不倒翁本来是上好的发明，就只是没有充分地利用，中国人随后"垂脚而坐"的风气，也不大好用他。但是，这总值得考虑，怎样来重新使用这个发明，丰富我们玩具的遗产；问题只需离开成人，不再从左右摇摆去着想，只当他作小孩子看待，一定会得看出新的美来的罢。

玩　具

　　一九一一年德国特勒思登地方开博览会，日本陈列的玩具一部分，凡古来流传者六十九，新出者九，共七十八件，在当时颇受赏识。后来由京都的芸草堂用着色木板印成图谱，名《日本玩具集》，虽然不及清水晴风的《稚子之友》的完美，但也尽足使人怡悦了。玩具本来是儿童本位的，是儿童在"自然"这学校所用的教科书与用具，在教育家很有客观研究的价值，但在我们平常人也觉得很有趣味，这可以称作玩具之古董的趣味。

　　大抵玩古董的人，有两种特别注重之点，一是古旧，二是稀奇。这不是正当的态度，因为他所重的是古董本身以外的事情，正如注意于恋人的门第产业而忘却人物的本体一样。所以真是玩古董的人是爱那古董本身，那不值钱、没有用、极平凡的东西。

　　收藏家与考订家以外还有一种赏鉴家的态度，超越功利问题，只凭了趣味的判断，寻求享乐，这才是我所说的古董家，其所以与艺术家不同者，只在没有那样深厚的知识罢了。他爱艺术品，爱历史遗物、民间工艺，以及玩具之类，或自然物如木叶贝壳亦无不爱。这些人称作古董家，或者还不如称之曰好事家（Dilettante）更为适切。这个名称虽然似乎不很尊重，但我觉得这种态度是很好的，在这博大的沙漠似的中国至少是必要的，因为仙人掌似的外粗粝而内腴润的生活是我们唯一的路，即使近于现在为世诟病的隐逸。

　　玩具是做给小孩玩的，然而大人也未始不可以玩；玩具是为小孩而做的，但因此也可以看出大人们的思想。我们知道很有许多爱玩具的大人。我常听祖父说唐家的姑丈在书桌上摆着几尊"烂泥菩萨"，还有一碟"夜糖"（一名圆眼糖，形似龙眼故名），叫儿子们念书十遍可吃一颗，但小孩迫不及待，往往偷偷地拿起舐一下，重复放在碟子里。这唐家的老头子相貌奇古，大家替他起有一个可笑的诨名，但我听了这段故事，觉得他虽然可笑也是颇可爱的。法兰西（France）的极有趣味的文集里，有一篇批评比国勒蒙尼尔所著《玩具的喜剧》的文章，他说："我今天发现他时常拿了儿童的玩具娱乐自己，这个趣味引起我对于他的新的同情。我是他的赞成者，因为他的那玩具之诗的解释，又因为他有那神秘的意味。"后来又说："一个小孩在桌上排列他的铅兵，与学者在博物馆整理雕像，没有什么大差异。"

"两者的原理正是一样的。抓住了他的玩具的顽童，便是一个审美家了。"我们如能对于一件玩具，正如对着雕像或别的美术品一样，发起一种近于那顽童所有的心情，我们内面的生活便可以丰富许多，孝子传里的老莱子彩衣弄雏，要是非不为着娱亲，我相信是最可羡慕的生活了！

日本现代的玩具，据那集上所录，也并不贫弱，但天沼匏村在《玩具之话》第二章中很表示不满说："实在日本人对于玩具颇是冷淡，极言之，便是被说对于儿童漠不关心，也没有法子。第一是看不起玩具。即在批评事物的时候，常说这是什么，像玩具似的东西！又常常说，本来又不是小孩，为甚玩这样的东西。"我回过来看中国，却又怎样呢？虽然老莱子弄雏，《帝城景物略》说及陀螺空钟，《宾退录》引路德延的《孩儿诗》五十韵，有"折竹装泥燕，添丝放纸鸢"等语，可以做玩具的史实的资料，但就实际说来，不能不说是更贫弱了。据个人的回忆，我在儿时不曾弄过什么好的玩具，至少也没有中意的东西留下较深的印象。北京要算是比较的最能做玩具的地方，但真是固有而且略好的东西也极少见。我在庙会上见有泥及铅制的食器什物颇是精美，其余只有空钟（与《景物略》中所说不同）等还可玩弄，想要凑足十件便很不容易了。中国缺少各种人形玩具，这是第一可惜的事。在国语里几乎没有这个名词，南方的"洋囡囡"同洋灯洋火一样地不适用。须勒格耳博士说东亚的人形玩具，始于荷兰的输入，这在中国大约是确实的，即此一事，尽足证明中国对于玩具的冷淡了。玩具虽不限于人形，但总以人形为大宗，这个损失决不是很微小的，在教育家固然应大加慨叹，便是我们好事家也觉得很是失望。

爆竹（一）

读蔼理斯的《人生之舞蹈》（Havelock Ellist: *The Dance of Life*，一九二三），第一章里有这样的一节话：

> 中国人的性格及其文明里之游戏的性质，无论只是远望或接近中国的人，都是知道的。向来有人说，中国人发明火药远在欧洲人之前，但除了做花炮之外别无用处。这在西方看来似乎是一个大谬误，把火药的贵重的用处埋没了，直到近来才有一个欧洲人敢于指出"火药的正当用处显然是在于做花炮，造出很美丽的东西，而并不在于杀人"。总之，中国人的确能够完全了解火药的这个正当用处。我们听说，"中国人的最明显的特性之一是欢喜花炮"。那最庄重的人民和这最明智的都忙着弄花炮；倘若柏格森著作——里边很多花炮的隐喻——翻译成中国文，我们可以相信，中国会得产出许多热心的柏格森派来呢。

火药正当用处在于做花炮，喜欢花炮是一种好脾气，我也是这样想，只可惜中国人所喜欢不是花炮而是爆竹，即进一步说，喜欢爆竹也是好的，不幸中国人只喜欢敬神（或是赶鬼）而并不喜欢爆竹。空中<u>丝丝</u>的火花，点点的赤光，或是砰訇的声音，是很可以享乐的，然而在中国人却是没有东西，他是耳无闻目无见地只在那里机械地举行祭神的

282

仪式罢了。中国人的特性是麻木，燃放爆竹是其特征。只有小孩子还没有麻木透顶，其行为稍有不同，他们放花炮，——虽然不久也将跟大人学坏了，此时却是真心地赏鉴那"很美丽的东西"，足以当得蔼理斯的推奖的话。这种游戏的分子才应充分保存，使生活充实而且愉快，至于什么接财神用的"凤尾鞭一万头"，——去你的罢！

花炮的趣味，在中国人里边可以说是已经失掉了，只是"热心的柏格森派"——以及王学家确是不少，这个预言蔼理斯总算说着了。甲子年立春日，听了一夜的爆竹声之后，于北京记。

以上是一篇旧作杂感，题名是"花炮的趣味"，现在拿出来看，觉得这两年之内有好些改变，柏格森派与王学家早已不大听见了，但爆竹还是仍旧。我昨天"听了一夜的爆竹声"，不禁引起两年前的感慨。中国人的生活里充满着迷信、利己、麻木，在北京市民彻夜燃放那惊人而赶鬼的爆竹的一件事上可以看出；而且这力量又这样大，连军警当局都禁止不住。我又不禁感到一九二一年所作《中国人的悲哀》诗中的怨恨：

　　我睡在家里的时候，
　　他又在墙外的他家院子里，
　　放起双响的爆竹来了。

爆竹（二）

旧历新年到来了，常常或远或近地听到炮仗，特别是鞭炮的声音，这使我很觉得喜欢。对于炮仗这件物事，在感情上我有过好些的变迁。最初小时候觉得高兴，因为他表示热闹的新年就要来了，虽然听了声响可怕，不敢走近旁边去。中年感觉他吵得讨厌，又去与迷信结合了想，对于辟邪与求福的民间的愿望表示反对。三十多年前在北京西山养病，看了英敛之的文章，有一个时候曾想借了一神教的力量来驱除多神教的迷信，这种驱狼引虎的思想真是十分可笑的。近来不好说老，但总之意见上有了改变，又觉得喜欢炮仗了，不但因为这声音很是阳气，有明朗的感觉，也觉得驱邪降福的思想并不坏，多神教的迷信还比一神教害处小，也更容易改革。

放烟火（或称为焰火）在各国多有这个风俗，至于炮仗，由鞭炮以至双响，似乎是中国所特有的。有欧洲人曾经说过幽默的话，中国人是最聪明的民族，发明了火药，只拿去做花炮，不曾用以杀人。这话说得有点滑稽，却是正确的。过去中国人在文化上有过许多发明，只是在武器方面却没有，史称造五兵的乃是蚩尤，可知中国古人虽是英勇，但用以却敌的正是敌人的兵器。

炮仗起源于爆竹，民间祀神的时候，拿竹枝来烧在火里，噼啪作响，据古书上说，目的是在于吓走独只脚的山魈。这种风俗在华东有些地方一直存在，若是使用大竹，那么竹节裂开来，一定声音更响了，不过个人的经验上不曾听到过。过去放炮仗的用意是逐鬼，普通说是敬神，乃是后起的变化，现在只是表示喜悦与庆祝，正是更进一步，最是正当的用处了。

现今的炮仗使用得确当，但是过去用于驱邪降福，虽然涉于迷信，我以为也未可厚非，因为这用意总是对的，不过手段错误罢了。驱邪降福，这是一切原始宗教的目的。英国一个希腊神话女学者曾扼要地说过："宗教的冲动单只向着一个目的，即生命之保存与其发展。宗教用两种方法去达到这个目的，一是消极的，除去一切于生命有害的东西；一是积极的，招进一切于生命有利的东西。全世界的宗教仪式不出这两种，一是驱除的，一是招纳的。饥饿与无子是人生最重要的敌人，这个他要设法驱逐他。丰稼与多子是他最大的幸福，这是他所想要招进来的。"人类本有求生存与幸福的欲望，把这向着天空这便是迷信，若是向着地面看，计划在地上建起乐园来，那即是社会主义的初步了。中国老百姓希望能够安居乐业，过去搞过各种仪式祈求驱邪降福，结果都落了空，后来举起头来一看，面前便有一条平阳大道，可以走到目的地去，那么何乐而不走呢？敬神没有用了，做炮仗是中国固有技术之一，仍旧制作些出来，表示旧新年的快乐与热闹，岂不正是很适宜的事情么？

谜　　语

民间歌谣中有一种谜语，用韵语隐射事物，儿童以及乡民多喜互猜，以角胜负。近人著《棣萼室谈虎》曾有说及云："童时喜以用物为谜，因其浅近易猜，而村妪牧竖恒有传述之作，互相夸炫，词虽鄙俚，亦间有足取者。"但他也未曾将他们著录。故人陈懋棠君为小学教师，在八年前，曾为我抄集越中小儿所说的谜语，共百七十余则；近来又见常维钧君所辑的北京谜语，有四百则以上，要算是最大的搜集了。

谜语之中，除寻常事物谜之外，还有字谜与难问等，也是同一种类。他们在文艺上是属于赋（叙事诗）的一类，因为叙事咏物说理原是赋的三方面，但是原始的制作，常具有丰富的想象，新鲜的感觉，淳朴而奇妙的联想与滑稽，所以多含诗的趣味，与后来文人的灯谜专以纤巧与双关及暗射见长者不同。谜语是原始的诗，灯谜却只是文章工场里的细工罢了。在儿童教育上谜语也有其相当的价值，一九一三年我在地方杂志上做过一篇《儿歌之研究》，关于谜语曾说过这几句话："谜语体物入微，情思奇巧，幼儿知识初启，考索推寻，足以开发其心思。且所述皆习见事物，象形疏状，深切著明，在幼稚时代，不啻一部天物志疏，言其效用，殆可比于近世所提倡之自然研究欤？"

在现代各国，谜语不过作为老妪小儿消遣之用，但在古代原始社会里却更有重大的意义。说到谜语，大抵最先想起的，便是希腊神话里的肿足王（Oidipos）的故事。人头狮身的斯芬克思（Sphinx）伏在路旁，叫路过的人猜谜，猜不着者便被他弄死。他的谜是："早晨用四只脚，中午两只脚，傍晚三只脚走的是什么？"肿足王答说这是一个人，因为幼时匍匐，老年用拐杖。斯芬克思见谜被猜着，便投身岩下把自己碰死了。《旧约》里也有两件事，参孙的谜被猜出而失败（《士师记》），所罗门王能答示巴女王的问，得到赞美与厚赠（《列王纪》上）。其次在伊思阑古书《呃达》里有两篇诗，说伐夫忒路特尼耳（Vafthrudnir）给阿廷（Odin）大神猜谜，都被猜破，因此为他所克服；又亚耳微思（Alvis）因为猜不出妥耳（Thorr）的谜，也就失败，不能得妥耳的女儿为妻。在别一篇传说里，亚斯劳格（Aslaug）受王的试验，叫她到他那里去，须是穿衣而仍是裸体，带着同伴却仍是单身，吃了却仍是空肚；她便散发覆体，牵着狗，嚼着一片蒜叶，到王那里，遂被赏识，立为王后。这正与上边的两件相反，是因为有解答难题的智慧而成功的例。

英国的民间叙事歌中间，也有许多谜歌及抗答歌（Flytings）。《猜谜的武士》里的季女因为能够解答比海更深的是什么，所以为武士所选取。别一篇说死人重来，叫他的恋人同去，或者能做几件难事，可以放免。他叫她去从地洞里取火，从石头绞出水，从没有婴孩的处女的胸前挤出乳汁来，她用火石开火，握冰柱使融化，又折断蒲公英挤出白汁，总算完成了她的工作。《妖精武士》里的主人公设了若干难问，却被女人提出更难的题目，反被克服，只能放她自由，独自进回地下去了。

中国古史上曾说齐威王之时喜隐，淳于髡说之以隐（《史记》），又齐无盐女亦以隐见宣王（《新序》），可以算是谜语成功的记录。小说戏剧中这类的例也常遇见，如《今古奇观》里的《李谪仙醉草吓蛮书》，那是解答难题的变相。朝鲜传说，在新罗时代（中国唐代）中国将一只白玉箱送去，叫他们猜箱中是什么东西，借此试探国人的能力。崔致远写了一首诗作答云："团团玉函里，半玉半黄金。夜夜知时鸟，含精未吐音。"箱中本来是个鸡卵，中途孵化，却已经死了（据三轮环编《传说之朝鲜》）。难题已被解答，中国知道朝鲜还有人才，自然便不去想侵略朝鲜了。

以上所引故事，都足以证明在人间意识上的谜语的重要，谜语解答的能否，于个人有极大的关系，生命自由与幸福之存亡往往因此而定。这奇异的事情却并非偶然的类似，其中颇有意义可以寻讨。据英国贝林戈尔特（Baring Gould）在《奇异的遗迹》中的研究，在有史前的社会里，谜语大约是一种智力测量的标准，裁判人的运命的指针。古人及野蛮部落都是实行择种留良的，他们见有残废衰弱不适于人生战斗的儿童，大抵都弃舍了；这虽然是专以体质的根据，但我们推想或者也有以智力为根据的。谜语有左右人的运命的能力，可以说即是这件事的反影。这样的脑力的决斗，事实上还有正面的证明，据说十三世纪初德国曾经行过歌人的竞技，其败于猜谜答歌的人即执行死刑。十四世纪中有《华忒堡之战》（*Kriec von Wartburg*）一诗记其事。贝林戈尔特说："基督教的武士与夫人们能够［冷淡地］看着性命交关的比武，而且基督教的武士与夫人们在十四世纪对于不能解答谜语的人应当把他的颈子去受刽子手的刀的事，并不觉得什么奇怪。这样的思想状态，只能认作古代的一种遗迹，才可以讲得过去，——在那时候，人要生活在同类中间，须是证明他具有智力上的以及体质上的资格。"这虽然只是假说，但颇能说明许多关于谜语的疑问，于我们涉猎或采集歌谣的人也可以做参考之用。至于各国文人的谜原是游戏之作，当然在这个问题以外了。

歌谣与名物

北院白秋著《日本童谣讲话》第十七章，题曰"水葫芦的浮巢"，其文云：

> 列位，知道水葫芦的浮巢么？现在就讲这个故事罢。
>
> 在我的故乡柳河那里，晚霞常把小河与水渠映得通红。在那河与水渠上面架着圆洞桥，以前是走过一次要收一文桥钱的。从桥上望过去，垂柳底下茂生着蒲草与芦苇，有些地方有紫的水菖蒲，白的菱花，黄的萍蓬草，或是开着或是长着花苞。水流中间有叫作计都具利（案，即是水葫芦）的小鸟点点地浮着，或没到水里去。这鸟大抵是两只或四只结队出来，像豆一样的头一钻出水面来时，很美丽的被晚霞映得通红，仿佛是点着了火似的。大家见了便都唱起来了：Keturi no atama ni hinchiita, Sunda to omottara kckieta.
>
> 意思是说，水葫芦的头上点了火了，一没到水里去就熄灭了。于是小鸟们便慌慌张张地钻到水底里去了。再出来的时候，大家再唱，他又钻了下去。这实在是很好玩的事。
>
> 关东（案，指东京一带）方面称水鸟为牟屈鸟（案，读若 mugutcho，狩谷望之著《和名类聚抄笺注》卷七如此写）。计都具利盖系加以都布利一语方言之讹，向来通称为尔保（案，读若 nio，和字写作鸟旁从入字）。

这水鸟的巢乃是浮巢。巢是造在河里芦苇或蒲草的近根处，可是造得很宽缓很巧妙，所以水涨时他会随着上浮，水退时也就跟了退下去。无论何时这总在水中央浮着。在这圆的巢里便伏着蛋，随后孵化了，变成可爱的小雏鸟，张着嘴啼叫道：咕噜，咕噜，咕噜！

在五六月的晚霞中，再也没有比那拉长了尾声的水葫芦的啼声更是寂寞的东西了。若是在远远的河的对岸，尤其觉得如此。

不久天色暗了下来，这里那里人家的灯影闪闪地映照在水上。那时候连这水鸟的浮巢也为河雾所润湿，好像是点着小洋灯似的在暮色中闪烁。

水葫芦的浮巢里点上灯了。

点上灯了。

那个是，萤火么，星星的尾么？

或者是蝮蛇的眼光？

蛤蟆也咯咯地叫着，

咯咯地叫着。

睡罢睡罢，睡了罢。

猫头鹰也呵呵地啼起来了。

这一首我所做的抚儿歌便是歌咏这样的黄昏的情状的。小时候我常被乳母背着，出门去看那萤火群飞的暗的河边。对岸草丛中有什么东西发着亮光，仿佛是独眼怪似的觉得可怕，武断地发起抖来。简直是同萤火虫一样的虫原来在这些地方也都住着呵。

这一篇小文章并没有什么了不得的地方，只因他写一种小水鸟与儿童生活的关系，觉得还有意思，所以抄译了来。这里稍成问题的便是那水鸟。这到底是什么鸟呢？据源顺所著《和名类聚抄》说，即是中国所谓鸊鹈，名字虽是很面善，其形状与生态却是不大知道。《尔雅》与《说文解字》中是都有的，但不能得要领，这回连郝兰皋也没有什么办法了，结果只能从杨子云的《方言》中得到一点材料：野凫，其小而好没水中者，南楚之外谓之。

"好没水中"，可以说是有点意味了，虽然也太简单。我们只好离开经师，再去请教医师。《本草纲目》卷四十七云：

> 藏器曰：鸊鹈水鸟也，大如鸠，鸭脚连尾，不能陆行，常在水中，人至即沉，或击之便起。其膏涂刀剑不锈。《续英华诗》云"马衔苜蓿叶，剑莹鸊鹈膏"，是也。时珍曰：鸊鹈南方湖溪多有之，似野鸭而小，苍白文，多脂，味美，冬月取之。

日本医师寺岛良安著《和汉三才图会》卷四十一引《本草》文后案语（原本汉文）云：

> 好入水食，似凫而小，其头赤翅黑而羽本白，背灰色，腹白，嘴黑而短，掌色红也。雌者稍小，头不赤为异。肉味有臊气，不佳。

小野兰山著《本草纲目·启蒙》卷四十三云：

> 形似凫而小，较习鸭稍大。头背翅均苍褐色有斑，胸黄有紫斑，腹白，嘴黑色而短，尾亦极短，脚色赤近尾，故不能陆行，集解亦云。好相并浮游水上，时时出没。水面多集藻类，

造浮巢，随风漂漾。

这里描写已颇详尽，又集录和汉名称，根据《食物木本会纂》有一名曰水葫芦，使我恍然大悟。虽然我所见过的乃是在卖鸟肉的人的褡裢连里，羽毛都已拔去，但我总认识了他，知道他肉不好吃，远不及斑鸠。实在因为我知道是水葫芦，所以才来介绍那篇小文章，假如我之在古书上见到什么鹈鹕等名，便觉得有点隔膜，即是有好文章好歌谣也就难遇抄译了。辑录歌谣似是容易事，其实好些处要别的帮忙，如方言调查、名物考证等皆是，盖此数者本是民俗学范围内的东西，相互地有不可分的关系也。

关于水葫芦的记录，最近见到川口孙治郎所著《日本鸟类生态学资料》第一卷（今年二月出版），其中有一篇是讲这水鸟的，觉得很有意思。鸟的形色大抵与前记相似而更细密，今从略，其第五节记没水法颇可备览，译述于下：

没水时先举身至中腹悉露出水面，俯首向下，急转而潜水以为常。瞳孔的伸缩极是自由自在。此在饲养中看出者。

人如屡次近前，则没水后久待终不复出。这时候他大抵躲在水边有树根竹株的土被水洗刷去了的地方，偷偷地侦察人的动静。也有没有可以藏身的去处，例如四周都是细沙斜坡的宽大的池塘里，没水后不再浮出的事也常有之。经过很久的苦心精查，才能得到结果，其时他只将嘴露出水上，身在水中略张翼伸两足，头部以下悉藏水面下，等候敌人攻击全去后再行出来。盖此鸟鼻孔下面开口于嘴的中央部，故只需将嘴的大半露出水面，便可以长久地潜伏水中也。

川口此书是学术的著述，故殊少通俗之趣，但使我们知道水葫芦的一点私生活，也是很有趣味的。在十六七年前，川口曾著有《飞弹之鸟》正续二卷，收在《炉边丛书》内，虽较零碎儿观察记录谨严还是一样，但惜其中无水葫芦的一项耳。

谈目连戏

吾乡有一种民众戏剧，名"目连戏"，或称曰"目连救母"。每到夏天，城坊乡村醵资演戏，以敬鬼神，禳灾厉，并以自娱乐。所演之戏有徽班，乱弹高调等本地班；有大戏，有目连戏，末后一种为纯民众的，所演只有一出戏，即《目连救母》。所用言语系道地土话，所着服装皆极简陋陈旧，故俗称衣冠不整为"目连行头"。演戏的人皆非职业的优伶，大抵系水村的农夫，也有木工瓦匠舟子轿夫之流混杂其中，临时组织成班，到了秋风起时，便即解散，各做自己的事去了。

十六弟子之一的大目犍连在民间通称云富萝卜，据《翻译名义集》目犍连，"《净名疏》云，《文殊问经》翻'莱茯根'，父母好食，以标子名"。可见乡下人的话也有典据，不可轻侮。富萝卜的母亲说是姓刘，所以称作"刘氏"。刘氏不信佛法，用狗肉馒首斋僧，死时被五管铓叉擒去，落了地狱，后来经目连用尽法力，才把她救出来，这本戏也就完结。计自傍晚做起，直到次日大明，虽然夏夜很短，也有八九小时，所做的便是这一件事；除首尾以外，其中十分七八，却是演一场场的滑稽事情，算是目迕一路的所见，看众所最感兴味者恐怕也是这一部分。乡间的人常喜讲"舛辞""俗云"（eengwc）及"冷语"（sccnvc），可以说是"目连趣味"的余流。

这些场面中有名的，有"背疯妇"，一人扮面如女子，胸前别着一老人头，饰为老翁背其病媳而行。有"泥水作打墙"，瓦匠终于把自己封进墙里去。有"□□挑水"，诉说道："当初说好的是十六文一担，

294

后来不知怎样一弄，变成了一文十六担。"所以挑了一天只有三文钱的工资。有"张蛮打爹"，张蛮的爹被打，对众说道："从前我们打爹的时候，爹逃了就算了。现在呢，爹逃了还是追着要打！"这正是常见的"世道衰微，人心不古"两句话的最妙的通俗解释。又有人走进富室厅堂里，见所挂堂幅高声念道：

太阳出起红绷绷，

新妇潯浴公来张。

公公唉，胥来张，

婆婆也有哼，

（Thaayang tsebchir wungbangbang,

Hsingvur huuyoh kongletzang；

"Kougkong yhe，forng letzang；

Borbo yar yur hang！"）

唔，"唐伯虎题"！高雅，高雅！

这些滑稽当然不很"高雅"，然而多是壮健的，与士流之扭捏的不同，这可以说是民众的滑稽趣味的特色。我们如从头至尾地看目连戏一遍，可以了解不少的民间趣味和思想，这虽然是原始的为多，但实在是国民性的一斑，在我们的趣味思想上并不是绝无关系，所以我们知道一点也很有益处。

还有一层，在我们所知道的范围以内，这是中国现存的唯一的宗教剧。因为目连戏的使人喜看的地方虽是其中的许多滑稽的场面，全本的目的却显然是在表扬佛法，仔细想起来说是水陆道场或道士的"炼度"的一种戏剧化也不为过。我们不知道在印度有无这种戏剧的宗教仪式，或者是在中国发生的国货，也未可知，总之不愧为宗教剧之一样，是很可注意的。滑稽分子的喧宾夺主，原是自然的趋势，正如外国间剧（lnterlude）狂言（Kyogen）的发生一样，也如僧道做法事时之唱生旦小戏同一情形罢。

可惜我十四岁时离开故乡，最近看见目连戏也已在二十年前，而且又只看了一小部分，所以记忆不清了。倘有笃志的学会，应该趁此刻旧风俗还未消灭的时期，资遣熟悉情形的人去调查一回，把脚本记录下来，于学术方面当不无裨益。英国茀来则（Frazer）博士竭力提倡研究野蛮生活，以为南北极探险等还可以稍缓，因为那里的冰反正不见得就会融化。中国的蒙藏回苗各族生活固然大值得研究，就是本族里也很多可以研究的东西，或者可以说还没有东西曾经好好地整理研究过，现在只等研究的人了。

生活之艺术

契诃夫（Chekhov）书简集中有一节道（那时他在瑷珲附近旅行）：

> 我请一个中国人到酒店里喝烧酒，他在未饮之前举杯向着我和酒店主人及伙计们，说道"请"。这是中国的礼节。他并不像我们那样地一饮而尽，却是一口一口地吸，每吸一口，吃一点东西。随后给我几个中国铜钱，表示感谢之意。这是一种怪有礼的民族……

一口一口地吸，这的确是中国仅存的饮酒的艺术：干杯者不能知酒味，泥醉者不能知微醺之味。中国人对于饮食还知道一点享用之术，但是一般的生活之艺术却早已失传了。中国生活的方式现在只是两个极端，非禁欲即是纵欲，非连酒字都不准说，即是浸身在酒槽里，二者互相反动，各益增长，而其结果则是同样的污糟。动物的生活本有自然的调节，中国在千年以前文化发达，一时颇有臻于灵肉一致之象，后来为禁欲思想所战胜，变成现在这样的生活，无自由，无节制，一切在礼教的面具底下实行迫压与放恣，实在所谓礼者早已消灭无存了。

生活不是很容易的事。动物那样的，自然地简易地生活，是其一法；把生活当作一种艺术，微妙地美地生活，又是一法。二者之外别无道路，有之则是禽兽之下的乱调的生活了。生活之艺术只在禁欲与纵欲的调和。蔼理斯对于这个问题很有精到的意见，他排斥宗教的禁欲主义，但以为禁欲亦是人性的一面，欢乐与节制二者并存，且不相反而实相成。人有禁欲的倾向，即所以防欢乐的过量，并即以增欢乐的程度。他在《圣芳济与其他》一篇论文中曾说道：

> 有人以此二者（即禁欲与耽溺）之一为其生活之唯一目的者，其人将在尚未生活之前早已死了。有人先将其一（耽溺）推至极端，再转而之他，其人才真能了解人生是什么，日后将被纪念为模范的高僧。但是始终尊重这二重理想者，那才是知生活法的明智的大师……一切生活是一个建设与破坏，一个取进与付出，一个永远的构成作用与分解作用的循环，要正当地生活，我们须得模仿大自然的豪华与严肃。

他又说过，"生活之艺术，其方法只在于微妙地混合取与舍二者而已"，更是简明地说出这个意思来了。

生活之艺术这个名词，用中国固有的字来说便是所谓礼。斯谛耳博士在《仪礼》序上说："礼节并不单是一套仪式，空虚无用，如后世所沿袭者。这是用以养成自制与整饬的动作之习惯，唯有能领解万物感受一切之心的人才有这样安详的容止。"从前听说辜鸿铭先生批评英文《礼记》译名的不妥当，以为"礼"不是 Rite 而是 Art，当时觉得有点乖僻，其实却是对的，不过这是指本来的礼，后来的礼仪礼教都是堕落了的东西，不足当这个称呼了。中国的礼早已丧失，只有如上文所说，还略存于茶酒之间而已。去年有西人反对上海禁娼，以为妓院是中国文化所在的地方，这句话的确难免有点荒谬，但仔细想来也不无若干理由。我们不必拉扯唐代的官妓、希腊的"女友"（Hetaira）的韵事来做辩护，只想起某外人的警句，"中国挟妓如西洋的求婚，中国娶妻如西洋的宿娼"，或者不能不感到《爱之术》（Ars Amaroria）的真是只存在草野之间了。我们并不同某西人那样要保存妓院，只觉得在有些怪论里边，也常有真实存在罢了。

298

中国现在所切要的是一种新的自由与新的节制，去建造中国的新文明，也就是复兴千年前的旧文明，也就是与西方文化的基础之希腊文明相合一了。这些话或者说得太大太高了，但据我想，舍此中国别无得救之道。宋以来的道学家的禁欲主义总是无用的了，因为这只足以助成纵欲而不能收调节之功。其实这生活的艺术在有礼节重中庸的中国本来不是什么新奇的事物，如《中庸》的起头说"天命之谓性，率性之谓道，修道之谓教"，照我的解说即是很明白的这种主张。不过后代的人都只拿去讲章旨节旨，没有人实行罢了。我不是说半部《中庸》可以济世，但以表示中国可以了解这个思想。日本虽然也很受到宋学的影响，生活上却可以说是承受平安朝的系统，还有许多唐代的流风余韵，因此了解生活之艺术也更是容易。在许多风俗上日本的确保存这艺术的色彩，为我们中国人所不及，但由道学家看来，或者这正是他们的缺点也未可知罢。

死之默想

四世纪时希腊厌世诗人巴拉达思作有一首小诗道：

(Polla laleis, anthrope – Palladas)

你太饶舌了，人呵，不久将睡在地下；

住口罢，你生存时且思索那死。

这是很有意思的活。关于死的问题，我无事时也曾默想过（但不坐在树下，大抵是在车上），可是想不出什么来，——这或者因为我是个"乐天的诗人"的缘故罢。但其实我何尝一定崇拜死，有如曹慕管君，不过我不很能够感到死之神秘，所以不觉得有思索十日十夜之必要，于形而上的方面也就不能有所饶舌了。

窃察世人怕死的原因，自有种种不同，"以愚观之"可以定为三项，其一是怕死时的苦痛，其二是舍不得人世的快乐，其三是顾虑家族。苦痛比死还可怕，这是实在的事情。十多年前有一个远房的伯母，十分困苦，在十二月底想投河寻死（我们乡间的河是经冬不冻的），但是投了下去，她随即走了上来，说是因为水太冷了。有些人要笑她痴也未可知，但这却是真实的人情。倘若有人能够切实保证，诚如某生物学家所说，被猛兽咬死痒苏苏地很是愉快，我想一定有许多人裹粮入山去投身饲饿虎的了。可惜这一层不能担保，有些对于别项已无留恋的人因此也就不得不稍为踌躇了。

300

顾虑家族，大约是怕死的原因中之较小者，因为这还有救治的方法。将来如有一日，社会制度稍加改良，除施行善种的节制以外，大家不同老幼可以各尽所能，各取所需，凡平常衣食住、医药教育，均由公给，此上更好的享受再由个人的努力去取得，那么这种顾虑就可以不要，便是夜梦也一定平安得多了。不过我所说的原是空想，实现还不知在几十百千年之后，而且到底未必实现也说不定，那么也终是远水不救近火，没有什么用处。比较确实的办法还是设法发财，也可以救济这个忧虑。为得安闲的死而求发财，倒是很高雅的俗事，只是发财不大容易，不是我们都能做的事，况且天下之富人有了钱便反死不去，则此亦颇有危险也。

人世的快乐自然是很可贪恋的，但这似乎只在青年男女才深切地感到，像我们将近不惑的人，尝过了凡人的音乐，此外别无想做皇帝的野心，也就不觉得还有舍不得的快乐。我现在的快乐只是想在闲时喝一杯清茶，看点新书（虽然近来因为政府替我们储蓄，手头只有买茶的钱），无论他是讲虫鸟的歌唱，或是记贤哲的思想，古今的刻绘，都足以使我感到人生的欣幸。然而朋友来谈天的时候，也就放下书卷，何况"无私神女"（Atropos）的命令呢？我们看路上许多乞丐，都已没有生人乐趣，却是苦苦地要活着，可见快乐未必是怕死的重大原因，或者舍不得人世的苦辛也足以叫人留恋这个尘世罢。讲到他们，实在已是了无牵挂，大可"来去自由"，实际却不能如此，倘若不是为了上边所说的原因，一定是因为怕河水比彻骨的北风更冷的缘故了。

对于"不死"的问题，又有什么意见呢？昔为少年时当过五六年的水兵，头脑中多少受了唯物论的影响，总觉得造不起"不死"这个观念来，虽然我很喜欢听荒唐的神话。即使照神话故事所讲，那种长生不老的生活我也一点儿都不喜欢。住在冷冰冰的金门玉阶的屋里，吃着五香牛肉一类的麟肝凤脯，天天游手好闲，不在松树下着棋，便同金童玉女厮混，也不见得有什么趣味，况且永远如此，更是单调而且困倦了。又听人说，仙家的时间是与凡人不同的，诗云"山中方七日，世上已千年"，所以烂柯山下的六十年在棋边只是半个时辰耳，哪里会有日子太长之感呢？但是由我看来，仙人活了二百万岁也只抵得人间的四十春秋，这样浪费时间无裨实际的生活，殊不值得费尽了心机去求得他；倘若二百万年后劫波到来，就此溘然，将被五十岁的凡夫所笑。较好一点的还是那西方凤鸟（Phoenix）的办法，活上五百年，便尔蜕去，化为幼凤，这样的轮回倒很好玩的，——可惜他们是只此一家，别人不能仿作。大约我们还只好在这被容许的时光中，就这平凡的境地中，寻得些许的安闲悦乐，即是无上幸福，至于"死后如何"的问题，乃是神秘派诗人的领域，我们平凡人对于成仙做鬼都不关心，于此自然就没有什么兴趣了。

中　年

　　虽然四川开县有二百五十岁的胡老人，普通还只是说人生百年，其实这也还是最大的整数，若是人民平均有四五十岁的寿，那已经可以登入祥瑞志，说什么寿星见了。我们乡间称三十六岁为本寿，这时候死了，虽不能说寿考，也就不是夭折。这种说法我觉得颇有意思。日本兼好法师曾说，"即使长命，在四十以内死了最为得体"，虽然未免性急一点，却也有几分道理。

　　孔子曰："四十而不惑。"吾友某君则云，人到了四十岁便可以枪毙。两样相反的话，实在原是盾的两面。合而言之，若曰，四十可以不惑，但也可以不不惑，那么，那时就是枪毙了也不足惜云尔。平常中年以后的人大抵糊涂荒谬的多，正如兼好法师所说，过了这个年纪，便将忘记自己的老丑，想在人群中胡混，执着人生，私欲益深，人情物理都不复了解，"至可叹息"是也。不过因为怕献老丑，便想得体地死掉，那也似乎可以不必。为什么呢？假如能够知道这些事情，就很有不惑的希望，让他多活几年也不碍事。所以原则上我虽赞成兼好法师的话，但觉得实际上还可稍加斟酌，这倒未必全是为自己道地，想大家都可见谅的罢。

　　我决不敢相信自己是不惑，虽然岁月是过了不惑之年好久了，但是我总想努力不至于不不惑，不要人情物理都不了解。本来人生是一贯的，其中却分几个段落，如童年、少年、中年、老年，各有意义，都不容空过。譬如少年时代是浪漫的，中年是理智的时代，到了老年差不多

303

可以说是待死堂的生活罢。然而中国凡事是颠倒错乱的，往往少年老成，摆出道学家超人志士的模样，中年以来重新来秋冬行春令，大讲其恋爱等等，这样地跟着青年跑，或者可以免于落伍之讥，实在犹如将昼作夜，"拽直照原"，只落得不见日光而见月亮，未始没有好些危险。我想最好还是顺其自然，六十过后虽不必急做寿衣，唯一只脚确已踏在坟里，亦毋庸再去请斯坦那赫博士结扎生殖腺了。至于恋爱则在中年以前，应该毕业以后便可应用经验与理性去观察人情与物理，即使在市街战斗或示威运动的队伍里少了一个人，实在也有益无损，因为后起的青年自然会去补充（这是说假如少年不是都老成化了，不在那里做各种八股），而别一队伍里也就多了一个人，有如退伍兵去研究动物学，反正于参谋本部的作战计划并无什么妨害的。

话虽如此，在这个当儿要使他不发生乱调，实在是不大容易的事。世间称四十左右曰危险时期，对于名利，特别是色，时常露出好些丑态，这是人类的弱点，原也有可以容忍的地方。但是可容忍与可佩服是绝不相同的事情，尤其是无惭愧地得意似的那样做，还仿佛是我们的模范似的那样做，那么容忍也还是我们从数十年的世故中来最大的应许，若鼓吹护持似乎可以无须了罢。我们少年时浪漫地崇拜好许多英雄，到了中年再一回顾，那些旧日的英雄，无论是道学家或超人志士，此时也都是老年中年了，差不多尽数地不是显出泥脸便即露出羊脚，给我们一个不客气的幻灭。这有什么办法呢？自然太太的计划谁也难违拗她。风水与流年也好，遗传与环境也好，总之是说明这个的可怕。这样说来，得体地活着这件事或者比得体地死要难得多。假如我们过了四十却还能平凡地过生活，虽不见得怎么得体，也不至于怎样出丑，这实在要算是佼天之幸，不能不知所感谢了。

人是动物，这一句老实话，自人类发生以至地球毁灭，永久是实实在在的，但在我们人类则须经过相当年龄才能明白承认。所谓动物，可以含有科学家一视同仁的"生物"与儒教徒骂人的"禽兽"这两种意思，所以对于这一句话，人们也可以有两样态度。其一，以为既同禽兽，便异圣贤，因感不满以至悲观；其二，呼铲曰铲，本无不当，听之可也。我可以说就是这样地想，但是附加一点，有时要去纵核名实言行，加以批评。本来棘皮动物不会肤如凝脂，怒毛上指栋的猫不打着呼噜，原是一定的理，毋庸怎么考核，无如人这动物是会说话的，可以自称什么家或者主唱某主义等，这都是别的众生所没有的。我们如有闲一点儿，免不得要注意及此。譬如普通男女私情我们可以不管，但如见一个社会栋梁高谈女权或社会改革，却照例纳妾等等，那有如无产首领浸在高贵的温泉里命令大众冲锋，未免可笑，觉得这动物有点变质了。我想文明社会上道德的管束应该很宽，但应该要求诚实，言行不一致是一种大欺诈，大家应该留心不要上当。我想，我们与其伪善还不如真恶，真恶还是要负责任，冒危险。

我这些意思恐怕都很有老朽的气味，这也是没有法的事情。年纪一年年地增多，有如走路一站站地过去，所见既多，对于从前的意见自然多少要加以修改。这是得呢失呢，我不能说。不过，走着路专为贪看人物风景，不复去访求奇遇，所以或者比较地看得平静仔细一点也未可知。然而这又怎么能够自信呢？

老　年

偶读《风俗文选》，见有松尾芭蕉所著《闭关辞》一篇，觉得很有意思，译其大意云：

色者君子所憎，佛亦列此于五戒之首，但是到底难以割舍，不幸而落于情障者，亦复所在多有。有如独卧人所不知的藏部山梅树之下，意外地染了花香，若忍冈之眼目关无人守者，其造成若何错误亦正难言耳。因渔妇波上之枕而湿其衣袖，破家失身，前例虽亦甚多，唯以视老后犹复贪恋前途，苦其心神于钱米之中，物理人情都不了解，则其罪尚大可恕也。人生七十世称稀有，一生之盛时乃仅二十余年而已。初老之至，有如一梦。五十六十渐就颓龄，衰朽可叹，而黄昏即寝，黎明而起，觉醒之时所思维者乃只在有所贪得。愚者多思，烦恼增长，有一艺之长者亦长于是非。以此为渡世之业，在贪欲魔界中使心怒发，溺于沟洫，不能善遂其生。南华老仙破除利害，忘却老少，但令有闲，为老后乐，斯知言哉。人来则有无用之辩，外出则妨他人之事业，亦以为憾。孙敬闭户，杜五郎锁门，以无友为友，以贫为富，庶乎其可也。五十顽夫，书此自戒。

朝颜花呀，白昼还是下锁的门的围墙。

末行是十七字的小诗，今称俳句，意云早晨看初开的牵牛花或者出来一走，平时便总是关着门罢了。芭蕉为日本俳谐大师，诗文传世甚多，这一篇俳文作于元禄五年（一六九三），芭蕉年四十九，两年后他就去世了。文中多用典故或双关暗射，难于移译，今只存意思，因为我觉得有趣味的地方也就是芭蕉的意见，特别是对于色欲和老年的两件事。芭蕉本是武士，后来出家，但他毕竟还是诗人，所以他的态度很是温厚。他尊重老年的纯净，却又宽恕恋爱的错误，以为比较老不安分的要好得多，这是很难得的高见达识。这里令人想起本来也是武士后来出家的兼好法师来。兼好所著《徒然草》共二百四十三段，我曾经译出十四篇，论及女色有云：

> 惑乱世人之心者莫过于色欲。人心真是愚物，色香原是假的，但衣服如经过熏香，虽明知其故，而一闻妙香，必会心动。相传久米仙人见浣女胫白，失其神通，实在女人的手足肌肤艳美肥泽，与别的颜色不同，这也是至有道理的话。

本来诃欲之文出于好色，劝诫故事近于淫书，亦是常事，但那样明说色虽可憎而实可爱，殊有趣味，正可见老和尚不打诳语也。此外同类的话尚多，但最有意思的还是那顶有名的关于老年的一篇：

> 倘仇野之露没有消时，鸟部山之烟也无起时，人生能够常住不灭，恐世间将更无趣味。人世无常，倒正是很妙的事罢。
> 遍观有生，唯人最长生。蜉蝣及夕而死，蟪蛄不知春秋。倘若优游度日，则一岁的光阴也就很长闲了。如不知餍足，虽历千年亦不过一夜的梦罢。在不能常住的世间活到老丑，有什么意思？语云：寿则多辱。即使长命，在四十以内死了最为得体。过了这个年纪便将忘记自己的老丑，想在人群中胡混，到了暮年还溺爱子孙，希冀长寿得见他们的繁荣，执着人生，

私欲益深，人情物理都不复了解，至可叹息。

兼好法师生于日本南北朝（一三三二至一三九二）的前半，遭逢乱世，故其思想或倾于悲观，芭蕉的元禄时代正是德川幕府的盛时，而诗文亦以枯寂为主，可知二人之基调盖由于趣味性的相似，汇合儒释，或再加一点庄老，亦是一种类似之点。中国文人中想找这样的人殊不易得，六朝的颜之推可以算是一个了，他的《家训》也很可喜，不过一时还抄不出这样一段文章来。倒是降而求之于明末清初却见到一位，这便是阳曲傅青主。在山阳丁氏刻《霜红龛集》卷三十六杂记中有一条云：

> 老人与少时心情绝不相同，除了读书静坐，如何过得日子。极知此是暮气，然随缘随尽，听其自然，若更勉强向世味上浓一番，恐添一层罪过。

青主也是兼遍儒释的，他又自称治庄列者，所以他的意见很是通达。其实只有略得一家的皮毛的人才真是固陋不通。若是深入便大抵会通达到相似的地方。如陶渊明的思想总是儒家的，但《神释》末云：

> 甚念伤吾生，正宜委运去。
> 纵浪大化中，不喜亦不惧。
> 应尽便须尽，无复独多虑。

颇与二氏相近，毫无道学家方巾气，青主的所谓暮气实在也即从此中出也。

专谈老年生活的书我只见过乾隆时慈山居士所著的《老老恒言》五卷，望云仙馆重刊本。曹庭栋著书此外尚多，我只有一部《逸语》，原刻甚佳，意云"《论语》逸文"也。《老老恒言》里的意思与文章都

308

很好，只可惜多是讲实用的，少发议论，所以不大有可以抄录的地方。但如下列诸节亦复佳妙，卷二"省心"项下云：

> 凡人心有所欲，往往形诸梦寐，此妄想惑乱之确证。老年人多般涉猎过来，其为可娱可乐之事滋味不过如斯，追忆间亦同梦境矣。故妄想不可有，并不必有，心逸则日休也。

又卷一"饮食"项下云：

> 应璩《三叟诗》云："三叟前致辞，量腹节所受"。"量腹"二字最妙，或多或少非他人所知，须自己审量。节者，今日如此，明日亦如此，宁少无多。又古诗云："努力加餐饭。"老年人不减足矣，加则必扰胃气。况努力定觉勉强，纵使一餐可加，后必不继，奚益焉。

我尝可惜李笠翁《闲情偶寄》中不谈到老年，以为必当有妙语，或较随园更有理解亦未可知，及见《老老恒言》，觉得可以补此缺恨了。曹君此书前二卷详晨昏动定之宜，次二卷列居处备用之要，末附《粥谱》一卷，娓娓陈说，极有胜解，与《闲情偶寄》殆可谓异曲而同工也。关于老年虽无理论可供誊录，但实不愧为一奇书，凡不讳言人有生老病死苦者，不妨去一翻阅，即做闲书看看亦可也。

图书在版编目(CIP)数据

知堂闲趣·瓦屋纸窗·清泉绿茶 / 周作人著. — 北京：中国文史出版社，2020.3
ISBN 978 – 7 – 5205 – 1577 – 1

Ⅰ. ①知… Ⅱ. ①周… Ⅲ. ①散文集 – 中国 – 当代
Ⅳ. ①I266

中国版本图书馆 CIP 数据核字（2019）第 251776 号

主　　编：林　杉
责任编辑：牟国煜

出版发行：**中国文史出版社**
社　　址：北京市海淀区西八里庄 69 号院　邮编：100142
电　　话：010 – 81136606　81136602　81136603（发行部）
传　　真：010 – 81136655
印　　装：北京东君印刷有限公司
经　　销：全国新华书店
开　　本：720 × 1020　1/16
印　　张：20　　　　字数：255 千字
版　　次：2020 年 3 月第 1 版
印　　次：2020 年 3 月第 1 次印刷
定　　价：59.80 元